Hans Kruppa

Das Goldene Buch der Liebe

Hans Kruppa

Das Goldene Buch der Liebe

Aphorismen
Minutentexte
Gedichte
Märchen
Erzählungen

Knaur

Herausgegeben von Hans Christian Meiser.

Von Hans Kruppa sind bei Droemer Knaur bereits erschienen:
Umarme die Liebe. Gedichte
Nur du. Liebesgedichte
Nur du. Hörbuch
Kaito. Ein Märchenroman
Der Kuß des Schmetterlings. Roman

Informationen über den Autor im Internet:
www.hans-kruppa.de

Besuchen Sie uns im Internet:
www.droemer-knaur.de

Ein Unternehmen der Droemerschen Verlagsanstalt
Th. Knaur Nachf. GmbH & Co. KG, München

Umschlaggestaltung: ZERO Werbeagentur, München
Satz: Ventura Publisher im Verlag
Gesetzt aus der Bembo 11,5/14 Punkt
Druck und Bindung: Ebner & Spiegel, Ulm
Printed in Germany 2004
ISBN 3-426-66142-X

2 4 5 3 1

Das Goldene Buch der Liebe

Vorwort

Die größte Offenbarung ist die Liebe. Ohne sie ist unser Leben nur ein Schatten seiner selbst. Sie kann uns mehr geben, als uns fehlt. Wer an ihr vorbeigeht, geht an sich selbst, geht an der ganzen Schöpfung vorbei.

Liebe ist nicht Spiel, nicht Ernst, sie ist die Wahrheit hinter beidem. Sie ist nicht Kampf, nicht Arbeit, sondern ein Geschenk, ein magischer Weg ins Herz des Lebens. Sie ist ein Wunder, ein Zauber in einer wunderlichen, entzauberten Welt. Sie ist die Retterin aus der Sachlichkeit, die Führerin aus dem Chaos, die Freundin, die uns besser kennt als wir uns selbst.

Sie verletzt uns nie – wir verletzen uns an ihr, wenn wir nicht richtig mit ihr umgehen. Sie scheitert auch nie – es sind wir, die an ihr scheitern, wenn wir sie falsch verstehen. Liebe ist eine gütige, heilende und großzügige Kraft, der nichts Zerstörerisches innewohnt.

Je mehr Menschen erkennen, daß sie der Liebe vertrauen können, desto mehr Lichter werden die Finsternis einer lieblosen Welt erhellen.

Die Liebe ist das faszinierendste und größte Thema der Literatur – und auch des Lebens, dessen Spiegel das geschriebene Wort schon immer war. Die in diesem Buch vereinten Aphorismen, Minutentexte, Gedichte, Märchen und Erzählungen widmen sich der Liebe in vielfältiger Weise, betrachten sie aus den unterschiedlichsten Perspektiven, erkunden und erklären sie, feiern ihren Zauber, ihre Höhenflüge und Sternstunden, ohne ihre Abstürze, Irrungen und dunklen Nächte zu verschweigen.

Wie könnte die Liebe der größte Schatz des Lebens sein, wenn die Suche nach ihr nicht mit unberechenbaren Gefahren verbunden wäre? Für alle, die wirklich leben und nicht nur älter werden wollen, führt kein Weg an dieser Schatzsuche vorbei. Es ist eine Reise, zu der Mut zur Verwandlung und Sehnsucht nach Verzauberung gehören – und die Erkenntnis: Liebe ist unentbehrlich, denn ohne sie verliert das Leben seine Seele.

Hans Kruppa

Ein weiser Weg

Liebe ist keine Illusion,
sie ist die Wahrheit.
Liebe ist kein Zeitvertreib,
sie ist Zeitlosigkeit.
Liebe ist kein Wunschdenken,
sie ist eine Wirklichkeit.
Liebe ist kein Gespräch,
sie ist ein Tanz.
Liebe ist kein Wegweiser,
sie ist ein weiser Weg.

Echte Liebe

Echte Liebe schenkt Glück
und tiefe innere Ruhe.
Echte Liebe schenkt
Heiterkeit und ein Lächeln,
das sich selbst genügt.
Echte Liebe stillt die Sehnsucht
und stiftet Seelenfrieden.

Echte Liebe ist unverkennbar,
und was sie schenkt,
ist in seinem tiefsten Wesen –
unbenennbar.

Geheimste Türen

Liebe öffnet
die Augen der Seele,
macht das Herz empfänglich
für die Faszination des Lebens.
Langeweile wird zum Fremdwort.
Allein das tiefe Atmen
kann eine Offenbarung sein.
Zeit wird lebendig, spürbar,
geht nicht an uns vorbei,
sondern läßt sich auf uns ein.

Die Suche nach größerem Glück
hat ihre Richtung gefunden,
die Kluft zwischen Sehnsucht
und Alltag wird schmaler,
scheint sich zu schließen.

Und das Leben führt uns
vor seine geheimsten Türen,
durch die allein
berauschte Herzen gehen.

Überwältigend

Wirkliche Liebe
ist immer größer
als alle Vorstellungen,
die wir uns
von ihr machen.
Sie überwältigt uns
mit ihrer Pracht und
führt uns vor Augen,
wie glanzlos unser
bisheriges Leben war.

Die höchste aller Künste

Liebe ist die höchste,
die mutigste aller Künste.
Sie wagt die Bewegung ins Ungewisse
und kümmert sich nicht
um Verlust oder Gewinn.
Sie öffnet die Augen
für das Wunderbare;
sie ist das wahre Leben.

Sie ist ein Spiel
mit höchstem Einsatz –
ein Risiko, eine Gefahr.
Wer wagt, gewinnt –
auch durch Verlust.
Wer sich enthält,
bleibt armselig
und wird vorzeitig alt.

Liebe ist wichtiger

Liebe ist wichtiger
als Zwänge, Ängste
und alle noch so
hochvernünftigen Erwägungen,
wichtiger als die Zukunft,
wichtiger als Geduld
und die besten Absichten,
wichtiger als Kompromisse,
Hoffnungen und guter Wille,
so unermeßlich wichtiger
als alle Worte, aller Trost
und alle sogenannten
Notwendigkeiten.

Frag nicht warum.

In Gegenwart der Liebe

In Abwesenheit der Liebe
kann das Leben so sinnlos sein,
wie die Lebensverächter
schon immer behauptet haben.

In Gegenwart der Liebe
bekommt es einen so hohen Wert,
daß du nicht nach seinem Sinn fragst –

du spürst ihn, lebst ihn, strahlst ihn aus.

Liebe ist wirklich

Jemand sagte,
Liebe sei ein Schlachtfeld,
auf dem Gefühle verletzt,
Hoffnungen verstümmelt
und Träume getötet werden.
Ich glaubte ihm nicht.

Ich erhielt die Botschaft,
Liebe sei ein Garten Eden,
in dem Harmonie und Frieden herrsche,
Zauber blühe
und Schönheit triumphiere.
Ich hätte gern daran geglaubt.

Ich hörte,
Liebe sei ein langer,
verwirrender Weg ins Freie,
ein Labyrinth der Sehnsucht,
in dem Herzen sich verirren
und ihre Jugend verlieren.
Und ich wußte keine Antwort.

Ich las,
Liebe sei die Urkraft,
die uns ernähre und der
niemand widerstehen könne,

sofern er offen lebe.
Dann leben nicht viele offen,
wandte ich ein,
denn alle Welt
widersteht der Liebe.

Man sprach auch von der Liebe
als einer großen Betrügerin,
die nicht einmal
ein Zehntel dessen halte,
was sie verspreche.
Und ich schüttelte den Kopf.

Sie sei allenfalls, hieß es,
eine wunderschöne Illusion.
Und ich sagte,
Liebe ist wirklich, Liebe ist wichtig,
denn ohne sie verliert
das Leben seine Seele.

Der Verstand und die Liebe

Der Verstand begegnete der Liebe und sagte zu ihr: »Ich habe schon oft über dich nachgedacht, aber ohne ein befriedigendes Ergebnis. Deshalb möchte ich dich geradeheraus fragen: Was ist dein Sinn?« Bevor die Liebe antworten konnte, fügte der Verstand hinzu: »Sag mir aber nicht, dein Sinn bestehe darin, die Menschen glücklich zu machen. Ich habe zu oft gesehen, daß du sie unglücklich machst.«

»Mein Sinn besteht darin, daß die Menschen an mir wachsen und zu sich selbst finden«, antwortete die Liebe. »Durch mich werden sie erst zu denen, die sie sein können. Ich erwecke das Beste in ihnen und bringe es zur Entfaltung. Und ich schenke ihnen Glück. Daß dieses Glück vergänglich ist und sich auch in Unglück verwandeln kann, darfst du mir nicht anlasten. Nichts ist von Dauer in dieser Welt. Und weder du noch ich haben die Macht, das Gesetz der Vergänglichkeit zu brechen.«

»Ich weiß«, sagte der Verstand, »allerdings verstehe ich nicht, warum die Menschen sich im allgemeinen vor dir fürchten, obwohl du ihnen angeblich so viel Gutes zu geben hast, während sie zu mir volles Vertrauen haben.«

»Das liegt daran,« antwortete die Liebe, »daß ich die Menschen ins Unbekannte führe, während du mit ihnen auf Wegen gehst, die sie gut kennen.«

»Aber du sagtest doch gerade«, wandte der Verstand ein, »daß du ihnen hilfst, zu sich selbst zu finden.«

»Das tue ich auch«, erwiderte die Liebe, »aber ihr wahres Selbst ist den meisten Menschen unbekannt und macht ihnen deshalb angst. Und daran bist du nicht ganz unschuldig.«

»Wieso?«

»Du bringst sie dazu, Schutzmauern gegen mich aufzubauen, indem du ihnen einredest, wie gefährlich ich sei und wie groß die Schmerzen und Enttäuschungen sein können, die ich ihnen bereite. Du lehrst sie, mich zu fürchten.«

»Und habe ich nicht recht damit?« fragte der Verstand.

»Nein, du hast unrecht. Die Menschen verletzen sich nicht an mir, sie verletzen sich gegenseitig. Sie sind nicht enttäuscht von mir, sie enttäuschen sich gegenseitig. Und die Schmerzen, die sie erleiden, stammen nicht von mir, sondern daher, daß sie mein Wesen nicht tief genug verstehen. Wie sollten sie es auch können, wenn du sie unentwegt daran hinderst, sich ganz und gar auf mich einzulassen? Denn nur so können sie mich wirklich kennenlernen – und damit sich selbst.«

»Dieses Gespräch hat keinen Sinn«, sagte der Verstand. »Wir reden aneinander vorbei.«

»Weil du nicht schweigen kannst«, erwiderte die Liebe.

Ganz für uns

Deine Küsse sind Mord, Geliebte!
Du tötest mit ihnen
Vergangenheit und Zukunft.

Nichts ist gewesen
und nichts wird sein,
solange wir uns küssen.

Augenblicke –
ganz für sich,
ganz für uns.

Pures Leben

Wie ich gezittert hab
in deinen Armen,
als unser Zögern
sich in Duft auflöste
und pures Leben uns durchströmte …

Wie ich von deinen Lippen trank
mit einem Durst,
der nie gestillt sein wollte.

Küss mich weiter

Küß mich weiter,
wenn das Gefühl
so stark wird,
daß du glaubst,
du müßtest schreien.

Laß mich den Schrei
in deinem Kuß fühlen.

Lass uns eins sein

Laß uns nicht über den
Mangel an Liebe
auf der Erde reden,
wenn die Sonne
die Haut streichelt
und uns mit ihrer Wärme liebkost.
Berühr mich lieber.
Und ich schließe die Augen
und seh dich,
wie du wirklich bist.

Laß uns eins sein,
während alle Welt weiterhin
sinnlose Grenzen verteidigt –
Mauern um Herzen und Seelen,
vor denen die Lebensfreude
nur das Fürchten lernt.

Schamlos

Schamlos
soll unser Glück sein.
Hemmungslos
soll es sich feiern
und lieben.
Inmitten all der
Friedhofsgesichter
und Packeisgemüter
soll es vor Freude glühen
und funkeln
wie ein ferner Stern,
Wunder wirkend
und zu schön,
um nicht wahr zu sein.

Nachsaison

Ewigkeit lag in den Augenblicken,
und doch gingen sie zu schnell vorbei,
als wir die Sonnenuntergänge bewunderten
am Ende der Welt,
wo wir keine Adresse hatten,
nur uns und ein einfaches Apartment
mit Balkon und Blick aufs Meer.

Die Saison war längst abgelaufen.
Wir zählten zu den letzten Gästen
und hatten die Liebe zu Gast
wie eine unsichtbare dritte Person,
die mit uns lachte und aß und schlief,
die unsre Schritte lenkte
und unsre Hände mit Leben füllte,
wenn wir uns berührten,
die aus unsren Augen strahlte,
wenn wir uns anschauten und uns wortlos
unsre schönsten Geheimnisse anvertrauten.

Über den Horizont hinaus

Ich möchte mit dir
über den Horizont
des Alltäglichen hinausfliegen –

in ein Leben,
in dem nicht blinder Verstand regiert,
sondern sehendes Gefühl,
in dem nicht harter Zwang dominiert,
sondern zartes Spiel –

dort, wo das Ich
lächelnd im Du aufgeht
und in Liebe, reiner Liebe,
seinen tiefsten Sinn versteht.

Vorsätze

Ich möchte nicht mit dir
zusammen alt werden,
sondern jung bleiben.

Ich werde deinen Ängsten
die Suppe versalzen
und deiner Liebesfähigkeit
mein Jawort geben.

Ich will lernen,
immer offener zu werden,
im Reden und im Schweigen.

Und wenn ich kann,
will ich der Spiegel sein,
in den du siehst,
wenn deine Augen leuchten.

Mehr mag ich
dir nicht zusichern.

Versprechen,
das sind Worte,
geschrieben in den Küstensand
bei Ebbe.

Eine Minute Ewigkeit

Deine Hände haben
mich magisch berührt
und unwiderstehlich sanft
in eine wunderbare Welt geführt.

Ich mußte die Augen schließen
und sah dich so zum allerersten Mal,
weil ich dich durch deine Berührung fühlte.
Dich fühlen hieß – dich genießen,
lächelnd mit der hohen Schönheit fließen,
die aus deinen Händen in mich strömte,
mich reich beschenkte und verzauberte –
für eine Minute Ewigkeit.

Entdeckung

Ich liebe dich,
das heißt,
ich will dich entdecken,
will Hülle für Hülle
von dir nehmen
und dir dabei
immer mehr Wärme geben,
damit du nicht frierst
in der zarten Blöße
deiner inneren Schönheit.

In der Liebe

Sag nicht
danke zu mir,
ich hab dir zu danken.

Was man gegeben hat,
hat man
erst erhalten
in der Liebe.

Ideales Zusammensein

Nähe ohne Beengung.
Geben ohne Erwartung.
Zärtlichkeit ohne Absicht.
Spiel ohne Kampf.
Vertrautheit ohne Ansprüche.
Liebe ohne Forderungen.
Zauber ohne Ende.

Die Regeln

Eine Schülerin hatte sich in ihren Lehrer verliebt, und auch er empfand tiefe Zuneigung für sie. Eines Tages gestand sie ihm ihre Gefühle und bat ihn um ein heimliches Treffen.

»Ich würde liebend gern kommen«, sagte er zu ihr, »aber du kennst die Regeln. Wir müssen noch ein Jahr warten, bis du dein Abitur gemacht hast. Kannst du so lange warten?«

Sie sah ihn voller Enttäuschung an und antwortete: »Ich kann so lange warten. Du kannst so lange warten. Aber ob die Liebe es kann?«

Dann ging sie. Und er sah an ihrem Gang, daß die Liebe nicht so lange warten konnte.

Dann schweige

Du mußt ihn so nehmen, wie er ist. Und du mußt dich so geben, wie du bist«, sagte eine Mutter zu ihrer Tochter, die Liebeskummer hatte.

»Aber wenn ich mit ihm zusammen bin«, klagte die Tochter, »kann ich mich nicht so geben, wie ich bin. Ein Blick von ihm, und ich kann nicht mehr denken und nicht mehr reden.«

»Dann schweige!« empfahl ihr die Mutter. »Schweige so gut, wie Worte nie sprechen könnten.«

Entdeckungsreise

Liebe ist eine
unendliche Entdeckungsreise.

Nur wer
im Kreis gegangen ist,
mag ihre Grenzenlosigkeit
in Zweifel ziehen.

Liebende

Liebende vereinigen
alle Schönheiten der Welt,
alle Wunder des Lebens
im Zauber ihrer zeitlos
ineinander versunkenen Blicke.

Im Spiel der Liebe

Wer im
Spiel der Liebe
alle seine Trümpfe ausspielt,
ist ein guter Spieler –

aber ein
schlechter Liebender.

Liebeszeichen

Blicke sind ihre
Fragen und Antworten,
Zärtlichkeiten ihre Poesie,
Küsse ihr Schweigen,
Harmonie ist ihr Atem,
Sinnlichkeit ihr Fest –
und Ekstase
das Feuerwerk
an ihrem Himmel.

Harmonie

Harmonie der Töne
ist die Seele der Musik.

Harmonie der Gefühle
ist die Musik der Seelen.

Harmonie der Seelen
ist die Musik des Lebens.

Kreislauf

Liebe schafft Treue.
Treue schafft Sicherheit.
Sicherheit schafft Langeweile.
Langeweile schafft Sehnsucht.
Sehnsucht schafft Veränderung.
Veränderung schafft Liebe.

Hingabe

Sich der schönen Situation
ohne Zögern hingeben.
Aus dieser Hingabe
entsteht Intensität,
erwächst Magie,
die uns auf eine Ebene trägt,
wo in jedem Augenblick
das Glück berührbar ist.

Wie ein Feuer

Gegensätze
ziehen sich an.

Doch nur zwei,
die aus einem
Holz geschnitzt sind,
können wie ein
Feuer brennen.

Selbstfindung

Wer die
wahre Liebe
gefunden hat,
hat sich selbst gefunden.

Liebesgefahr

Jede Liebe,
die sehr stark ist,
lebt gefährlich,
denn sie birgt
gerade wegen
ihrer Stärke
Kräfte in sich,
die zu ihrer
eigenen Zerstörung
führen können.

Vertrauen

Eine Liebe kann nur
so tief wie das Vertrauen sein,
das die Liebenden
ineinander haben.

Wenn etwas sein muss

Wenn etwas sein muß
in der Liebe,
gibt es kein
Wenn oder Aber,
kein Richtig oder Falsch,
kein Zweifeln und Zögern.

Wenn etwas sein muß,
muß es sein.

Brief an eine Unbekannte

Ich weiß, daß wir uns eines Tages treffen werden. Mit dieser intuitiven Gewißheit schreibe ich an Dich – ohne Deine Anschrift zu kennen, Deinen Namen, Dein Alter, Dein Gesicht, Deine Augen.

Ich weiß nicht, wann und wo wir uns begegnen werden. Einer von uns wird den anderen ansprechen. Daß es ganz ohne Worte geht, daß wir uns schweigend in die Augen sehen und uns dann umarmen, ist eher unwahrscheinlich, aber nicht ausgeschlossen.

Woher ich das weiß? Ich weiß es einfach. Unsere Wege werden sich kreuzen. Vielleicht schon morgen, womöglich erst in einem Jahr. Eines Tages werden wir uns gegenüberstehen, irgendwo, und die Welt um uns herum wird in Bedeutungslosigkeit versinken.

Es wird uns leichtfallen, einander zu vertrauen. Vielleicht, weil wir uns schon kennen, aus einem Leben vor diesem, in dem wir etwas begonnen haben, was wir nun weiterführen.

Wer ich bin?

Ein Suchender.

Was ich will?

Das, worüber mein Wille keine Macht hat.

Wofür ich lebe?

Ich setze die Klänge gefühlvoller Musik dem seelenlosen Lärm entgegen, den die Welt mit ihrem Nützlichkeitsdenken produziert. Ich schütze mich mit der Poesie des Augenblicks vor dem hohlen, sich endlos wiederholenden Gerede, das der Alltag mit seinen monotonen Ritualen schafft. Ich sehe die Sterne der Freundschaft in der schwarzen Nacht der leeren Herzen magisch glitzern. Ich bin fasziniert von der Liebe, vor allem von der aufblühenden, sich selbst noch unbekannten Liebe, voller möglicher Wunder. Ihre Schönheit beglückt mich, ihr Zauber macht meine Seele schwerelos, ihre Weisheit nimmt mir den Atem.

Es gibt viel Gutes, mit dem das Schlimme sich in Schach halten läßt. Manchmal genügt es, dem anderen in die Augen zu sehen, und alles Schwierige verschwindet, existiert nicht mehr. Es gibt Gutes, das die Macht hat, alles Schlechte für eine Weile auszuschließen. Für dieses Gute lebe ich. Zwischen uns beiden wird dieses Gute leben können.

Ich will mit meinen Worten eine magische Brücke bauen, auf der wir aufeinander zugehen können. Ich schreibe an Dich, weil ich noch nicht zu Dir sprechen kann.

Ich bin nicht leicht zu erkennen, doch Du hast Augen, die ins Wesentliche sehen. Du wirst mein Wesen entdecken. Vielen Menschen ist dies nicht gelungen – selbst manchen, die mich zu lieben glaubten. Aber vielleicht liebten sie nicht mich, sondern das Bild, das sie sich von mir gemacht hatten – weil sie es verstehen konnten, schließlich hatten sie es selbst hergestellt. Ich möchte um meiner selbst geliebt werden. Du wirst *mich* lieben, nicht Dein Bild von mir.

Ich will Dich berühren, doch Wörter haben keine Hände. Ich will Dich sehen, doch Wörter haben keine Augen, sie sind Klang oder Schrift gewordene Gedanken. Und Gedanken haben keine Seele, sie sind nur die Boten der Seele, sie können sprechen, aber nicht schweigen. Die Sprache der Seele aber ist das Schweigen.

Ich weiß, daß Du feinfühlig, einfühlsam und sanftmütig bist – was nicht heißt, daß Du Dich nicht wehren kannst, wenn Dir ein Unrecht geschieht. Du erweckst tiefes Vertrauen und eine unwiderstehliche Zärtlichkeit in mir. In Deiner Gegenwart fühle ich mich rundum wohl. Wir spielen uns nichts vor. Wir lieben uns, wie wir sind.

Du hast eine angenehme Stimme und kannst ebensogut erzählen wie zuhören. Du bist ein kostbarer Mensch. Du hältst das, was ich an Dich schreibe, nicht für verrückt oder überspannt. Unsere Seelen ähneln sich. Sie werden uns das Erlebnis wundervoller Harmonie schenken.

Ich weiß, daß ich Dich erst finde, wenn ich Dich nicht mehr suche. Der Wille, Dich zu entdecken, führt mich auf falsche Wege. Ich finde Dich erst, wenn ich Dich nicht mehr zu finden hoffe, wenn ich aufgehört habe, an Deine Existenz zu glauben, wenn ich genügend Enttäuschungen und Traurigkeit erlebt habe. Nur Du hast dann die Kraft, zu mir durchzudringen, mich zu öffnen, meine Mauern der Resignation umzustoßen, als wären sie aus Pappmaché.

Ich frage mich, was Du gerade tust, schließe die Augen und versuche, Dich zu erspüren.

Seltsam – ich habe das Gefühl, als würdest Du schreiben, jetzt, genau wie ich. Vielleicht hast Du in diesem Moment das seltsame Gefühl, daß jemand an Dich denkt, den Du (noch) nicht kennst.

Denkst Du auch manchmal an einen Unbekannten, den Du kennenlernen willst – kennenlernen mußt? Kannst Du Dir vorstellen, daß zwei Menschen, die sich begegnen müssen, sich magische Signale senden, unbewußte Entscheidungen treffen und Wege gehen, die letztlich zu der von beiden ersehnten Begegnung führen?

Ich habe Dir gerade ein solches Signal gesandt. Ich hatte ein unscharfes Bild von Dir vor meinem geistigen Auge, und ich sah, daß Du schriebst. Als ich Dir mein Signal sandte, legtest Du den Stift beiseite und sahst überrascht auf.

Liebe ist etwas Leichtes

Mach es uns
nicht so schwer –
Liebe ist etwas Leichtes.

Wie könnte sie sonst
so hoch über die Grenzen
der Welt hinausfliegen,
so anmutig und sanft
die Schwerkraft der
Ängste und Zweifel besiegen?

Laß es uns leicht halten –
schwere Herzen kommen
nicht vom Boden los
und bauen sich schöne
Luftschlösser als Trost,
in denen spuken dann
Gespenster unerfüllter Sehnsucht.

Noch immer

Ich habe noch immer
eine starke Schwäche für dich,
und wenn wir uns
noch einmal das Wasser reichten,
könnte sich leicht daraus
ein neues Feuerwerk entzünden –

wie damals in der ersten Nacht,
als wir uns in die Arme sanken,
weil es nichts gab,
was natürlicher gewesen wäre.

Hoffnungsvoller Fall

Aus allen Wolken
fiel ich
in ein Meer
von Lust
an unsrer Liebe.

Kein höheres Leben
kann ich mir denken,
als mich immer tiefer
darin zu versenken.

Standort

Du gehst mir nach,
du gehst mir nah,
und ich bin weit
davon entfernt,
mich von dir
zu entfernen,
stehe ich doch
zu deiner freien
Verführung.

Traumhafte Leichtigkeit

Du söhnst mich aus
mit den Widrigkeiten
des Alltäglichen,
bringst mich ins Gleichgewicht,
in Harmonie mit mir selbst.

Und mir gelingt
das gleiche auch mit dir,
als würden wir uns
gegenseitig ausbalancieren –
mit einer Leichtigkeit,
die ich sonst nur
aus meinen Träumen kenne.

Es ist dein Lächeln

Es ist dein Lächeln,
an dem ich mich
nicht satt sehen kann –

dein Lächeln,
mit dem du den Augenblick
so kostbar machen kannst,
daß ich zu atmen vergesse.

Es ist dein Lächeln,
das unsagbar Schönes sagt –
mit einer Anmut,
die mich sprachlos macht.

Was allein zählt

Mit Worten kannst du
mir nicht mehr nehmen,
was du mir
ohne Worte gegeben hast.

Ich habe den Himmel berührt,
als du mich berührtest.

Das allein zählt,
das allein bleibt.

Dieser Zauber

Ich werde diesen Zauber
nie vergessen, den du
zwischen uns erweckt hast –
gleich in der ersten Nacht.
Auch wenn es schien,
daß er verlorenging
auf den nebligen Wegen,
die uns auseinanderführten –
ich habe ihn nie aufgegeben,
habe ihn hochgehalten
über all die Konfusion,
all die Unstimmigkeiten,
die uns zu Fremden machten –
uns, die wir uns
Paradiese schaffen konnten,
wunderzarte Seifenblasenwelten,
die im Explodieren
unsre Träume fallenließen,
ehe sie flügge waren.
Doch diesen Zauber
habe ich mir in
seiner stillen
Unerklärlichkeit bewahrt.
Es lebt weiter,
dein beseelendes Geschenk
an mein Leben.

Die Liebe und der Hass

»Warum bist du so häßlich?« fragte die Liebe den Haß.

»Nicht alle können so schön sein wie du«, erwiderte der Haß.

»Aber dir«, sagte die Liebe, »scheint deine Häßlichkeit noch zu gefallen. Wenn ich du wäre, würde ich mich schämen.«

»Du hast leicht reden«, erwiderte der Haß. »Wenn du in meiner Haut stecktest, würdest du auch versuchen, dich zu mögen. Jeder muß sich so akzeptieren, wie er ist.«

»Nein«, sagte die Liebe, »ich würde versuchen, mich zu verändern. Deshalb bin ich die geworden, die ich bin.«

Liebe ist ein Geschenk

»Ich bin ein Teil von dir«, sagte die Eifersucht in vorwurfsvollem Ton zu der Liebe. »Warum versteckst du mich, als würdest du dich für mich schämen?«

»Du bist kein Teil von mir«, erwiderte die Liebe, »im Gegenteil. Wir sind wie Tag und Nacht. Du entspringst der Angst und dem Mißtrauen. Ich bin ein Kind der Freude und des Vertrauens.«

»Nein, ich bin deine dunkle Seite, die du nicht wahrhaben willst. Und ich gebe dir die Kraft, um das Herz eines Menschen zu kämpfen«, behauptete die Eifersucht.

»Du gibst mir gar nichts«, erwiderte die Liebe, »denn wenn du kommst, bin ich nicht mehr da. Wann lernst du endlich: Wer um das Herz eines Menschen kämpft, hat es bereits verloren. Denn die Liebe ist ein Geschenk.«

Liebe und Verstand

Die Liebe
kann dich
um den Verstand bringen.

Der Verstand
kann dich
um die Liebe bringen.

Besser,
du verstehst die Liebe,
als daß du
den Verstand liebst.

Gleichgewicht

Erwarte nie
von dem anderen mehr,
als du bereit bist,
ihm zu geben.

Nur das Gleichgewicht
zwischen Geben und Nehmen
ist ein tragfähiger Boden
für eine gute Beziehung.

Anziehungskräfte

Das Schlechte
zieht das Schlechte an,
ein Unglücklicher
bleibt selten allein,
der Skeptiker trifft
auf den Betrüger.

Zum Heiteren
gesellt sich Heiterkeit,
zum Liebevollen
kommt die Zärtlichkeit,
die glückliche Seele
erlebt Glückseligkeit.

Andere Worte

Entspanntheit ist ein
anderes Wort für Empfänglichkeit.
Empfänglichkeit ist ein
anderes Wort für Vertrauen.
Vertrauen ist ein
anderes Wort für Offenheit.
Offenheit ist ein
anderes Wort für Liebe.

Auf der Höhe

Wer wirklich liebt,
liebt auch das Schweigen,
denn es läßt
Stimmungen Raum,
den Worte ihnen nehmen.
Er scheut jedes
überflüssige Wort,
spricht mit Blicken,
Gesten, Berührungen –

lebt auf der Höhe
des Augenblicks.

Glück

Wenn die Liebe
gar nicht klingelt,
weil die Tür
schon offensteht –

verwandelt sich
jedes Wort,
das du nicht sagst,
in ein Lächeln.

Dieses kurze wahre Leben

Er hob sein Glas, und sie stießen an.

»Auf das Leben«, sagte Anja.

»Auf die Liebe«, erwiderte Georg, »sie ist das Leben.«

Sie runzelte die Stirn, als sei sie mit seiner Antwort nicht ganz einverstanden. Dann tranken sie, setzten die Gläser ab und tauschten einen Blick, einen ihrer kurzen Blicke stillschweigenden Einverständnisses, die in Gesellschaft, zum Beispiel im Tennis-Clubhaus, nie entdeckt wurden, die sie sich zuwarfen wie unsichtbare Bälle in einem Spiel, das sie heimlich miteinander verband. Doch jetzt waren sie allein, und ihre Blicke waren sicher vor Entdeckung.

Es war Samstag abend. Georgs Frau war übers Wochenende zu ihren Eltern gefahren. Anja hatte Georg telefonisch spontan zum Essen zu sich nach Hause eingeladen. Nun saßen sie bei einer Flasche Rotwein und dem anheimelnden Schein von fünf Kerzen in Anjas Dachzimmer. Georg liebte dieses Zimmer, es hatte etwas Gemütliches, Warmes, das ihn entspannte und zugleich anregte.

»Ich muß gerade daran denken, wie ich zum ersten Mal in diesem Zimmer war«, sagte er.

Anja nickte lächelnd.

Georg erwiderte ihr Lächeln. Von der ersten Minute an hatte er etwas für Anja empfunden, das ihm neu und rätselhaft war. Es war eine selbstgenügsame Zuneigung, die nichts forderte und nichts brauchte zu ihrem Bestehen als Anjas zeitweilige Gegenwart – im Club, bei Festen oder bei einem Bummel durch die Innenstadt. Immer wenn diese Zuneigung der Versuchung erlag, sich mit handfesteren Erwartungen zu verbinden, schob Georg diese schnell mit dem Argument beiseite, daß er mit Irma verheiratet war und seine Beziehung mit Anja platonisch bleiben müsse.

Vor zwei Wochen hatten sie zum ersten Mal einen Abend bei Anja zu zweit verbracht und festgestellt, daß sie wunderbar miteinander reden konnten, daß einer dem anderen die besten Gedanken entlockte und sie sich gegenseitig zu Erkenntnissen inspirierten, die sie allein kaum gehabt hätten. Mit Hilfe einer geistig-seelischen Räuberleiter stiegen sie über Denkmauern, die sonst ihr Blickfeld begrenzten.

Anja hob ihr Glas und sagte: »Auf heute abend.«

»Ja«, erwiderte Georg.

Sie strahlte ihn an.

Und da war es wieder, dieses intensive Gefühl, das er von Anfang an in ihrer Nähe erlebt hatte – ein helles, warmes Zimmer im Haus seines Bewußtseins, das sie ihm öffnete, mit einem Lächeln, mit einem Blick. Es machte ihn dankbar, er fühlte sich von ihr beschenkt und hatte das sichere Empfinden, auch ihr etwas geben zu können, und sei es nur die Reflexion ihres eigenen Lichts.

»Georg, wieso sagtest du eben, Liebe sei das Leben? Du weißt, wie klein die Liebe ist im Leben.«

»Mit ›das Leben‹ meine ich nicht das reale, sondern das ideale, wahre Leben. Das Leben unserer Träume, voller Liebe, ohne Angst und Zwang, ohne Not, ohne Gewohnheit.«

»Wie lang ist ein solches Leben?« fragte sie. »Eine Minute, eine Stunde, eine Nacht?«

»Es ist kurz«, erwiderte er, »das wahre Leben ist immer zu kurz. Und wenn es vorbei ist, hat man das Gefühl, es käme nie wieder. Aber es kommt wieder, vielleicht schon nach Tagen, vielleicht erst nach Jahren.«

Sie suchte seinen Blick. »Es war ein schönes Gespräch zwischen uns beim letzten Mal.«

Er lächelte. »Ich habe es auch so empfunden. Schade, daß wir so selten die Gelegenheit haben, allein zu sein.«

Sie wußten beide, daß es mehr als nur ein schönes Gespräch gewesen war, und ihre Blicke verrieten, was ihre Zungen geheimzuhalten versuchten.

»Dieses kurze wahre Leben«, sagte Anja, »ist wohl der Grund, warum wir das falsche lange Leben auf uns nehmen. Wir ertragen die Regel nur mit der Hoffnung auf die seltenen Ausnahmen.«

»Ausnahmen«, nahm Georg den Faden auf, »die den Alltag aussperren, als gäbe es nichts Leichteres.«

Er mußte an Irma denken und sah auf die Uhr. Es war schon zehn. Gegen elf, halb zwölf würde sie ihn anrufen, um ihm gute Nacht zu sagen. Sie rief ihn immer an, bevor sie ins Bett ging, wenn sie bei ihren Eltern war. Sie würde fragen, wie er den Tag verbracht hatte. Was sollte er ihr sagen?

Er hatte sich schon vor der Heirat mit Irma das Lügen abgewöhnt, weil es nach seinen Erfahrungen mehr Probleme schuf als löste, und er wollte nicht rückfällig werden. Daß er bei Anja war, zum Essen, konnte er ihr sagen. Die Blicke, die heimlichen Gefühle und unausgesprochenen Gedanken verschwieg er besser. Andererseits – im Verschweigen begann die Lüge.

Georg war jetzt soweit, daß er sich nicht mehr gegen den Gedanken wehrte, daß diese Frau auf dem anderen Sessel seine Ehe ernsthaft gefährden konnte – was er bislang für ausgeschlossen gehalten hatte.

»Was ist, Georg?«

»Nichts«, wich er aus. Als er den ungläubigen Zug um ihren Mund sah: »Ich mag es im Moment nicht sagen. Vielleicht später.«

»Vielleicht später«, echote sie mit leisem Spott. »Das erste Geheimnis zwischen uns, die erste kleine unsichtbare Wand.«

»Gut, ich sage es dir jetzt: Ich habe das Gefühl, daß du mein Leben aus der Bahn werfen könntest.«

In diesem Moment klingelte das Telefon. »Das ist Stefan«, sagte Anja und ging aus dem Zimmer.

Fünf Minuten später kam sie mit einer zweiten Flasche Wein zurück. Georg nahm sie ihr ab, entkorkte sie und goß ihnen ein.

»Auf das kurze wahre Leben«, sagte sie und hielt ihm das Glas entgegen.

Und wieder dieser Blick zwischen ihnen.

»Hast du deinem Mann gesagt, daß ich bei dir bin?«

»Nein. Hätte ich es tun sollen?«

»Wenn ich Irma sage, daß ich bei dir war, und sie trifft Stefan im Club und erzählt ihm davon, wird er sich wundern, daß er nichts davon weiß. Und Irma wird sich fragen, warum er nichts davon weiß.«

»Dann sag Irma nicht, daß du bei mir warst. Es bleibt unser Geheimnis.«

»Du läßt mir keine andere Wahl.«

»Bist du jetzt sauer?«

Georg schüttelte den Kopf. »Nein, es ist nur ... Ich mag mich nicht, wenn ich lüge.«

Sie warf ihm einen seltsamen Blick zu: »Die Lüge gehört zur Wahrheit wie der Tod zum Leben.«

»Bist du dir sicher?«

»Nein.«

Sie mußten lachen.

»Schade, daß wir uns nicht ein paar Jahre eher begegnet sind«, sagte sie, stand auf und ging zum Fenster. Er blieb sitzen, obwohl er spürte, daß sie ihn nicht abweisen würde, wenn er jetzt zu ihr ginge und sich von hinten an sie schmiegte. Sie hatten sich noch nie berührt, und er hatte ebensoviel Angst davor wie Sehnsucht danach.

»Du schaust mich an, nicht wahr?« sagte sie, ohne sich zu bewegen.

Er mußte wieder an Irma denken. Wenn er länger bei Anja bliebe, würde sie ihn telefonisch nicht erreichen können. Wahrscheinlich würde sie annehmen, daß er in die Stadt gefahren war, um ein bißchen Nachtleben zu schnuppern.

»Was ist eigentlich Ehe?« fragte Anja mitten in seine Gedanken hinein.

Georg zuckte mit den Schultern.

»Rechenschaft ablegen müssen über seine Zeit«, antwortete sie für ihn. »Ein hoher Preis für eine fragwürdige Sicherheit. Ich würde nicht noch einmal heiraten.«

Georg wollte erwidern, daß auch er seine Zweifel an der Ehe hegte, doch dann fragte er: »Wo ist Stefan eigentlich?«

»Irgendwo auf dem Land, auf einem abgelegenen Bauernhof, umfunktioniert zu einem Meditationszentrum, von einer New-Age Gruppe, *Aurora* oder *Aquarius* oder so ähnlich. Stefan fährt manchmal übers Wochenende hin, um aus dem Trott rauszukommen. Es tut ihm gut, er wirkt immer erfrischt, wenn er zurückkommt.«

»Warum fährst du nicht mit ihm?«

Anja verzog den Mund. »Nichts für mich! Früh aufstehen, Müsli essen, Mineralwasser trinken, keine Privatsphäre. Und das am Ende der Welt, wo Fuchs und Hase sich Gutenacht sagen. Nicht mal telephonieren dürfen die da, es würde die heilige Ruhe stören. Das Mitbringen von Handys ist untersagt.«

»Aber er hat dich doch eben angerufen.«

»Sie haben abends eine halbe Stunde Zeit für Privates. Dann fährt er ins nächste Dorf und ruft mich aus einer Zelle an.«

»Verrückt«, sagte Georg, »wir sind so selten allein mit uns, und da reden wir über unsere Ehepartner.«

»Normal«, widersprach Anja, »ganz normal ist das. Wir können nicht so tun, als seien sie nicht vorhanden.«

Georg fragte sich zum ersten Mal, ob es richtig gewesen war, Anjas Einladung anzunehmen. Er hätte Kopfschmerzen oder eine Verabredung vorschützen können. Doch er wäre auch mit Kopfschmerzen zu ihr gekommen, und sie wären vergangen. Und er hätte jede Verabredung platzen lassen, um Anja besuchen zu können. Trotzdem: Er bekam Irma nicht aus dem Kopf. Allein die Blicke zwischen ihm und Anja waren eine Art Betrug an ihr.

Anja stand immer noch mit dem Rücken zu ihm am Fenster. »Es regnet«, sagte sie so leise, daß er es kaum hörte.

Wenn ich jetzt zu ihr gehe, dachte Georg, und sie umarme, werden wir uns küssen. Und wenn wir uns küssen, ist der Damm gebrochen. Wir werden meine Frau und ihren Mann verletzen. Vielleicht zerstören wir zwei Ehen mit einem Kuß.

Impulsiv stand er auf. »Es ist wohl besser, wenn ich jetzt gehe«, sagte er und wünschte sich sofort, es nicht gesagt zu haben.

Anja bewegte sich nicht.

Sie will, daß ich zu ihr komme, dachte er, und ich will es auch. Warum tue ich es nicht? Er fühlte sich wie gelähmt.

»Wenn du jetzt gehst«, sagte sie leise, »machst du alles kaputt.«

Georg war verwirrt, unentschlossen, vor eine Entscheidung gestellt, die er noch nicht treffen konnte – aber es war seine Schuld. Er hatte mit seiner Ankündigung zu gehen ihre Reaktion provoziert. Er hatte wohl gehofft, daß sie ihn bewegen würde zu bleiben. Aber nicht auf diese drohende Art. Das paßte gar nicht zu ihr.

»Danke für alles«, sagte er, nahm seine Jacke und ging, verfolgt von dem hohlen Klang seiner Abschiedsfloskel.

Als er die Wohnungstür hinter sich geschlossen hatte, wußte er, daß er den zweiten Fehler gemacht hatte. Anja hatte ihm nicht gedroht, sondern ihn nur gewarnt. Auf seiner Stirn bildete sich Schweiß.

Er drehte sich um und klingelte.

Sie stand noch immer am Fenster und sah in den Regen. Sie hörte die Klingel und wußte, daß er es war, aber sie freute sich nicht darüber.

Er drückte die Klingel ein zweites Mal.

Sie spürte seine Verzweiflung, seine Reue, doch nun war *sie* wie gelähmt. Er war geflohen, war feige getürmt und hatte sie verletzt. Jetzt wollte er wieder zurück. Oder lag es an ihr? Hatte sie ihn mit ihrem Verhalten in die Flucht getrieben?

Wenn er ein drittes Mal klingelt, ist es ihm ernst, sagte sie sich, dann öffne ich ihm.

Als es auch nach dem zweiten Klingeln in der Wohnung still blieb, war Georg klar, daß Anja ihm nicht mehr öffnen würde. Er ging mit hängendem Kopf die Treppen hinunter, hinaus in den Regen, lief ziellos in den Straßen umher, bis er irgendwo klatschnaß in ein Taxi stieg und sich nach Hause fahren ließ.

Als er dort ankam, war es weit nach Mitternacht. Irmas Stimme war auf dem Anrufbeantworter: »Hallo, Georg! Schade, daß ich dich nicht erreiche. Bist wohl unterwegs. Mir geht es gut, ich hoffe, dir auch. Dann bis morgen!«

Georg nahm eine Schlaftablette, um vor dem so wunderschön angefangenen und so elend geendeten Abend ins Vergessen zu flüchten.

»Georg war nicht zu Hause«, sagte Irma.

»Und das läßt dich so kalt?« erwiderte Stefan und streichelte zärtlich ihre Schulter.

»Ja. Ich vertraue ihm.«

Stefan lachte. »Und er vertraut dir!«

»Hör auf. Ich mag es nicht, wenn du so redest.«

Stefan drückte seine Lippen auf ihren Mund und strich zärtlich mit seiner Hand ihren Rücken hinunter. Sie hatte eine wundervoll weiche Haut, weicher noch als Anjas.

»Und wenn er bei deinen Eltern anruft?« flüsterte er.

»Das hat er noch nie getan, weil bei meinen Eltern grundsätzlich mein Vater ans Telefon geht, und mit dem versteht er sich nicht.«

Stefan küßte ihren Hals. Sie stöhnte unter seinen Zärtlichkeiten auf und drückte ihn an sich.

»Es ist schön mit dir«, flüsterte sie.

Sag mir, was Liebe ist

Sag mir, was Liebe ist,
doch nicht mit deiner Stimme:
hab schon so viele Worte gehört
und die meisten vergessen.

Zeig mir, was Liebe ist,
doch nicht mit deinen Augen:
hab schon so viele Blicke
in mein Herz gelassen,
doch keiner ist geblieben.

Laß mich fühlen, was Liebe ist,
doch nicht mit deinem Körper:
bin schon so oft umarmt worden,
weiß kaum noch, von wem.

Sei einfach bei mir,
laß dein warmes Schweigen
meine Zweifel zerschmelzen.
Bleib bei mir.

Sei alles, was mir bleibt.

Lust auf Leben

Zu tief,
um sie ganz zu ermessen,
ist meine Lust auf Leben,
meine Sehnsucht nach der Kraft,
aus der Musik entsteht
und Liebe ihre Schönheit schöpft.

Ich will spüren, daß ich lebe,
daß ich schwebe hoch über den Wolken,
die nur die Sicht behindern
auf den Himmel des Möglichen.

Ich will dich verführen,
mit mir Liebe zu tauschen;
das ist viel besser, als Worte
hin und her zu spielen
wie einen Tennisball auf dem
kleinen Platz der Sprache.
Das ist immer eine Reise
an die Quelle des Lebens,
wo das Glück noch rein ist,
ungetrübt von Skepsis
und den Erfahrungen des Scheiterns.

Ohne dich habe ich diese Worte.
Mit dir bin ich sprachlos.

Und doch

Ich fühl mich dir so nah,
daß es schon fast gefährlich wäre,
jetzt zu dir zu fahren –
durch Straßen ohne Licht und Liebe:
ich könnte mich von dir entfernen
bei dem Versuch,
dir noch näherzukommen.

Du bist so tief in mir.
Wo anders soll ich dich also suchen
und besuchen als jetzt und hier?

Und doch wär ich
so gern bei dir.

Wie ein Stein

Nach zu vielen Tagen,
in denen wir
zu wenig voneinander hatten,
tauchte ich ein
in deine Schönheit und Wärme
und sank und schwebte
bis auf den Grund –

wie ein Stein,
der mir vom Herzen fiel.

Zur rechten Zeit

Keinen Tag zu früh,
gerade als ich deine Existenz
als meine Wunschvorstellung
abtun wollte,
stolperte mein Leben
über deins
und fiel himmelhoch.
Du warst das Wunder,
an das ich nicht mehr glaubte,
die Tür,
an die ich nur noch
aus Gewohnheit klopfte,
der Anblick,
der meine Augen
an sich zweifeln ließ.

Als dann die Schleier
zwischen unseren Blicken fielen
und wir die Nahrung
unserer Liebe füreinander
in uns aufnahmen,
starben die Grenzen zwischen uns
an mangelnder Beachtung,
und das Leben feierte
ein Wiedersehensfest
in unserer Umarmung.

Komm tanzen

Komm, wir streichen
die Stadt an
mit den Regenbogenfarben
unsrer Freude aneinander.
Deine Hand in meiner,
mein Lächeln in deinen Augen,
und nichts kann uns die Musik
unter den Füßen wegziehen,
wenn wir tausendundeinen
Zentimeter über den
Bürgersteigen tanzen.

Feuervögel

Als Feuervögel flogen wir
in das Land ohne Worte
und ohne Erinnerung,
wo jeder Augenblick
aus sich selbst entsteht
und nichts aufeinander aufbaut,
weil es keine Zeit gibt –

nur den Zauber,
der Träumen Wirklichkeit schenkt,
nur die berauschende Musik
ineinander versunkenen Lebens.

Als Feuervögel flogen wir
dem Himmel in die Arme
und kannten keine Grenzen.

Das war vor Tagen;
seitdem hat die Erde uns wieder.

Aber wer einmal so zusammen flog,
der will nichts andres mehr.

Das Schweigen zwischen uns

Ohne Worte kann ich
dir mehr sagen
als mit dem besten Gedicht,
das ich dir schreibe.
Das Schweigen zwischen uns
ist freier,
als Sprache je sein kann;
was gesagt ist,
ist gefangen, preisgegeben
und klingt meistens
nicht neu.
Unser Schweigen
bewahrt sein Geheimnis
und läßt uns
gerade dadurch
an ihm teilhaben.

Fassungslos

Dein Gesicht ist die Antwort,
die allen meinen Fragen
ihre Überflüssigkeit bewußt macht –
mit einem feinen Lächeln,
das geheime Türen öffnet
ins Paradies des Augenblicks.

Dann tut es mir fast leid,
daß du dich nur
im Spiegel sehen kannst
und nicht durch meine
fassungslosen Augen.

Es kommen neue Chancen

Ich sah Liebe Wunder vollbringen,
und ich sah sie scheitern
wie eine blutige Anfängerin.
Ich sah Liebe Krankheiten heilen,
und ich sah sie tiefe Wunden schlagen.

Nein, so war es nicht.
Es war nicht die Liebe,
die scheiterte und die verletzte.
Es waren die Menschen,
die an der Liebe scheiterten
und sich dabei verletzten.

An der Liebe zu scheitern
ist keine Schande –
es kommen neue Chancen.

Aber den Glauben an sie aufzugeben,
ist eine Art von Selbstmord.

Der alte Mann und die Zeit

Ein alter Mann bekam Besuch von der Zeit und nutzte die Gelegenheit, sie zu fragen, warum die Tage immer kürzer würden, je mehr ein Mensch altert.

»Es sind die Illusionen, die den Tag lang erscheinen lassen«, erklärte die Zeit. »Mit dem Älterwerden verliert der Mensch seine Illusionen – auch die Illusion, daß ich langsam vergehe, denn in Wahrheit bin ich immer in Eile.«

»Doch manchmal bleibst du stehen«, wandte der alte Mann ein.

»Ja«, sagte die Zeit und lächelte, »wenn die Liebe sich mir in den Weg stellt.«

Die Strafe

»Bitte laß mich noch ein paar Stunden leben«, bat ein Mann den Tod, dem er unverhofft ins Gesicht sehen mußte.

»Warum sollte ich?« fragte der Tod.

»Damit ich einem bestimmten Menschen noch zeigen kann, wie sehr ich ihn liebe, bevor ich sterbe.«

»Mein unverhofftes Kommen ist die Strafe dafür, daß du es nicht eher getan hast«, sagte der Tod unerbittlich und nahm dem Mann das Leben.

Die grösste Hoffnung

Wer soll uns beweisen,
zu welcher Wachheit,
Zärtlichkeit, Wärme
und Feinfühligkeit
Menschen fähig sind,
wenn nicht die Liebenden?

Sie sind die
größte Hoffnung der Welt,
auch wenn die Welt
es nicht merkt.

Liebe und Kontrolle

Je mehr du jemanden liebst,
desto weniger kontrollierst du ihn,
denn Liebe schenkt Freiheit.

Je mehr du jemanden kontrollierst,
desto weniger liebst du ihn,
denn Kontrolle ist lieblos.

Wer den Menschen kontrolliert,
den er liebt,
fügt der Liebe Schaden zu.

Der gemeinsame Versuch

Liebe ist der gemeinsame Versuch,
miteinander glücklicher zu werden,
als man ohne einander sein kann.
Dieser Versuch kann nur glücken,
wenn beide alles geben,
aber auch dann kann er mißlingen.

Doch wenn beide nicht alles geben,
gelingt er auf keinen Fall.

Rechtsempfinden

Liebende haben keine Rechte,
sie leben im rechtsfreien Raum
gegenseitigen Vertrauens,
auf der höchsten Stufe
menschlicher Begegnung.

Recht ist dort nötig,
wo kein Vertrauen herrscht.
Wer aus der Liebe
Rechte abzuleiten versucht,
hat weder genug Vertrauen
noch genug Verständnis.

Erwarte nichts

Erwarte nichts von der Liebe;
sie liebt es, dich zu überraschen.
Erbitte auch nichts von der Liebe;
sie weiß besser als du,
was du wirklich brauchst.
Versuche nicht, mit der Liebe zu handeln;
was kannst du ihr schon bieten?
Fordere nichts von der Liebe,
das treibt sie in die Flucht.
Was sie für dich hat,
gibt sie dir aus freien Stücken.
Wirf ihr nichts vor,
auch wenn sie deinen Traum zerstört.

Liebe erfüllt dir nicht deine Wünsche,
sie ist keine Lotterie der Gefühle
mit freier Auswahl deines Glücks.

Strohfeuer

Eine Liebe,
die sich im Nu entzündet
und hohe Flammen wirft,
ist oft nur ein Strohfeuer,
ein Zeichen der Größe
der Einsamkeit und Sehnsucht
der Entflammten –

aber kein Beweis
der Intensität und Tiefe
ihrer Gefühle füreinander.

Finns Traum

Es war ein riesiges Zeltlager – eine große Stadt, in der es keine Häuser gab, sondern nur Zelte in allen erdenklichen Größen, Formen und Farben. Manche waren nicht größer als eine Hundehütte, andere erinnerten an prächtige Zirkuskuppeln.

Überall geschah etwas. Ein rauschendes Fest war in vollem Gang, das wohl so bald nicht enden würde. Die Menschen waren bunt gekleidet, manche waren maskiert, trugen exotische Kostüme und bewegten sich tanzend vorwärts. Andere hatten Musikinstrumente: Gitarren, Flöten, Saxophone, Klarinetten, Tamburine. Und obwohl jeder spielte, was ihm gerade so in den Sinn kam, klang es, als musizierte ein perfekt eingespieltes Orchester.

Es herrschte eine phantastische, anregende Atmosphäre. Die überall in der Luft schwebenden Wohlgerüche, die von orientalischen Parfüms oder Räucherstäbchen herrühren mochten, gaben auch der Nase, was die Augen und Ohren im Übermaß bekamen.

Und da war diese zierliche, kleine Frau, der Finn auf magische Weise immer wieder begegnete, wohin er auch kam.

Sie hatte kurzes, braunes Haar, war ungeschminkt und spärlich bekleidet, so daß alle den Anblick ihrer reizvollen Gestalt genießen konnten.

Sie jedoch schien nur Augen für Finn zu haben. Und er fühlte sich so sehr von ihr angezogen, daß er sie am liebsten sofort in den Arm genommen hätte. Aber sie wirkte ein wenig scheu und schien unentschlossen, wenngleich es offensichtlich war, daß sie Gefallen an Finn gefunden hatte. Sie erlaubte, daß er sich ihr näherte und ihr Haar streichelte, und wich seinem Blick nicht aus, als er ihr in die Augen sah. Dann aber, als er sich umdrehte, weil jemand seinen Namen gerufen hatte, war sie von einem Moment auf den anderen verschwunden, als hätte sie sich in Luft aufgelöst.

Mela, Finns Gefährtin, lächelte etwas gezwungen. Finn wußte, daß ihr sein Interesse an der kleinen Frau nicht entgangen war. Er wollte ihr nicht weh tun. Eine Freude, die für Mela ein Schmerz war, konnte für ihn kein Genuß sein.

Vor einem großen, bunten Zelt, in dem viele Menschen tanzten, sah er die kleine Frau wieder. Inzwischen waren ihr die letzten Kleider abhanden gekommen; nichts behinderte mehr den Blick auf ihren schön geformten Körper.

Finn war außer sich vor Freude über die Wiederbegegnung und ging ohne Zögern auf sie zu. Als er ihr Gesicht so nah vor sich sah, daß sich ihre Nasenspitzen fast berührten, spürte er, wie sehr er diese Frau begehrte, deren

Nacktheit prächtiger war als die farbigsten und phantasievollsten Kleider und Kostüme der Festleute.

Finn hätte die vollen Lippen, die wie eine unausgesprochene Einladung lächelten, gern geküßt, aber plötzlich mußte er an Mela denken. Er fragte sich, wo sie sein mochte.

Als hätte die kleine Frau seine Gedanken gelesen, zog sie ihren Kopf zurück, blickte nachdenklich auf ihre kleinen Hände – und der Zauber war zerstört.

Finn fand Mela in der Garderobe des Zeltes, in dem die Musiker und Bühnenartisten sich für ihre Auftritte zurechtmachten. Sie kauerte unter einer Tischplatte – wie ein kleines Mädchen, das Angst hatte.

Als Finn sich bückte und ihr ins Gesicht sah, lächelte sie unsicher. Er freute sich, sie gefunden zu haben, und schämte sich, daß sein Interesse an der kleinen Frau seine Mela dazu gebracht hatte, sich so klein zu machen.

Die wahre Liebe

Wer die wahre Liebe
noch nicht erlebt hat,
hat noch nicht wirklich gelebt.
Sie ist eine magische Kraft,
die dich in einen neuen Menschen verwandelt,
von der Schwerkraft des Alltags befreit
und in den Himmel von Gefühlen trägt,
deren Schönheit dich überwältigt.

Die Freude zweier Liebender aneinander
steigert ihre Freude am Leben,
stillt ihre Sehnsucht nach dem Wunderbaren
und gibt ihnen die Kraft,
auch schwierige Stunden zu überstehen,
denn sie wissen,
daß sie sich bald wieder in die Augen sehen –
mit einem Lächeln,
das aus der Seele kommt
und ihnen das Glück schenkt,
das lieblosen Menschen versagt bleibt.

Der Zauber des Anfangs

Der Beginn einer Liebe
ist von größter Bedeutung,
weil sie noch keine Vergangenheit hat.
Noch ist kein Vertrauen enttäuscht,
keine Hoffnung getrübt,
kein Gefühl verletzt worden.
Darum sei sanft und behutsam
bei den ersten Begegnungen mit einem Menschen,
in den du dich verlieben könntest.
Gehe zärtlich mit ihm um,
damit sich nicht am Anfang eine Tür verschließt,
die sich vielleicht nie wieder öffnen läßt.

Im Anfang einer jeden Liebe
wirkt ein Zauber,
der nicht gestört oder zerstört werden darf,
weil er dir die schönsten Gefühle
deines Lebens schenken kann.

Das Gleichgewicht der Liebe

Liebe kann nur im Gleichgewicht
zwischen Geben und Nehmen
wachsen und blühen.
Wenn einer mehr gibt als der andere,
ist die Enttäuschung nur eine Frage der Zeit.

Ist das Gleichgewicht der Liebe gestört,
gilt es, die Ursache dafür zu finden,
um denselben oder ähnliche Fehler
in Zukunft zu vermeiden.

Wir werden niemals vollkommen sein,
doch wir können uns gegenseitig helfen,
weniger unvollkommen zu werden.

Sei der erste

Wenn du das Gefühl hast,
nicht genug geliebt zu werden,
gib die Schuld daran nicht den anderen.
Frage dich, ob du etwas falsch machst.
Bist du selbst so offen und liebevoll,
wie du es von den anderen erwartest?
Du kannst nicht mehr von ihnen erhoffen,
als du selbst fähig bist zu geben.

Wenn es in deinem Leben an Liebe mangelt,
sei du der erste, der mehr Liebe gibt –
damit wirst du andere anstecken,
denn im Grunde leiden fast alle Menschen
unter der Lieblosigkeit in dieser Welt
und sind dankbar für jedes warme Lächeln,
jedes herzliche Wort, jede zärtliche Geste.

Die Liebe bewegt uns

Wenn die Liebe an die Tür
deiner Seele klopft,
und du ihr nicht öffnest,
mußt du dich ernsthaft fragen,
warum du überhaupt lebst.

Wer sich vor der Liebe
fürchtet und feige versteckt,
anstatt sich ihr zu öffnen
und mutig mit ihr zu gehen,
erstarrt und verödet innerlich,
denn die Liebe bewegt uns,
und nur in der Bewegung
bleiben wir lebendig.

Ekstase

Ekstase ist die höchste Intensität
der Freude und Lebenslust,
die Auflösung des Ichs
im wilden Tanz des Glücks.
Wer die Ekstase nicht kennt,
hat noch nie die überschäumende Kraft
der Lebensfreude erfahren,
die alle Grenzen der Vorstellungen aufhebt
und das Bewußtsein entfesselt.
Ekstase ist Selbstvergessenheit,
süßes und tiefes Aufgehen im Augenblick –
in den Armen eines geliebten Menschen,
im Bann des puren Lebens.

Nur die Liebe nicht

Ein Mann, der zwei Frauen liebte, wurde von beiden gedrängt, sich für eine von ihnen zu entscheiden. Doch da er sie beide wirklich liebte, konnte er keine von ihnen aufgeben.

Aber die Frauen wollten seine Liebe nicht teilen und verließen ihn, um jede für sich einen Mann zu finden, der sie allein liebte.

Der Verlassene tröstete sich mit dem Gedanken, daß die beiden Frauen ihn nicht wirklich geliebt hatten, denn sonst hätten sie ihn nicht verlassen. Und die beiden Frauen trösteten sich mit dem Gedanken, daß der Mann keine von ihnen wirklich geliebt hatte, denn sonst hätte ihm eine von ihnen genügt.

Und schließlich glaubten alle, daß sie im Recht waren.

Nur die Liebe glaubte ihnen nicht.

Schaler Ersatz

Ein Mann empfand etwas Besonderes für eine interessante Frau, für die er aber nur eine Figur in ihrem Spiel war, das sie mit mehreren Männern gleichzeitig spielte.

Ihr Spiel bestand darin, diesen Männern durch ihr aufreizendes Verhalten und ihre zweideutigen Worte vage Versprechen zu geben, die sie aber keineswegs einzulösen gedachte. Sie liebte es, die Männer in aussichtslose Wartepositionen zu manövrieren und sich über ihre sinnlose Geduld zu amüsieren, die sie dort ausharren ließ.

Als der Mann dies erkannte und es der Frau auf den Kopf zusagte, nahm sie seine Figur aus ihrem Spiel und ersetzte sie bald durch eine andere.

Ihr Spiel war ein schaler Ersatz für die wirkliche Liebe, vor der sie Angst hatte. Denn im Spiel der Liebe war sie selbst nur eine Figur.

Schattenmenschen

Viel zu viele Menschen
vernachlässigen oder verleugnen
ihre besten und schönsten
Entfaltungsmöglichkeiten
und bleiben ein Schatten dessen,
was sie hätten werden können –

aus Angst vor dem Leben,
aus Angst vor sich selbst,
aus Angst vor der Liebe.

Ein gutes Kind

Liebe –
so ein gutes Kind!
Sperr es nicht ein
in deinem Herzen,
laß es frei und groß werden.

Erst wenn es dir
über den Kopf
gewachsen ist,
kannst du
über dich selbst
hinaussehen.

Indiz

Eins der besten Indizien
für das Wachsen der Liebe
ist das Schrumpfen der Eigensucht.
Je mehr man an den
geliebten Menschen denkt,
desto weniger denkt man
an sich selbst.
Und wieso sollte man auch?
Sich selbst kennt man
ja schon ziemlich gut –
den geliebten Menschen
gilt es zu entdecken.

Kräfteverhältnis

Die Angst,
vom Zauber der Liebe
überwältigt zu werden,
zerstört ihn unweigerlich.

Die Sehnsucht,
den Zauber zu erleben,
muß stärker sein
als die Angst,
sich in ihm zu verlieren.

Die höchste Form

Wenn man
einen Menschen wirklich liebt,
kann man seine Schwächen,
seine Ängste und Unsicherheiten
nicht ausnutzen,
um daraus einen Gewinn zu ziehen.

Liebe ist die höchste Form
der Achtung und Wertschätzung,
die instinktiv vor allem zurückschreckt,
was den geliebten Menschen ausbeuten,
verwirren oder übervorteilen könnte.

Stärker als der Wille

Liebe,
die nicht stärker ist
als unser Wille,
ist nicht Liebe.

Nur wenn wir
nicht anders können,
als einen Menschen
zu lieben,
lieben wir ihn
wirklich.

Wer weiss, was morgen ist

Nach einem Jahr gemeinsam erlebter Höhen und Tiefen hatte Michael sich von Susann distanziert – nicht in der Absicht, sich nach und nach gänzlich von ihr zu lösen, sondern weil er die bisherige Nähe zu ihr nicht mehr aufrechterhalten konnte.

Es waren Dinge geschehen und Worte gesagt worden, die ihn verwirrt und verunsichert hatten. Etwas hatte sich zwischen ihnen verändert, etwas schien verlorengegangen zu sein, und Michael konnte nicht anders mit der neuen Lage umgehen, als sich ein Stück von Susann zurückzuziehen.

Auf ihre Fragen, auch die ungestellten, konnte er keine befriedigenden Antworten geben, weil er sie selbst nicht kannte. Bislang hatten sie sich zweimal, manchmal auch dreimal in der Woche getroffen und die Wochenenden zusammen verbracht.

Jetzt verspürte Michael zum ersten Mal das Bedürfnis, eine gewisse Zeit, vielleicht eine Woche oder auch zwei, für sich zu sein – in der Hoffnung, dabei Klarheit in seine trüb gewordene Gefühlswelt zu bringen.

Susann tat sein Rückzug weh. Sie sah darin den Anfang vom Ende. Sie schickte ihm einen Brief, in dem sie schrieb:

»Es tut mir leid. Ich war so dumm. Dachte, ich hätte alles richtig gemacht. Aber nein. Ich habe genau das bekämpft, was ich am meisten brauche, was ich haben wollte – Deine Liebe. Es scheint an mir zu liegen. Kommt diese Erkenntnis zu spät? Ich weiß es nicht. Ich weiß wirklich gar nichts mehr. Ich liebe Dich. Susann.«

Michael wußte auch nichts mehr. Aber Susanns Brief war eine große Überraschung. Er hätte ihr nicht zugetraut, daß sie sich so selbstkritisch sehen konnte. Sie hatte auf ihn immer den Eindruck einer Frau gemacht, die sich nicht gern in Frage stellte. Er versuchte, ihren Brief zu beantworten, fand aber trotz mehrerer Versuche nicht die richtigen Worte.

Drei Tage später rief sie ihn an. Er spürte, daß sie nicht länger warten konnte, und wußte auch, daß sie zu stolz war, ihn um ein Treffen zu bitten. Also lud er sie für den nächsten Tag zu sich nach Hause ein.

Als Susann vor der Tür stand, umarmten sie sich nicht. Die Zeit, in der sie sich nicht gesehen hatten, stand wie eine unsichtbare Wand zwischen ihnen.

Den ganzen Abend behandelten sie sich wie rohe Eier, behutsam, zuvorkommend, jedes heikle Thema meidend.

Beim Abschied schlug Susann vor, sich am Wochenende wieder zu treffen. Michael erklärte sich einverstanden, schon allein, um ihr nicht den Eindruck zu vermitteln, daß es ihm an gutem Willen fehle.

Am Wochenende gelang so gut wie gar nichts zwischen ihnen. Sie retteten sich über den Samstagabend, in der Hoffnung, daß der Sonntag Besseres für sie bereithielt. Aber am nächsten Tag verschlechterte sich die Lage eher noch.

Nachdem sie tapfer bis zum frühen Abend durchgehalten hatten, stand Susann abrupt auf, ging zur Garderobe, zog sich die Schuhe an, den Pullover über, und sagte mit bebender Stimme: »Ich glaube, ich komme nicht mehr wieder.«

Obwohl ihm ein Schrecken durch den Körper fuhr, fragte er ruhig: »Glaubst du es – oder weißt du es?«

Sie sah ihn traurig an. »Es klappt doch nicht mehr.«

»Stimmt«, sagte er, »aber wer weiß schon, was morgen ist?«

»Und du tust nichts?« fragte sie fordernd.

»Was soll ich denn tun?«

»Mich in den Arm nehmen«, brach es aus ihr hervor, und dann war sie aus der Tür und lief die Treppe hinunter.

Am nächsten Morgen rief er sie an. Sie wirkte freudig überrascht.

Es wurde ihr bestes Gespräch seit langem, und es erschien ihnen vielversprechend, sich augenblicklich zu sehen.

Sie waren kaum eine Viertelstunde zusammen, als die

unsichtbare Wand zwischen ihnen sich in Zärtlichkeit auflöste, in unverhoffte Nähe und Harmonie.

Es war nicht ihre erste, aber ihre schönste Lektion über die Unberechenbarkeit der Gefühle.

Auf dem Blumenmarkt

Plötzlich stand sie vor ihm, mitten auf dem Blumenmarkt. Gerade noch hatte er eine Pflanze betrachtet und ihren Kauf erwogen. Jetzt schaute er in schöne Augen, die nicht aufhörten, ihn zu faszinieren.

Er fühlte die sanfte Ausstrahlung ihres Blickes in sich eindringen und wurde aufs neue traurig. Warum hatte sie so wenig von dem gehalten, was ihre Augen immer noch versprachen? Warum hatte sie mit ihnen so wenig von ihm gesehen? Hatte sie Angst vor ihm gehabt? Angst macht blind, mehr noch als Liebe.

Einmal war es ihm zumindest so erschienen, als sie fluchtartig seine Wohnung verlassen hatte, nachdem er mit seinen Fingerkuppen ganz zart über ihren Arm geglitten war, obwohl ihr seine Berührung »durch und durch« gegangen war, wie sie ihm später einmal gestand.

Wie lange standen sie jetzt schon da, schweigend und mit ernsten Mienen, die Blicke ineinander versunken, immer noch voneinander angezogen – und zugleich wissend, daß sie sich nie wieder füreinander öffnen könnten?

Menschen gingen vorüber.

Worauf warteten sie?

Es gab nichts mehr zu gewinnen oder zu verlieren. Das

Spiel war aus. Sein stärkstes Gefühl war das der Enttäuschung. Blicke konnten täuschen.

»Wenn du dich doch nur kennen würdest«, sagte er leise und drückte zärtlich ihre Hand.

Ohne ihre Reaktion abzuwarten, ging er weiter und meinte zu spüren, daß ihr Blick ihm folgte. Fast hätte er sich umgedreht, um sich seiner Empfindung zu vergewissern. Doch er tat es nicht, denn welchen Sinn hätte es gehabt?

Fraglos

Ein Unglück kommt
bekanntlich selten allein.

Ein Glück kommt
oft zu zwei Menschen,
die es wagen,
sich zu öffnen,
ohne viel zu fragen.

Nur den Geliebten

Nur den Menschen,
die du geliebt hast,
bist du wirklich begegnet
in dieser Welt.

Die anderen haben
deinen Weg nur gekreuzt.

Blicke

Bevor ein Liebeszauber
zwischen zwei Menschen
sich entfalten kann,
müssen sie bereit sein,
ihre Blicke ohne Angst
ineinander sinken zu lassen –

zeitlos, grenzenlos.

Jeder Blick

Jeder zärtliche Blick,
jede intensive Umarmung,
jede liebevolle Begegnung
zwischen zwei Menschen
ist ein Sieg über Angst,
Enttäuschung und Mißtrauen.

Sinnfragen

Liebende lächeln,
wenn ihnen Fragen nach
dem Sinn des Lebens
gestellt werden –

sie lächeln und hoffen,
daß die Fragenden
die Antwort verstehen.

Zuversicht

Laß die Hoffnung
siegen über die Angst.
Laß das Vertrauen
siegen über die Ungewißheit.
Und deine Liebe wird
siegen über deine Zweifel.

Definition

Liebe ist,
wenn man
die größere Portion
des Guten
dem anderen gibt,
ohne Wert
darauf zu legen,
daß er es merkt.

Der Liebe folgen

Wir haben
keine andere Wahl,
als dem Willen
der Liebe zu folgen –

denn unserem Willen
wird sie niemals folgen.

Beziehungsweise

Eine Wohnung
kann man beziehen.
Eine Beziehung
kann man bewohnen.

Aber zu Hause
fühlt man sich
nur in der Liebe.

Wenn Liebe fehlt

Was ist Freiheit
ohne Liebe?
Was ist Schönheit
ohne Liebe?
Was ist Zauber
ohne Liebe?

Sinnlose Freiheit,
hohle Schönheit,
leerer Zauber.

Lebenshilfe

Das Buch
des Lebens
hat viele Seiten.

Doch das Leben
ist immer
auf der Seite
der Liebe.

Seelenfest

Ich wünsche dir das,
wofür es keine Worte gibt,
was dich sprachlos macht
vor lauter Glück,
was die Gedanken
stillstehen läßt –

und der Augenblick
wird zum Seelenfest.

Wie kommt das

»Obwohl du die Liebe bist«, sagte das Geld zur Liebe, »lieben die meisten Menschen mich mehr als dich. Denn ich erfülle ihnen ihre Wünsche, im Gegensatz zu dir.«

»Aber du hast keine Seele«, stellte die Liebe fest. »Du bist nur ein Ding, mit dem man andere Dinge kaufen kann. Doch die wertvollsten Geschenke des Lebens sind unkäuflich. Wie ich es bin.«

»Trotzdem«, erwiderte das Geld, »lieben die meisten Menschen ein seelenloses Ding wie mich mehr als ein unberechenbares Gefühl wie dich. Wie kommt das?«

Da senkte die Liebe traurig den Kopf und sagte: »Weil du ihre Seelen verschlossen hast.«

Der Stolz und die Liebe

»Wenn ich nicht wäre«, sagte der Stolz zur Liebe, »würdest du viele Menschen zu willenlosen Sklaven machen. Ich schütze ihre Würde, wenn sie in deinem Namen mißbraucht, unterdrückt und gedemütigt werden.«

»Ich sehe ein, daß es dich geben muß«, antwortete die Liebe, »nur lieben kann ich dich nicht.«

»Niemand ist vollkommen«, sagte der Stolz.

Zwischen Sehnsucht und Angst

Zwischen Sehnsucht und Angst
pendeln wir:
Angst, verletzt zu werden –
und Angst zu verletzen;
Sehnsucht nach Liebe,
nach Erfüllung unserer Träume ...

Was uns Glück verspricht,
was uns innere Heimat sein könnte,
verblaßt traumgleich gerne dann,
wenn wir es am meisten brauchen –
und die Enttäuschung treibt uns
viel zu weit lebensabwärts,
ohne die Kraft,
gegen den Strom zu schwimmen –

bis uns unverhofft
neue Hoffnung zuströmt –
aus Quellen,
die unerschöpflich scheinen.

Stark genug

Du faszinierst mich
immer aufs neue,
weil deine Liebe
mich nicht fesselt,
sondern befreit –
denn sie ist stark genug,
mich nicht zu schwächen
und zu beschneiden,
aus Angst,
ich könnte ihr entwachsen.

Sie weiß,
solange sie sich
nur selber treu bleibt,
ist es ihr Licht,
dem ich entgegensteige.

Schwerelos

Du siehst
mit den Augen
des Herzens schwindelfrei
in die Tiefe des Augenblicks,
weil du weißt:

du kannst fliegen,
schwerelos vor Sehnsucht.

Ich komme

Deine Augen – wie Fenster,
die sich öffnen ins Freie,
in den inneren Sonnenschein –
und ich kann fliegen
im warmen Aufwind
deines Lächelns.

An der Quelle dieses Lächelns
stillt meine Sehnsucht
ihren tiefsten Durst,
und ich komme –
ich komme zu ihrem Wasser,
um mich taufen zu lassen
auf den Namen
deiner Liebe.

Frischer Zauber

Tiefes Einatmen bist du,
wolkenloser Himmel,
hoher Genuß bist du,
ausgelassene Freude
in meinem Herzen,
frischer Zauber bist du –

verwandelst eine graue Straße
in eine Traumlandschaft
mit einem einzigen Lächeln.

Magnetismus

Wie kannst
du nur befürchten,
ich könnte mich
unterwegs verirren –

wenn alle Wege,
die ich gehe,
zu guter Letzt
mich zu dir führen?

Fortschritte

Wir brachten es fertig,
uns zu entdecken im Großstadtrummel,
brachten uns Zuneigung entgegen,
brachten es weit mit unsrer Beziehung,
in jeder Beziehung –
einmal sogar so weit,
daß wir sie beenden wollten,
brachten es aber nicht übers Herz.
Statt dessen brachten wir
sie wieder auf die Beine.

Jetzt bringen wir ihr bei,
nicht mehr zu fallen
in die Fallen,
die das Miteinander
mit sich bringt.

Gib gut auf deine Träume acht

Gib gut
auf deine Träume acht,
ohne sie bist du
verraten und verkauft.
Gib ihnen nur das Beste,
lies ihnen jeden Wunsch
von den Augen ab –
und laß sie niemals warten.
Halt warme Kleidung
stets für sie bereit,
wenn sie spazieren wollen
in der Weltgeschichte,
in der es für sie,
selbst im Hochsommer,
oftmals schneit.

Gib gut
auf deine Träume acht,
sonst fliegen sie davon.
Und mit ihnen
deine Flügel.

Blumenliebe

Ein Mädchen pflückte Blumen im Park.

Eine ältere Frau kreuzte ihren Weg und fragte: »Warum pflückst du diese Blumen?«

»Weil ich sie liebe«, gab das Mädchen zur Antwort. »Zu Hause stelle ich sie in eine Vase und habe meine Freude an ihnen.«

»Wenn du Blumen wirklich lieben würdest«, sagte die Frau, »dann hättest du viel mehr Freude daran, sie dort zu lassen, wo sie wachsen.«

Die selbstgestellten Fallen

Eine junge Frau wünschte sich einen treuen Mann, zwei süße Kinder, ein hübsches Haus und ein bißchen Zeit für ihre Neigungen und Hobbys. Und bald bekam sie tatsächlich alles, was sie sich gewünscht hatte.

Doch nach fünf Jahren langweilte ihr Mann sie zu Tode, ihre Kinder raubten ihr den letzten Nerv, das Haus verschlang das ganze Geld, und Zeit für ihre Neigungen und Hobbys hatte sie kaum noch.

Alles war so gekommen, wie sie es sich gewünscht hatte. Und wenn man sie fragte, wie es ihr ginge, antwortete sie immer, sie könne sich nicht beklagen.

Und doch war sie in ihrem tiefsten Inneren unglücklich und hatte das Gefühl, in eine Falle geraten zu sein, die sie sich selbst gestellt hatte. Und sie hatte nicht genug Kraft, Zeit und Mut, sich zu befreien.

Denn die selbstgestellten Fallen funktionieren am besten.

Wunderbares Licht

Jeder Augenblick,
in dem zwei Seelen
sich füreinander öffnen,
ist ein wunderbares Licht
in einer Welt,
die dunkel ist
vor Lieblosigkeit.

Liebeserfahrungen

Es ist sehr schwierig,
in der Liebe aus seinen
Erfahrungen zu lernen,
denn jeder Mensch ist einmalig.
Jeder wird dir etwas anderes schenken,
jedem wirst du etwas anderes geben.
Und deine Erfahrungen,
die dich schützen sollen,
können zu der Mauer werden,
die dich von dem trennt,
was du so nötig brauchst.

Wer sich nicht öffnet

In einer Welt,
in der so viele Paare sich
belügen, betrügen und verletzen,
ist die Angst verständlich,
sein Herz zu öffnen,
und seine Seele zu offenbaren,
und es fällt schwer,
an die Macht der Liebe,
den Zauber der Zärtlichkeit
und den Segen des Vertrauens zu glauben.

Doch wer sich nicht öffnet,
wird immer ein
Sklave seiner Angst bleiben
und niemals erfahren,
was wirkliche Liebe ist.

Augenblicke

In den Augen der Liebenden
rückt alles
seinem wirklichen Wesen näher,
findet alles zu sich nach Hause.

Die Blicke der Lieblosen
drängen die Wirklichkeit ins Exil.

In dir

Wenn du dich
nach Liebe sehnst,
suche sie nicht
in anderen Menschen.

Finde sie in dir
und gib sie denen,
die sie in sich gefunden haben –
um sie dir zu geben.

Jemanden zu lieben

Jemanden zu lieben heißt,
ihm eine gewisse Macht
über die eigene Seele
zu verleihen.
Das erfordert Mut,
Optimismus und Vertrauen.
Wer dies nicht aufbringt,
wird niemals wirklich
tiefe Liebe erleben.

Jenseits der Zweifel

Jenseits der Zweifel
liegt ein Zauberreich,
das wir erreichen können,
wenn überströmende Liebe
uns die Grenzen vergessen läßt,
die uns zur zweiten
Haut geworden sind.

Lebenszeitmass

Ich liebe,
also bin ich.

Und wenn ich
hundert Jahre alt werde:
gelebt habe ich nur
in den Zeiten,
in denen ich liebte.

Die unsichtbare Mauer

Es war ein Tag wie aus dem Bilderbuch. Die Sonne strahlte in einem wolkenlosen Himmel.

Sie hängten Wäsche im Hinterhof auf.

Als sie gerade eins seiner bunten Baumwollhemden an der Wäscheleine festklemmte, fühlte sie sich plötzlich überwältigt von der Liebe, die sie für ihn empfand.

»Ich könnte mein Leben lang mit dir Wäsche aufhängen«, sagte sie.

Ihre Blicke trafen sich.

Warum er dann mit einem leichten Grinsen sagte, er könne sich Besseres mit ihr vorstellen, als ständig Wäsche aufzuhängen, wußte er selbst nicht. Als er die Enttäuschung in ihrem Blick bemerkte, wünschte er sich, es nicht gesagt zu haben – und er wußte auch, warum.

Sie wohnten jetzt etwas länger als ein Jahr zusammen, und es war nicht mehr ganz so zwischen ihnen wie in den ersten Monaten, auch wenn er sich gegen diese Erkenntnis wehrte. Ihre Küsse waren nicht mehr so innig, ihre Umarmungen nicht mehr so leidenschaftlich, und lächelnd aneinandergekuschelt schliefen sie schon lange nicht mehr ein. Sie hatten jetzt das, was man eine ›feste Beziehung‹ nannte.

Alles hatte sich normalisiert, und warum auch nicht, man konnte nicht ein Jahr lang verliebt sein und die Realität ignorieren, ohne zu einem Nervenbündel zu werden. Drei bis vier Monate durchschnittlich dauere der Zustand der Verliebtheit, hatte er neulich gelesen, danach gehe eine Beziehung zu Ende oder sie verändere sich.

Er sah ihr in die Augen und versuchte, die unsichtbare Wand zu durchdringen, die das tägliche Miteinander zwischen ihnen aufgebaut hatte – eine wachsende Wand, die sich manchmal noch in Luft auflöste, wenn ihre Gefühle intensiv genug waren.

Damals, in den euphorischen ersten Monaten, war diese Mauer nur dann erschienen, wenn sie sich in Mißverständnissen verfangen hatten und sich wehtaten bei den Versuchen, sich daraus zu befreien.

Liebe war nicht zuletzt eine gesteigerte Anfälligkeit für Verletzungen.

»Und jetzt?« fragte sie.

»Es tut mir leid«, antwortete er, »meine Antwort von soeben. In unserer Anfangszeit hätte ich mich wahnsinnig darüber gefreut, wenn du so etwas gesagt hättest.«

»Wenn ich was gesagt hätte?«

»Na, das eben mit dem Wäscheaufhängen, ein Leben lang. Ob Wäscheaufhängen, Blumengießen oder von mir aus im Kreis gehen: Hauptsache mit dir, hätte ich damals gesagt – und nicht, daß ich mir etwas Besseres vorstellen könnte.«

Sie lächelte ihn an und strich ihm zärtlich eine Haarsträhne aus der Stirn. Ihre Berührung ging ihm unter die Haut, so stark wie zu Beginn ihrer Liebe. Als er ihr in die Augen sah, war die unsichtbare Wand fort.

Er entschloß sich, nicht zu fragen, wie lange.

Vielleicht so

Dich finden,
ohne mich zu verlieren.

Mich dir geben,
ohne mich aufzugeben.

Dich verstehen,
ohne mich zu übersehen.

So könnte es gehen.

Nur so lange

Wenn du dich hinter
einer Maske verborgen hast,
war deine Maske lebendiger
als das wahre Gesicht vieler anderer.

Wenn du mir
etwas vorgespielt hast,
war dein Spiel wirklicher
als die Wirklichkeit vieler anderer

Wenn du nur
so getan hast als ob,
war deine Verstellung überzeugender
als die Ehrlichkeit vieler anderer.

Aber nur so lange,
wie ich die Wahrheit
nicht wahrhaben wollte.

Denn du schaust mich an

Nun mauere ich
den schmalen Durchgang,
den ich nicht ohne Mühe
zwischen uns geöffnet habe,
wieder zu.
Was nicht geht, geht nicht,
sage ich mir und setze
Stein auf Stein.
Enttäuschte Hoffnung
ist ein tüchtiger Maurer.

Nur den letzten Stein,
der die Mauer schließt,
kann ich nicht setzen.

Denn du stehst
auf der anderen Seite
und schaust mich an.

Die Gunst des Augenblicks

Du bittest mich
nicht zum ersten Mal um Zeit,
doch Geduld war noch nie
eine meiner Stärken.

Ich will nicht darauf warten,
daß du irgendwann
in ferner Zukunft erkennst,
daß wir eine Gegenwart
zu leben haben.

Meine Zukunft will ich teilen
mit denen, die mich empfangen
und nicht ins Wartezimmer bitten,
die eine Chance als solche erkennen
und die Gunst des Augenblicks nutzen.

Das Leben ist zu kostbar,
um es mit Warten zu vergeuden –
auf etwas, das vielleicht nie kommt.

Eine hohe Kunst

Ich glaubte,
diesmal würdest du
in meiner Nähe bleiben,
doch du warst wieder nur ein Gast,
wie schon beim ersten Mal.

Vieles wiederholt sich
und verliert dadurch an Reiz,
doch unsere Wiederholung war
intensiver als die Premiere,
im anfänglichen Gelingen
wie im späteren Scheitern.

Es ist eine hohe Kunst,
darüber zu lächeln.

Orientierung

Ich will nicht mehr
mit dir gehen
in deinem Tempo.

Ich möchte dich
nicht mehr sehen
zu deinen Bedingungen.

Ich kann dich
nicht mehr verstehen
mit meinem Herzen.

Ich orientiere mich
an meinen Träumen,
in denen du
nicht mehr erscheinst.

Was ich mir wünsche

Du gibst mir nicht alles,
was ich brauche.

Du gibst mir vieles,
was ich nicht brauche.

Das mag normal sein,
aber das Normale
hat mir nie genügt.

Ich wünsche mir,
was mich wunschlos macht.

Sprachlos vor Sehnsucht

Ich stehe im Dunkel
und winke dir zu,
als könntest du mich sehen
mit den Augen der Seele
und mir antworten –

sprachlos vor Sehnsucht
wie ich.

Die richtige Antwort

»Wen hast du mehr lieb?« fragte der Vater seinen jungen Sohn, »deine Mutter oder mich?«

Der Sohn überlegte kurz und sagte: »Ich hab euch beide gleich lieb.«

Sein Vater wußte insgeheim, daß sein Sohn ihn nicht so sehr liebte wie seine Mutter. Und er hatte ihm oft genug gesagt, daß es nicht richtig sei zu lügen.

Trotzdem war er sehr zufrieden mit der Antwort seines Sohnes und strich ihm zärtlich über das Haar.

Das verlorene Beste

Eine junge Frau hatte es sich nach einer tiefen Enttäuschung zum Prinzip gemacht, immer nur ihr Zweitbestes zu geben und ihr Bestes für sich zu behalten wie einen Schatz.

Doch mit den Jahren spürte sie, daß ihr Bestes immer kleiner wurde, obwohl sie nichts davon verschenkte. Und schließlich war es so klein geworden, daß sie Angst bekam, es ganz zu verlieren.

Dann begegnete ihr ein Mann, der sie durchschaute. Er sagte zu ihr: »Du wirst dein Bestes völlig verlieren, wenn du es nicht mehr verschenkst.«

Sie wandte sich beleidigt von ihm ab, obwohl sie wußte, daß er recht hatte.

Verlustangst

Verlustangst in der Liebe
ist menschlich,
aber destruktiv.
Sie vergiftet unsere Freude
an dem Glück,
das wir gefunden haben,
überschattet unseren Genuß
und läßt uns im Sonnenschein
kalte Hände bekommen.

Liebe weiss

Die Liebe ist nicht nur
eine empfindliche,
sondern auch weise Pflanze,
die genau weiß,
wie sie wachsen will.

Gute Liebende
hüten sich davor,
sie zu biegen
oder zu beschneiden.

Sichtweisen

Wie lange ist
ein Paar verliebt?

Pessimistisch gesehen:
solange es sich
die Illusion geben kann,
einer könne des anderen
Wünsche und Sehnsüchte erfüllen.

Optimistisch gesehen:
solange es sich
immer aufs neue verlieben kann.

Innerer Reichtum

Inneren Reichtum
vermehrt man
am schönsten,
indem man ihn
mit anderen teilt –
in der Gesellschaft
der Liebe.

Schicksalsverbindung

Liebe zu einem anderen
Menschen zu entdecken heißt,
sein Schicksal mit dem
des Geliebten zu verbinden –

und dabei vielleicht zu erkennen,
daß es schon immer
damit verbunden war.

Liebe oder Angst

Der Eifersüchtige
will den geliebten Menschen
von allen anderen fernhalten,
die ihm wichtig werden könnten.

Aus Liebe – sagt er.
Aus Angst – sollte er sagen.
Liebe läßt den anderen frei sein.
Angst sperrt ihn ein.

Sage es schweigend

In den hellsten Momenten der Liebe
werden alle Fragen,
die du an das Leben stellst,
mit einem Schweigen beantwortet,
das dir alles sagt,
was Worte vergeblich zu geben versuchen.
Deshalb suche die Antworten
auf deine Fragen ans Leben nicht dort,
wo die Sprache herrscht.
Gehe über die Grenzen der Worte hinaus
und lausche dem Unsagbaren.

Und wenn jemand dich fragt,
was du erkannt hast,
sage es schweigend,
mit einem Lächeln, einem Blick –
mit einer Berührung, die das Herz öffnet.

Lebenswichtig

Warum sind
so viele Menschen seelisch krank,
warum haben sie so viele unnötige Ängste?
Warum sind ihre Gesichter so ernst,
warum wirkt ihr Leben so schwer,
warum sind ihre Seelen so verschlossen
und ihre Herzen so eng?

Vielleicht,
weil sie noch nicht erkannt haben,
daß es lebenswichtig ist,
die Liebe freizulassen,
die sie in sich gefangen halten.

Lebensfreude

Wurde dir eine gute Portion Lebensfreude
in die Wiege gelegt, sei fest entschlossen,
sie dir bis zum Tod zu erhalten,
denn du besitzt mit ihr einen Schatz,
der durch nichts aufzuwiegen ist.
Teile sie gern, aber nur mit Menschen,
die Gutes mit Gutem erwidern können,
die Vertrauen mit Vertrauen beantworten
und keine Furcht vor Offenheit und Nähe haben –
Menschen, die wissen,
daß in der Tiefe seelischer Nähe zueinander
das größte Glück und die schönste Kraft liegt,
die Menschen sich schenken können.

Je weniger du liebst

Du brauchst einfach
Vertrauen in dich selbst
und Vertrauen in die Liebe.
Wenn du dies nicht hast,
lebst du außerhalb des Lebens.
Je weniger du liebst,
desto weniger lebst du.

Jeder offene Blick,
jede intensive Umarmung,
jede liebevolle Begegnung
ist ein Sieg über die innere Leblosigkeit.

Wir brauchen Menschen,
die uns ähnlich sind,
die sich uns öffnen und uns
ihre Nähe und Zärtlichkeit schenken.
Ohne sie verkümmern wir
und werden zu armseligen Seelen.

Die Macht der Liebe

Ein einsamer Mann klopfte an die Tür der Liebe, aber die Liebe öffnete ihm nicht. Also klopfte er noch einmal, diesmal kräftiger, doch die Liebe reagierte nicht.

Vielleicht haben die Menschen recht, die nicht an die Existenz der Liebe glauben, dachte der Mann und ging nach Hause.

Doch die Einsamkeit ließ ihm keine Ruhe, und so rief er die Liebe an, doch sie ging nicht ans Telephon, obwohl er mehrmals versuchte, sie zu erreichen. Dies bestätigte ihn in der Befürchtung, daß es die Liebe nicht gab, daß sie nur eine Illusion war, mit der die Menschen versuchten, sich das Leben erträglicher zu machen.

Aber noch wollte er nicht aufgeben. Also schrieb er der Liebe einen Brief und wartete zwei Wochen lang auf eine Antwort, die aber nicht kam.

Schließlich gab der Mann den Glauben an die Liebe auf.

Eine Woche später begegnete sie ihm zufällig bei einem Spaziergang. Der Mann ging auf sie zu und fragte sie: »Warum hast du nicht auf mein Klopfen an deiner Tür, meine Anrufe und meinen Brief reagiert?«

Die Liebe seufzte: »Warum verstehen die Menschen

nicht, daß ich nicht zu ihnen komme, wenn sie es wollen, sondern erst, wenn ich es will?«

»Aber du kommst zu spät, zumindest zu mir«, beklagte sich der Mann. »Nun glaube ich nicht mehr an dich.«

»Ich komme nie zu spät«, erwiderte die Liebe. »Ich komme immer zum richtigen Zeitpunkt.«

Der Mann schüttelte unwillig den Kopf. »Ich leide schon so lange unter meiner Einsamkeit, und du hast mich leiden lassen. Immer soll alles nach deinem Willen gehen, immer willst du alles bestimmen! Bist du wirklich die Liebe? Oder bist du die Macht?«

»Ich bin die Macht der Liebe«, war die Antwort.

Der Mann verstand nicht, schüttelte unwillig den Kopf und ging weiter.

Die Liebe sah ihm hinterher und fragte sich, ob die Menschen jemals verstehen würden, daß sie nicht existierte, um die Bedürfnisse der Menschen zu befriedigen, ihre Sehnsüchte zu stillen und Nöte zu beenden, sondern um ihnen den Weg ins Herz des Lebens zu zeigen.

Aber zuerst müssen sie mir vertrauen, dachte die Liebe, sich mir rückhaltlos anvertrauen, sonst kann ich sie nicht dorthin führen, und sie war traurig darüber, daß wieder – wie schon so oft – ein Gespräch mit einem Menschen als Selbstgespräch endete.

Innerlich frei bleiben

Du kannst jemanden lieben
und trotzdem innerlich frei bleiben.
Liebe kann dein Freiheitsgefühl
sogar noch vertiefen –
es sei denn, der Mensch,
den du liebst,
knabbert dir heimlich
die Schokolade deiner Freiheit weg –
aus Furcht, dich zu verlieren,
oder weil er dich dominieren will.

Laß dich nicht beherrschen!
Wer dich kontrollieren will,
liebt dich nicht wirklich.
Er liebt sich selbst
in dem Machtgefühl,
das du ihm vermittelst.

Liebe ist besser

Ein gutes Mittel gegen
die Eifersucht ist die Erkenntnis,
daß kein Mensch einem anderen gehört,
und niemand das Recht hat,
seinem Nächsten die Nähe
zu anderen Menschen zu erschweren,
geschweige denn zu zerstören.

Eifersucht mag menschlich sein,
doch sie ist kein Kind der Liebe
und des wohlwollenden Verstehens,
sondern der Angst und Eitelkeit.
Skepsis mag gesund sein,
doch ohne Vertrauen wird die Seele krank.
Kontrolle mag gut sein,
vertrauensvolle Liebe ist besser.

Irrglauben

Viele Menschen sind
deshalb so unglücklich,
weil sie nicht wissen,
was Liebe und was Freundschaft ist,
und weil sie zu ängstlich und ichbezogen sind,
um es zu erfahren.
Sie reden schon von Freundschaft,
wenn sie sich gegenseitig Dienste leisten,
ohne sich Rechnungen auszustellen.
Und sie glauben, Liebe zu erleben,
wenn sie jemanden gefunden haben,
der sie mehr braucht, als sie ihn brauchen,
der deshalb schwächer ist
und jeden wichtigen Kampf verliert –

nicht, weil er menschlich unterlegen ist,
sondern weil seine Liebe ihn entwaffnet hat.

Selbstliebe und Egoismus

Es gibt einen prinzipiellen Unterschied
zwischen Selbstliebe und Egoismus.
Nur wer mit sich selbst in Liebe lebt,
kann auch anderen Liebe geben.
Wer sich nicht so annimmt, wie er ist,
wird auch an anderen
immer etwas auszusetzen haben.
Er wird sie ablehnen,
weil er sich selbst nicht akzeptieren kann.
Deshalb ist die Liebe zu sich selbst
die Basis der Liebe zu anderen Menschen.

Der Egoist liebt sich auch,
aber er will keine Liebe geben,
er will nur von den anderen geliebt werden.
Er ist der Star, die anderen sind das Publikum.
Und wer ihn auspfeift, den sortiert er aus.

Überzeugungskraft

Wirkliche Liebe ist eine Kraft,
die so überzeugend ist,
daß du ihr
bedenkenlos dein Vertrauen schenkst –
und erkennst,
daß sie das wahre Leben ist.

Dann machst du dir
keine Gedanken mehr darüber,
ob das Stück vom Kuchen,
das für dich herausspringt,
groß genug ist.
Du stehst über solchen Motiven,
denn du vertraust der Liebe bedingungslos.

Gegen dieses Urvertrauen
hat dein Egoismus keine Chance.

Wer glücklich sein will

Für viele besteht die Liebe
vor allem darin, geliebt zu werden.
Selbst zu lieben macht ihnen angst,
ist ihnen zu gefährlich.
Selbst zu lieben bedeutet,
sich der Möglichkeit auszuliefern,
belogen und betrogen,
gedemütigt und verletzt zu werden,
denn die Gefühle des anderen
sind noch weniger berechenbar
als die eigenen.
Da ist es klüger,
man läßt sich lieben
und bleibt selbst emotional
auf Sicherheitsabstand.

So argumentiert die Angst vor dem Leben
und überzeugt damit viele Menschen.

Wer glücklich sein will,
darf keine Lebensangst haben –
er braucht Lebensmut.

Mein Beileid

Lieber das bekannte Unglück
als das unbekannte Glück?
Lieber nicht fliegen,
als einen Absturz zu riskieren?
Lieber die vertraute Angst
als das beängstigende Vertrauen?
Lieber sich verschließen,
als wieder verletzt zu werden?

Wer so denkt, verdient Beileid –
denn er hat sich lebendig begraben.

Egoismus und Liebe

Je kleiner dein Egoismus wird,
desto größer wird deine Liebe.
Die wunderbarsten Augenblicke
deines Lebens geschehen,
wenn dein Ego ganz klein ist.
Und am glücklichsten bist du,
wenn du dein Ich nicht mehr wahrnimmst,
wenn du im Bann des Glücks ichlos bist.

Egoismus ist ein notwendiges Übel
in dieser Ellenbogenwelt,
aber du mußt ihn ablegen können
wie einen Mantel,
wenn du die Liebe besuchst –
sonst umarmt sie dich nicht.

Aprilgefühle

Frank saß im Sessel am Fenster. Es war dunkel im Zimmer geworden. Draußen fuhr ein Auto vorbei, dann noch eins, aber das waren ferne Geräusche, die man ebensogut überhören konnte.

Sara war nach einer fruchtlosen Auseinandersetzung wieder gegangen.

Frank hatte sich erleichtert gefühlt, aber es war ein großes Unbehagen in ihm zurückgeblieben, denn er hatte sich an Zeiten erinnert, in denen er erleichtert gewesen war, wenn Sara vor seiner Tür gestanden hatte. Empfindungen verändern sich, dachte Frank, aber man merkt es erst richtig, wenn es geschehen ist.

Nun war es nicht mehr zu leugnen oder zu verdrängen: Ihre Liebe war in einer Krise, und zum ersten Mal hatte es den Anschein, daß es nicht einer dieser kurzen Engpässe war, durch die man sich in wenigen Tagen hindurcharbeiten konnte und wieder freien Weg hatte. Diesmal war es keine Verengung, es fühlte sich eher an wie eine Mauer, vor der sie standen und nicht mehr weiterwußten.

Sie führten ergebnislose Gespräche, redeten über die plötzliche Lähmung, beleuchteten sie von allen Seiten und konnten schließlich einige Symptome beim Namen nennen, aber die Lähmung blieb bestehen. Wo war die Medizin?

Sie hatten schließlich ausgemacht, sich eine Woche lang nicht zu treffen. Vielleicht hatte man sich einfach zu oft gesehen, ein ganzes Jahr ohne längere Trennung als für einige Tage. Offensichtlich war man jetzt doch unmerklich in eine Art Routine hineingeschlittert. Lähmung durch Gewohnheit, wer war schon dagegen gefeit?

Nach drei Tagen hatte Frank vor Saras Tür gestanden.

»Es hat keinen Sinn so, wir müssen es zusammen versuchen!« hatte er gesagt, und plötzlich war die unsichtbare Mauer nicht mehr zu spüren gewesen, als habe er sie mit einem geheimen Zauberwort aufgehoben.

Es folgten unbeschwerte Tage, die Sonne zeigte sich nach langer Abwesenheit. Frank und Sara fuhren in die noch schlafende Natur hinaus, um die ersten frühlingshaften Tage des Jahres auszukosten. Und manchmal gelang ihnen ein Lächeln.

Dann, ganz unvermittelt, blieb die Sonne aus, und mit ihr verlor sich die alte, neu gewonnene Wärme zwischen ihnen. Eine unachtsame Geste, ein paar gedankenlos dahingesagte Worte gaben Anlaß zu leichten Vorwürfen, die schwerere nach sich zogen, bis sich alles zu einem beengenden Schweigen aufstaute.

»Vielleicht ist unsere Liebe einfach nur krank! Und wir nehmen es nicht wahr und reden von Lähmung und Stockung«, hatte Sara plötzlich in das Schweigen hineingerufen. »Eine Liebe ist etwas Organisches, sie kann doch mal krank werden, genau wie der Körper! Vielleicht hatte unsere Liebe Grippe, und die ist nicht richtig auskuriert worden. Jetzt hat sie einen Rückfall bekommen. Wir müssen sie schonend und gut behandeln, dann ist sie bald wieder gesund!«

»Und was machen wir, wenn es etwas Ernsteres ist?« hatte Frank gefragt.

»Grippe! Sie hat nur Grippe!«

Frank stand auf und tastete sich zum Lichtschalter vor, stieß dabei mit dem Knie gegen den Schreibtisch, aber es tat nicht weh.

Er fand den Schalter und drückte ihn: Die Lampe erhellte das Zimmer mit einem magischen Ruck: die Wanddekorationen, das Bett, den Tisch, die Boxen der Hi-Fi-Anlage. Ich bin ein Zauberer, dachte Frank, solange ich die Stromrechnung bezahle.

Als er eine Schublade des Schreibtisches herauszog, um ihr eine Zigarettenschachtel zu entnehmen, fiel sein Blick auf ein Photo, das halb verdeckt von einem Notizblock in der Lade lag. Er zog es hervor und sah sich selbst lächelnd auf einer Bank sitzen, auf seiner Lieblingsbank im Park; es war eins der Photos aus der Serie, die Sara von ihm gemacht hatte, ganz am Anfang, als sie ineinander verliebt waren bis in die Haarspitzen.

»Wird das nicht allmählich uninteressant, immer nur mein Gesicht zu photographieren?« hatte er gefragt, aber Sara hatte nur gelächelt und weitergeknipst.

Tage später zeigte sie Frank die Aufnahmen. Fast alle waren gelungen, hatten etwas Charakteristisches eingefangen.

»Wie machst du das?« fragte Frank.

Sara lachte. »Du machst es. Ich drücke nur im richtigen Moment den Auslöser. Dein Gesicht macht das Photo.«

»Und du machst mein Gesicht«, sagte er.

Sie zeigte ihm Zeitschriften mit Photos, die sie veröffentlicht hatte. Warum sie gerade Photographin geworden sei? Das frage sie sich auch manchmal, aber irgend etwas müsse man ja tun zur Finanzierung seines Lebens.

Frank hatte bereits damals geahnt, daß Sara die Frau war, nach der er schon lange gesucht hatte.

Das darauf folgende Jahr war das glücklichste in Franks bisherigem Leben. Er erlebte mit Sara all das, was er sich mehr oder weniger bewußt unter einer wirklichen Liebe vorgestellt hatte. Und auch manches, das seine Vorstellungskraft übertraf. Zum ersten Mal.

Sie hatten viele erste Male zusammen, in der ersten Zeit brachte fast jeder neue Tag ein neues erstes Mal, und jedes wurde gefeiert, als sei es das einzige oder letzte. Die Ressourcen ihrer Liebe schienen ein Leben lang auszureichen. Die Zukunft lag vor ihnen wie eine bunt blühende Sommerwiese.

Frank und Sara hatten mit der Zeit herausgefunden, daß ihre Liebe ein bestimmtes Klima brauchte, um sich entfalten zu können, eine Atmosphäre der Wärme und des rückhaltlosen Vertrauens; und wenn es ihnen gelang, dieses Klima zwischen ihnen entstehen zu lassen, erlebten sie die kostbarsten Glücksmomente.

In der Schublade, aus der Frank das Photo von Sara gezogen hatte, lag auch ein Brief von ihr, den sie ihm in der Anfangszeit ihrer Liebe geschickt hatte, als sie für ein paar Tage verreisen mußte. Er hatte den Brief damals tagelang bei sich getragen und kannte seinen Inhalt auswendig. Trotzdem entfaltete und las er Saras Zeilen ein weiteres Mal: »Frank, Lieber, es ist, als wäre ich bei dir! Mein Kopf liegt in deinem Schoß, und ich fühle deine Nähe, die das einzige ist, was ich brauche und liebe ...«

Frank konnte nicht weiterlesen und legte den Brief wieder in die Schublade zurück. Saras Zeilen stimmten ihn traurig, noch trauriger, als er ohnehin schon war, denn sie machten ihm die Kluft zwischen damals und heute schmerzlich bewußt. Damals waren Sara und er ein Herz und eine Seele gewesen, das Leben floß freudig und stark durch ihre Körper und Seelen, wenn sie sich küßten, und die Grenzen zwischen ihnen verloren sich in der Innigkeit ihrer Umarmungen – und sie wurden eins.

Doch nun schien es so, als sei alles Leben zwischen ihnen erstarrt.

Wie hatte es soweit kommen können? Wie konnten zwei Menschen, die zeitlose Stunden reinen Glücks miteinander erlebt hatten, sich so sehr voneinander entfremden? Vielleicht lag es daran, daß sie die seelische und erotische Harmonie, die von Anfang an zwischen ihnen bestand, im Alltagsleben nicht finden konnten?

Frank und Sara empfanden in neun von zehn Punkten gleich oder ähnlich, zum Beispiel bei der Einschätzung anderer Menschen, aber es gab auch unübersehbare Meinungsverschiedenheiten, Diskrepanzen in der Betrachtungsweise gewisser Lebensaspekte und Konflikte bei Fragen der Freizeitgestaltung.

Sara liebte die pralle Sommersonne und aalte sich gern stundenlang in ihr, Frank suchte den Schatten. Sie wanderte und radelte gern, er hatte einen hartnäckigen Widerwillen gegen unnötige körperliche Aktivität. Die Liste ihrer unterschiedlichen Neigungen ließe sich noch um ein gutes Stück verlängern.

Frank und Sara verstanden nur selten, aus diesen banalen Beweisen ihrer Individualität Gewinn zu ziehen. Sie empfanden sie zumeist als Behinderung, eigentlich nie als Bereicherung, denn trotz ihrer relativen Nichtigkeit stellten diese Unterschiede die Erfahrungen ihrer inneren Einheit in Frage und schufen Verunsicherung. Wenn Sara etwa begeistert über ein Buch sprach, das Frank gelangweilt nach dem ersten Kapitel weggelegt hatte, entstand das von beiden so sehr gefürchtete Unbehagen.

Frank sagte sich, daß es völlig normal und daher in keiner Weise besorgniserregend sei, wenn Sara und er ganz unterschiedlich auf ein Buch reagierten, doch dabei hatte er das Gefühl, seinem Verstand näher zu stehen als seiner Seele. Wenn er sich sagte, daß es nicht normal, sondern bedenklich sei, weil es auf tiefer liegende Unstimmigkeiten verweise, stand er seiner Seele näher als seinem Intellekt. Hatte dieses Unbehagen sich einmal im Raum etabliert, war es kaum mehr zu überwinden und warf einen dunklen Schatten auf all das Wunderbare, das geschehen war.

Sara hatte einmal dazu gesagt: »Wir haben eine unbewußte Technik entwickelt, mit unseren schlechten Zeiten die guten zu zerstören.«

Er hatte ihr trotz dieser drastischen Formulierung nicht widersprochen, denn bei der nachträglichen Abwertung ihrer emotionalen Höhenflüge arbeiteten sie sehr harmonisch miteinander, als wären sie von der trügerischen Lust an der Selbstquälerei getrieben, von dem fatalen Drang, das Schlechte als Vorwand zur Demontage des Guten zwischen ihnen zu benutzen.

Und dies, obwohl beide genau wußten, daß man die Erinnerungen an gute, magische Stunden und Tage hochhalten sollte, nicht nur um ihrer selbst willen. Sie waren auch ein wertvoller Maßstab, mit dem sich die Lebensqualität der Gegenwart messen ließ. Und sie vermochten noch mehr, denn wer sich an gute Zeiten erinnert und sich dabei der Kluft zwischen wunderbarer Vergangenheit und schaler Gegenwart bewußt wird, fragt sich, was ihn an das nichtssagende Gefühl bindet, das die Gegenwart ihm vermittelt, wenn kostbare Erinnerungen ihn zum Nachgenuß einladen und ihm das Gefühl geben, daß die Seele im intensiven Nacherleben der Vergangenheit manchmal in der Lage sein kann, die Gesetze der Zeit aufzuheben und längst Geschehenes wieder gegenwärtig zu machen.

Erinnerungen an schöne Zeiten ähneln Songs, dachte Frank. Viele mag man irgendwann nicht mehr, aber an manchen kann man sich einfach nicht satt hören, sie sind so reich, so zauberhaft, daß die Zeit keinen Einfluß auf sie zu haben scheint.

Frank öffnete das Fenster, und als er die frische Abendluft in tiefen Zügen einatmete, verspürte er das Bedürfnis, nach draußen, in die Stadt zu gehen.

Er landete zuerst in einem Kino. Dort kam die Realität aus einer schmalen, rechteckigen Öffnung in der hinteren Saalwand in Form eines staubdurchflimmerten, weißen Lichtstrahls. Einer der üblichen Klischee-Western, mit Kanonen oder Revolvern im Titel. Erste Szene: die aufgehende Sonne über der ewigen Prärie, dann die obligatorischen Großaufnahmen von verblichenen Schädelknochen verendeter Tiere.

Nachdem Frank die ersten Kapriolen des Hauptdarstellers Roger über sich hatte ergehen lassen, schloß er die Augen und schimpfte innerlich über seine fehlerhafte Intuition, die ihn in dieses schlechtbelüftete Kino geleitet hatte.

»Der Westen ist ein hartes Land, und es bringt harte Männer hervor! Die Weichen werden zertreten wie Würmer!« sagte Roger verächtlich zu seiner rothaarigen Partnerin, die sich alle Mühe gab, ihn mit von heimlicher Bewunderung durchsetzter Abscheu anzuschauen.

Frank hielt noch ein paar Szenen durch, dann verließ er das Kino und stürzte sich in das eher beschauliche Abendleben der kleinen Universitätsstadt, wo er seit drei Jahren studierte und lebte, vor allem lebte.

In einer Diskothek lernte er Alina kennen.

Als die Disko schloß, lud sie ihn auf einen Tee zu sich nach Hause ein.

Am nächsten Tag schrieb er in sein Tagebuch:

Sie heißt Alina. Ich habe sie einfach angesprochen. Sie stand etwas abseits von der Theke an die Wand gelehnt und trug eine bestickte schwarze Samtweste. Sie hat ein hübsches Gesicht mit großen Augen. Ihre Stimme ist weich und ruhig und blieb leise, wenn sie gegen die Musik anredete. Das gefiel mir, obwohl ich kaum ein Wort verstand. Wir setzten uns in eine Ecke, wo die Musik nicht so laut war. Sie rauchte viel und steckte mich damit an. Ich trank Wein und redete viel durcheinander. Sie war ganz Ohr. Mir gefiel ihre Art zuzuhören. Mir gefielen ihre braunen, sanften Augen.

Als die Diskothek schloß, gingen wir zu ihr. Ich blieb vielleicht zwei Stunden. Sie hat ein hübsches, kleines Zimmer, geschmackvoll eingerichtet. Wir saßen uns auf ihrem Bett gegenüber und sahen uns lange in die Augen. Einmal nahm ich ihren Kopf in die Hände, und sie nahm meinen, und wir drückten unsere Stirnen leicht gegeneinander, eine kleine Ewigkeit lang. Alle Gedanken verschwanden aus meinem Kopf. Es war schön, intensiv, es war magisch.

Ich ging, als die Magie nachließ, als ich wieder zu denken an-

fing, als ich müde wurde. Sie war etwas überrascht, als ich aufstand und mich zum Gehen anschickte. Ich sagte ihr, ich sei zu müde, um zu bleiben, und daß ich bestimmt bald wiederkäme. Sie wirkte leicht enttäuscht, vielleicht hatte sie gehofft, daß ich die Nacht mit ihr verbringen würde.

Neue Begegnungen sind wichtig, ich darf das nie vergessen. Am Anfang einer Beziehung stehen all die Chancen, die aus Zeitgründen noch nicht verspielt werden konnten. Solange eine Beziehung noch so neu ist, daß keine Erwartungshaltungen und Gewohnheitsmechanismen ihre Unschuld sabotieren können, befindet sie sich im Zustand der Gnade und sollte auf Probe heiliggesprochen werden.

Neue Begegnungen seien wichtig, hatte Frank in seinem Tagebuch notiert. Seine Beziehung zu Alina sollte wichtiger werden, als er anfänglich gedacht hatte. Die Begegnung mit ihr war kein Zufall. An Franks innerer Bereitschaft bestand kein Zweifel, seine Fühler waren ausgestreckt. Wahrscheinlich kam er an jenem Abend mit der unbewußten Absicht in die Diskothek, eine Begegnung zu suchen. Er war es, der Alina entdeckte. Er war es, der sie ansprach und sein Interesse an ihr zeigte.

Da war ein Taschenbuch in Alinas Handtasche, Frank entdeckte es, als sie nach Streichhölzern suchte.

Was das für ein Buch sei?

Der Steppenwolf von Hermann Hesse, ob Frank es kenne?

Natürlich kenne er es, er habe es schon zweimal gelesen, er habe überhaupt viel von Hesse gelesen. *Der Steppenwolf* sei eins der besten Hesse-Bücher, vor allem das »Tractat« sei eine literarische Perle. Vor etwa zwei Jahren habe er Hesse noch kritiklos verehrt. Heute sehe er ihn etwas mehr aus der Distanz, ihn störe der messianische Tonfall, der sich manchmal bei ihm einschleiche, ihn störe der Absolutheitsanspruch, der sich gern hinter seinen Ansichten verberge – aber Hesse sei für ihn nach wie vor ein bedeutender Schriftsteller, dem er viel zu verdanken habe.

»Ich möchte Hesse gar nicht kritisieren, es würde mir nichts Gutes bringen«, bremste Alina Franks Wortschwall.

»Ich verstehe, was du meinst, aber wenn man einen Autor sehr gut kennt, bekommt man einen feinen Sinn für seine Schwächen, auch wenn man es nicht will.«

Alina schaute zu Boden. »Kritisieren ist so einfach«, sagte sie leise.

»Da hast du recht«, gestand Frank zu, »aber man kommt manchmal nicht daran vorbei.«

Er wunderte sich, warum seine Worte plötzlich so leer, so phrasenhaft klangen; sie tauchten in Alinas Schweigen förmlich wie Fremdkörper ein. Frank spürte in diesem Moment zum ersten Mal, daß diese zwanzigjährige Frau die Gabe hatte, sich mit ihrem Schweigen intensiver und unmißverständlicher auszudrücken als redegewandte Naturen mit den treffendsten Worten.

Schau, sagte ihr Schweigen, Hesse ist für mich heilig, er hat mir mit seinen Büchern Wunderbares gegeben, und ich möchte nicht, daß du dir anmaßt, über ihn zu richten.

Bitte zerstöre nicht leichtfertig das Bild, das ich von ihm habe, es ist mein Bild, und ich liebe es.

Frank respektierte die Forderung ihres Schweigens, mehr noch, er kam sich mit einem Mal schäbig vor, so selbstherrlich über Hesse geurteilt zu haben. Hätte er nicht vor ein paar Jahren ähnlich wie Alina reagiert, wenn jemand Hesse auch nur ein Haar gekrümmt hätte?

»Hast du schon *Siddharta* gelesen?« fragte er behutsam.

Alina nickte abwesend.

Ich habe einen Fehler gemacht, dachte Frank.

Nach zweistündigem Gespräch, in dem es ihm gelang, seinen Fehler wiedergutzumachen, lud Alina ihn auf ihr Zimmer ein, nachdem eine Nähe zwischen ihnen entstanden war, die eine solche Einladung um zwei Uhr nachts ebenso selbstverständlich machte wie die Aufforderung zu einem Spaziergang. Sie entsprach auch Franks Bedürfnis; er wäre mit Unbehagen nach Hause gefahren, wenn ihre außergewöhnliche Begegnung durch einen solch banalen Umstand wie das Schließen einer Diskothek ein Ende gefunden hätte.

Frank stieg die Treppe hoch.

Alina stand im Türrahmen. Sie lächelte.

Er spürte sein Herz gegen die Rippen pochen.

Alina hätte nicht gedacht, daß er schon am nächsten Abend wiederkommen würde, sagte sie.

Frank auch nicht. Er hatte eigentlich zu Hause bleiben

und den Roman *Ungeduld des Herzens* weiterlesen wollen. Dann war sein eigenes Herz ungeduldig geworden.

Alina ging wortlos hinein, Frank folgte ihr und schloß die Tür hinter sich. Alles geschah wie von selbst.

Dann saßen sie sich gegenüber, wie in der Nacht zuvor, und sahen sich schweigend und lange in die Augen, als wollten sie die Tiefe ihrer Seelen ausloten. Im Raum war es ganz still. Frank schüttelte fassungslos den Kopf. Immer wieder. Alinas Gesicht war so schön!

Er sagte es ihr. Sie lächelte.

Um Alinas Körper herum begann es plötzlich hell zu flimmern. Am meisten an ihrem Kopf. Wie ein Licht von einer anderen, höheren Welt. Frank preßte die Lider auf die Augen und öffnete sie wieder. Das magische Flimmern war noch immer da, hell und weiß legte es sich über Alinas Gesicht. Erst über die Augen und dann auf die Stirn. Jetzt bedeckte es ihr ganzes Gesicht.

»Dein Gesicht ... es ist ganz in weißes Licht getaucht ... helles, weißes Licht!«

Ein Engelsgesicht. Frank war wie geblendet. Er rieb sich die Augen, spürte, wie sich etwas Wunderbares in ihm zu entfalten begann. Er wollte etwas sagen. Etwas ganz Wichtiges.

In diesem Augenblick klingelte es: laut, häßlich, durchdringend.

Frank zuckte zusammen. Alina schloß die Augen. Frank dachte: Bitte bleib! Alina öffnete ihre Augen. Frank dachte: Bitte steh nicht auf!

Alina stand nach kurzem Zögern auf und ging zur Tür.

Es war eine Freundin. Sie kam schwungvoll herein, grüßte und setzte sich gleich hin. Sie merkte nichts, sagte irgend etwas Überflüssiges.

Frank rieb sich erneut die Augen. Alina sah ihn aufmerksam an.

Ihre Freundin wollte sich nur eine CD ausleihen. Alina bückte sich, um sie aus dem Regal zu ziehen.

Frank hatte plötzlich das Gefühl, er bekäme nicht genug Luft. Er schloß die Augen und atmete tief ein.

Alinas Freundin sah ihn verunsichert an. Sie nahm die CD und setzte sich wieder. Sagte erneut etwas. Niemand antwortete ihr. Alina wich ihrem fragenden Blick aus. Spürte ihre Besucherin denn nicht, was sie zerstörte? Alinas Freundin zögerte, als wollte sie nicht einsehen, daß sie zum falschen Zeitpunkt gekommen war. Schaute Alina mit kurzem Augenaufschlag an und stand endlich auf. Verabschiedete sich so, als sei sie plötzlich in Eile.

Zu spät, dachte Frank, maßlos enttäuscht.

Die Chance war verpaßt.

Frank zündete sich eine Zigarette an. (Zigaretten können keine verpaßten Chancen zurückbringen, aber sie erwecken die Illusion, daß man nicht mit völlig leeren Händen dasitzt.)

Alina räusperte sich. »Ich habe ihr gesagt, sie könne sich die CD heute abend abholen. Sie wußte, daß ich zu Hause bin. Ich konnte sie nicht ignorieren.«

Frank schwieg – wie er immer schwieg, wenn er enttäuscht war. Ein anderer hätte vielleicht gesagt: »Natürlich hättest du sie ignorieren können. Sie wäre wieder gegangen und hätte diese wunderbare Chance nicht zerstört.«

Frank stand auf und ging mit langsamen, traurigen Schritten zur Tür. Ich werde jetzt einfach gehen, dachte er.

Als er die Tür erreichte, hörte er Alinas Stimme: »Bitte bleib noch!« Frank hörte es kaum, so leise hatte sie es gesagt. Er blieb stehen. Alina kam zu ihm und nahm seine Hand. Komm, sagte ihr Schweigen, komm zurück, wir versuchen es noch einmal.

Frank hatte das Gefühl, als sei alle Kraft aus seinem Körper gewichen. Fast willenlos ließ er sich von Alina zu seinem Platz zurückführen. Er fühlte sich leer, um eine wunderbare Erfahrung betrogen.

Alina begann unvermittelt von ihrem Ex-Freund zu erzählen.

Er war gekommen, um mit ihr eine glückliche Gegenwart zu erleben, und nun lauschte er ihrer unglücklichen Vergangenheit. Das Jahr mit Stefan, das so gut und harmonisch begann. Dann, nach drei Monaten, das andere Mädchen. Alina erzählte mit leiser, intensiver Stimme.

»Sie sieht gut aus und hat gute Ansichten. Ich konnte Stefan verstehen. Aber sie dachte nur an sich. Sie wußte ganz genau, was zwischen Stefan und mir war, und trotzdem hat sie … sie hat so getan, als ob unsere Beziehung überhaupt nicht existierte. Und schließlich existierte sie auch nicht mehr. Ich habe hinterher einmal mit ihr geredet. Sie hat überhaupt nichts verstanden.«

Als Alina ein Streichholz entzündete und zur Zigarette führte, sah Frank, daß ihre Hand zitterte.

»Dann bin ich ausgezogen, gestern vor drei Wochen. Wir stritten uns nur noch. Es war alles so kalt geworden. Ich konnte es einfach nicht mehr aushalten. Und er wollte es auch, es sei besser für uns beide, sagte er. Er lebt jetzt mit diesem Mädchen zusammen. Ich habe die beiden vorgestern in der Stadt gesehen, Arm in Arm. Als sie vorbeigegangen waren, lief ich zum nächsten Hauseingang. Ich mußte mich am Treppengeländer festhalten, ich habe gezittert am ganzen Körper.«

Frank hätte gern Alinas Kopf zwischen die Hände genommen, aber irgend etwas hielt ihn zurück.

»Du liebst ihn noch immer?«

Alina wich seiner Frage und seinem Blick aus.

»Kannst du dir vorstellen, noch einmal mit ihm zusammenzuleben?«

»Nein, nein. Ich möchte das nicht noch einmal durchmachen! Es war einfach zuviel. Die letzten Wochen – das schaffe ich nicht noch mal. Und keiner kann dir helfen! Wenn du so tief unten bist, bist du allein, ganz allein. Dann kommen Freunde und versuchen, dir zu helfen, und was sie dir sagen, ist lieb gemeint und soll ermutigen, aber du möchtest sie am liebsten dafür rausschmeißen!«

Von Alinas Zigarette fiel Asche auf ihre Bluse. Sie bemerkte es nicht. Ihre Stimme klang bitter und resigniert, als sie sagte: »Wenn ich tot wäre – nach drei Wochen hätten mich alle vergessen.«

»Denkst du oft ans Sterben?« fragte Frank.

»Ja. In den letzten Wochen habe ich oft an Selbstmord gedacht. Du erreichst einen bestimmten Punkt, und plötzlich brauchst du den Selbstmord, das Spiel mit der Möglichkeit, einfach zu sterben. Es hilft dir zu erkennen, was du dir noch wert bist.«

»Selbstmord ist keine Lösung«, sagte Frank.

»Das hat mir schon mal jemand gesagt – aber richtig begründen konnte er es nicht.«

Frank schaute ihr in die Augen und hatte das Gefühl, in einen tiefen, dunklen Abgrund zu sehen.

»Alina, ich kann dir nicht helfen, ich kann dir nicht geben, was du brauchst.«

»Und was brauche ich?«

»Jemanden, der dir solche Gedanken nimmt.«

Alina hatte lange geschwiegen. In ihr Schweigen war etwas Fragendes, Forschendes hineingewachsen. Einmal schien sie etwas sagen zu wollen, aber sie strich sich über die Lippen, mit einer so heftigen Bewegung, daß Frank fast erschrak.

Das Fragende ihres Schweigens! Frank spürte, daß er nicht länger warten durfte. Warum hatte er überhaupt so lange gewartet, er hatte es doch gleich am Anfang sagen wollen, warum zögerte er immer noch? Er wollte keine falschen Erwartungen in Alina wecken, er wollte nicht, daß sie seine Offenheit für Ungebundenheit hielt.

Also begann er, ihr von Sara zu erzählen, nicht viel, nur das Entscheidende. Daß er seit einem Jahr mit ihr zusammen war, daß er sie liebe, auch wenn es zur Zeit sehr schwierig sei zwischen ihr und ihm.

Alina senkte den Kopf und griff sich ans Herz, denn sie spürte dort ein Stechen, begleitet von dem Gefühl, daß ihr etwas Wertvolles weggenommen wurde. Kaum hatte sie einen flüchtigen Blick darauf werfen können – schon wurde es ihr wieder entzogen. Es gelang ihr nur mühsam, ein Stöhnen zu unterdrücken.

Sie hob den Kopf und sah Frank an. Sein Lächeln kam ihr plötzlich unecht vor. Einen Moment lang fühlte sie Wut auf ihn in sich aufsteigen. Er hätte ihr eher von Sara erzählen sollen. Er hatte sie im unklaren gelassen.

Frank verspürte ein beengendes Gefühl auf der Brust. Die Luft im Zimmer ließ sich nicht mehr so leicht atmen. Das Schweigen, das seinen Worten gefolgt war, hatte etwas Bedrohliches bekommen. Das Schweigen durchbrechen, egal wie, formten sich seine Gedanken.

»Ich fühle mich sehr stark von dir angezogen«, sagte er. »Trotz meiner Gefühle zu Sara. Es ist ein sehr schönes Gefühl. Ich will mich nicht dagegen wehren. Ich will ehrlich gegenüber diesem Gefühl sein.«

»Und deine Freundin? Bist du ehrlich ihr gegenüber, wenn du zu mir kommst?« fragte Alina mit feindseligem Unterton.

»Es gibt keine absolute Ehrlichkeit«, sagte er, »es gibt verschiedene Arten von Ehrlichkeit, gegenüber dem

Gefühl, gegenüber dem Gewissen. Manchmal schließt eine Ehrlichkeit die andere aus oder verdrängt sie.«

Alina warf ihm einen befremdeten Blick zu, als hielte sie seine Worte für eine Art Ausrede.

Schau nicht so, dachte Frank.

Und wieder dieses lange Schweigen.

Sie ist eine Meisterin im Schweigen, erkannte er, im Schweigen werde ich ihr immer unterlegen sein.

Und dann dieser Kontrast, dieser abrupte Wechsel zwischen Himmel und Hölle. Vorhin noch Alinas Engelsgesicht, die Magie dieses Anblicks, diese Reinheit, diese kaum zu fassende Schönheit. Und jetzt der unangenehme Geruch des Aschenbechers, Alinas Gesicht so nachdenklich, so ernst und so weit weg, und dieses erbärmliche Schweigen.

Warum saß er noch hier, warum war er nicht längst schon gegangen? Frank stand auf. Ein paar Schritte, dann fühlte er schon die Türklinke angenehm kühl in der verschwitzten Hand. Er drehte sich zu Alina zurück. »Ich möchte jetzt gehen.«

Sie sagte nichts.

Ich kann so nicht gehen, dachte er, warum muß sie es mir so schwer machen? Wir hatten einen magischen Faden in den Händen, und er ist gerissen – das ist alles!

»Trotz allem«, sagte Frank, »hat mir unsere Begegnung etwas sehr Schönes, etwas sehr Wichtiges bestätigt!«

»Ja«, sagte Alina. »Dich!«

Was hat sie da gesagt … und wie sie es gesagt hat …

Warum tut sie das?

Frank hatte Alina entgeistert angestarrt, ihr Erschrekken über seinen Blick kaum wahrgenommen, hatte die Tür aufgerissen und war aus ihrem Zimmer gestürzt, nur weg, hatte ihr trockenes, gepreßtes »Entschuldige« noch gehört und doch nicht mehr gehört, nur weg von hier, hastig den dunklen Treppenflur mit den schmalen Stufen hinunter und endlich – die Straße, Lichter, Menschen, Luft zum Atmen.

Frank ging durch die abendlichen Straßen, ohne Gefühl für das Leben um ihn herum und doch beruhigt von seiner anonymen Gegenwart. Er lief zwei Stunden ziellos umher, vorbei an Menschen, Autos, Schaufenstern und Wohnhäusern. Er überlegte nie an Straßenkreuzungen. Er blieb nie stehen. Er mußte in Bewegung bleiben. Etwas in ihm zwang ihn dazu. Nur immer weiter, weiter, weiter – bis er weit genug entfernt war, jeder Schritt schaffte ein kleines Stück Abstand.

»Ja – dich!«

Alinas Worte hallten noch immer in seinen Ohren, aber er bekämpfte sie mit jedem Schritt, jeder Schritt brachte ein Stück mehr Entfernung von diesen Worten, nur weiterlaufen, immer schneller, jetzt rennen, Distanz gewinnen, schneller rennen, nur weg von diesen Worten.

Dann stand er vor seinem Auto. Er schloß die Tür auf und fuhr langsam nach Hause. Soviel Bitterkeit, soviel Haß in nur zwei Worten!

Frank erkannte intuitiv, daß dieser Hieb nicht ihm

gegolten hatte. Das war ein blindes Drauflosschlagen gewesen von jemandem, der zuviel Verzweiflung, zuviel Haß in sich angestaut hatte. Er war ganz einfach in die Reichweite einer gequälten, blind um sich schlagenden Seele geraten, war zu nah herangekommen, schutzlos, vertrauensvoll, ohne jegliche Deckung.

Am nächsten Morgen saß Frank müde an seinem Schreibtisch. Er hatte lange nicht mehr so schlecht geschlafen. Die Erinnerung an den letzten Abend war noch sehr frisch, aber er zwang sich, nicht mehr daran zu denken.

Sein Blick fiel auf das Photo von Sara, und er bekam Lust, zu ihr zu fahren und ihr alles zu erzählen, es würde ihm besser gehen danach. Aber Sara war um diese Zeit immer im Labor, und da ließ sie sich nicht gern stören. Außerdem hatten sie nach der letzten Auseinandersetzung ausgemacht, sich eine Woche lang nicht zu sehen. Sie hatten sich fest vorgenommen, diese Abmachung einzuhalten.

Frank überlegte, ob er Sara einen Brief schreiben sollte, aber er verwarf die Idee schnell. Er würde Sara alles in ein paar Tagen erzählen, das wäre ohnehin besser, denn er hätte dann mehr Abstand von der ganzen Sache. Und war es überhaupt so wichtig, Sara von Alina zu erzählen? Er hatte ein Mädchen kennengelernt und mit ihr zwei Abende verbracht – einen ersten und einen letzten. Er hatte sich zu schnell zu weit geöffnet, er war ganz einfach unvorsichtig gewesen – und hatte es bereuen müssen.

Am Tag darauf kam der Brief von Alina, ein Brief ohne Absender. Auch seine Hausnummer fehlte; da stand nur sein Name und die Straße, in der er wohnte, auf dem Umschlag. Frank öffnete den Brief und las:

Ich werde Dich nie vergessen! Ich fühle mich heute einfach so überwältigend glücklich, ich könnte alle Menschen umarmen. Ich überlege jetzt auch nicht, ob es richtig ist oder nicht, Dir zu schreiben.

Ich glaube einfach, ich muß Dir meinen vollendeten Zustand mitteilen, weil Du daran nicht ganz unschuldig bist. Alles, was ich schreibe, kann Dir kaum sagen, wie ich mich fühle, es gibt keine so schönen Worte, um es auszudrücken.

Ich finde es wundervoll, daß es Dich gibt, daß es jemanden wie Dich gibt. Ja wirklich, es gibt noch Menschen, denen man vertrauen kann, an die man glauben kann. Es muß immer nur einer da sein, der es uns bestätigt. In meinem Fall Du. Ich glaube, Hesse wäre sehr glücklich gewesen, wenn er Dich gekannt hätte.

Meine Schrift kannst Du hoffentlich entziffern. Meine Gedanken rauschen mir durch den Kopf, und ich versuche, alle festzuhalten, so gut es geht. Du würdest es spüren, läge Deine Hand auf meinem Haar.

Du hast etwas mit der Sonne gemeinsam: Wenn Du kommst, dann strahlst Du. Es tut mir sehr weh, daß ich Dich so verletzen mußte, aber es ist gesagt. Ich glaube an Dich, und deshalb wirst Du mir verzeihen; ich glaube, ich darf das so bestimmt sagen.

Es gibt etwas, das wir nie verlieren dürfen, und das sind Menschen wie Du, Menschen, die uns glücklich machen können. Ich kenne Dich noch nicht sehr lange, aber ich glaube trotzdem, Dich sehr gut zu kennen.

Ich sehe Dich mit dem Herzen und versuche, mich gegen alle Fakten blind zu machen. Ich mag Dich sehr, sehr gern und hoffe, damit nichts in Dir oder Deiner Welt zu zerstören. Bitte lies den Brief einmal, wenn Du Dich sehr schön fühlst, ich glaube, Du kannst mich dann viel besser verstehen.

Ich umarme Dich. Alina.

Frank lächelte, als er den Brief auf den Schreibtisch legte und in sich nachwirken ließ. Welch eine Überraschung! Ein bis ins Mark verbittertes Mädchen schrieb einen wundersam süßen Brief. Sie, die schon berechnet hatte, wie viele Wochen nach ihrem Tod ihre Freunde sie vergessen haben würden, fühlte sich ›überwältigend glücklich‹ und wollte die Menschen einer Welt umarmen, die sie noch vor kurzem per Selbstmord verlassen wollte.

Frank las Alinas Brief noch einmal, denn er fühlte sich jetzt sehr schön.

Nun war alles wieder im Gleichgewicht. Alina hatte ihn erniedrigt und erhöht, und sie würde ihn, wenn er sie ließe, wahrscheinlich immer wieder zwischen Himmel und Hölle pendeln lassen.

Zwei Tage später, in der Innenstadt, stöberte Frank in den Buchständern, die eine Buchhandlung vor ihrem Schaufenster plaziert hatte, und zog hier und da ein Taschenbuch heraus, um es nach näherer Begutachtung wieder zurückzustellen.

Als er Hermann Hesses Erzählung *Klein und Wagner* entdeckte und in die Hände nahm, mußte er unwillkürlich an Alina denken. Er schlug das Buch auf und las ein paar Sätze. Es war die Stelle, an der die gelbhaarige Frau versucht, sich über die Identität Kleins Gewißheit zu verschaffen. Klein sagt ihr darauf, Reden sei der sichere Weg dahin, alles mißzuverstehen, alles seicht und öde zu machen. Frank dachte, daß dieser eine Satz schon den Preis des Buches rechtfertigte und nahm sich vor, es bald noch einmal zu lesen. Er hatte es gerade ins Regal zurückgestellt, als ihn irgend etwas veranlaßte, sich umzudrehen.

Alina mußte ihn schon eher entdeckt haben. Sie stand einige Schritte entfernt vor einem anderen Buchständer und sah ihn mit gespannter Aufmerksamkeit an.

»Ich habe gerade in *Klein und Wagner* gelesen und mußte an dich denken. Und da bist du!« sagte Frank fassungslos und ging zu Alina. Sie lächelte. Ein ungeschickter Passant rempelte sie von hinten an. Ihr Lächeln bekam dadurch etwas Verlorenes.

»Hast du den Brief bekommen?« fragte sie schließlich.

Frank nickte. »Laß uns in den Park gehen.«

Bis zum Stadtgarten waren es zehn Minuten. Alina und Frank liefen schweigend nebeneinander her. Alinas Schweigen war im Grunde ein hoher Grad von Gegenwärtigkeit und Aufmerksamkeit, der es Frank unmöglich machte, etwas Unwichtiges oder Überflüssiges zu sagen. Alinas Schweigen reduzierte die Kommunikation auf das Wesentliche.

Es waren viele Leute auf den Straßen an diesem Nachmittag, vielleicht machte es das schöne Wetter. Einmal nahm Frank Alina am Arm, weil er das Gefühl hatte, daß sie ein heranfahrendes Moped weder sah noch hörte. Sie lächelte ihn an.

Im Park setzten sie sich auf eine Bank, an einer abgelegenen Stelle, wo selten Leute vorbeikamen.

»Das war schon seltsam, eben vor dem Buchladen. Ich mußte plötzlich an dich denken, und du standst hinter mir – als hätte ich deine Nähe gespürt.«

Alina lächelte. »Wann hast du den Brief bekommen?«

»Vorgestern.«

»Ich hatte schon Angst, du würdest ihn nicht bekommen, weil ich deine Hausnummer nicht mehr wußte.«

Sie zündete sich eine Zigarette an.

»Du rauchst viel«, sagte er.

Sie zuckte mit den Schultern.

»Du hast mir weh getan«, sagte er leise.

»Ja, ich weiß.« Sie sprach sehr langsam. »So stark wie du hat noch niemand reagiert. Ich weiß nicht, warum ich es sagen mußte. Es tut mir unheimlich leid, daß es gerade dich getroffen hat.«

»Schon gut«, antwortete Frank, ohne zu wissen, ob es auch wirklich gut war.

Alina schien etwas sagen zu wollen, warf aber dann die halb aufgerauchte Zigarette auf den Boden und drückte sie gewissenhaft mit der Schuhsohle aus. »Gehen wir?« fragte sie statt dessen.

»Ich möchte noch sitzen bleiben«, sagte Frank, »es ist so schön ruhig hier.«

Alina sah auf ihre Uhr. »Ich muß um fünf zu Hause sein. Mein Bruder will kommen und sich meine Schreibmaschine abholen.«

Sie stand auf, er blieb sitzen.

»Tschüs, Frank«, sagte sie und ging.

»Alina?«

Sie drehte sich um.

»Erinnerst du dich an die Stelle in *Klein und Wagner*, wo Klein der gelbhaarigen Frau sagt, er sei nur der, den sie vor sich sieht, sonst nichts. Sie denkt zuerst, er sei ein Verbrecher, dann fragt sie ihn, ob er in einer Anstalt war. Er sagt ihr darauf, daß sie nur eine Etikette finden will, die sie ihm anheften kann, weil sie sich vor dem wirklichen Verstehen fürchtet. Erinnerst du dich?«

Alina nickte.

»Du hast mir auch eine Etikette angeheftet, mit der Aufschrift *Gebundener Mann*, oder vielmehr, ich habe sie dir in die Hand gedrückt, weil ich keine falschen Erwartungen in dir erwecken wollte. Seitdem waren wir nicht mehr fähig, uns offen in die Augen zu sehen. Ich hatte die verrückte Hoffnung, daß wir uns so wie Klein und die Gelbhaarige begegnen könnten, als zwei Menschen, die nicht an der Vergangenheit des anderen interessiert sind, sondern an seiner Gegenwart, die während ihres Zusammenseins ohne Geschichte sind und nur das wissen, was sie sehen und fühlen. Aber ich war wohl zu naiv, viel zu naiv.«

»Vielleicht nicht«, sagte sie.

Er schaute sie überrascht an. »Wenn ich dich sehen möchte, kann ich dann einfach bei dir vorbeikommen?«

Alina lächelte. »Du kannst immer kommen.«

Frank kam am übernächsten Abend.

Als Alina ihn sah, lachte sie auf, drehte sich einmal im Kreis und sagte, sie würde sich so freuen.

Sie stellten bald fest, daß sie beide Hunger hatten, und gingen in ein Restaurant. Nach dem Essen tranken sie Wein, und Frank redete viel. Spätestens an diesem Abend wurde ihm bewußt, welch wunderbare Zuhörerin Alina war. Sie nahm seine Worte mit gleichbleibend großer Aufmerksamkeit auf, ohne sie auf irgendeine Weise zu selektieren. Sie gab ihm nie das Gefühl, etwas Überflüssiges oder Banales zu sagen, für sie war alles, was er ihr erzählte, von gleicher Wichtigkeit und Bedeutung.

Als Alina zur Toilette gegangen war, wurde Frank mit einem ernüchternden Schlag bewußt, daß er mit ihr ein Gespräch ohne wirkliche innere Beteiligung geführt hatte, dessen geistige Intensität nur die seelische Abwesenheit der Gesprächspartner verborgen hatte. Mit unruhigen Händen zerrte er sein kleines Notizheft aus der Tasche und kritzelte auf eine wahllos aufgeschlagene Seite:

Was machst du? Warum sitzt du hier mit diesem Mädchen? Niemand wird dich mehr lieben als Sara.

Alina sah ihn die letzten Worte schreiben und das Heft

in seine Jackentasche zurückstecken, als sie zurückkam. »Laß dich nicht von mir stören.«

»Ich war schon fertig.«

Es geschah kurz vor Alinas Haustür. Sie gingen nebeneinander. Frank war schweigsam geworden, er hatte sich freigeredet, und zum ersten Mal an diesem Abend spürte er wieder Alinas ruhige und starke Ausstrahlung und ließ sich ohne Zögern von ihr durchströmen. Er schloß im Gehen einen Moment lang die Augen und konzentrierte sich ganz auf Alinas unerklärlich intensive Nähe.

Als er die Augen wieder öffnete, hatte er den Eindruck, daß alle Lichter der abendlichen Straße sich zu einer geheimnisvollen magischen Einheit zusammenschlossen. Die Straße wurde zu einem glitzernden Tunnel mit einer zauberhaften Atmosphäre. Es war, als sei er durch Alinas Nähe in eine andere, traumhafte Wirklichkeit versetzt worden, und er hatte das gleichermaßen herrliche wie beängstigende Gefühl, den Boden unter den Füßen zu verlieren. Er lehnte sich haltsuchend gegen das Schaufenster eines Geschäfts und spürte mit ungewohnter Deutlichkeit, daß sich etwas in ihm verändert hatte, er fühlte sich geschwächt und zugleich wunderbar bereichert, fühlte sich erlöst, stark und dabei hilflos wie ein kleines Kind.

Alina, er spürte sie dicht neben sich, und in dem zeitlosen Augenblick dieses Gefühls war er der glückselige Sklave einer überwältigenden Macht und lehnte am ganzen Körper zitternd an ihrer Schulter. Deshalb, dachte Frank, deshalb bin ich zu ihr gekommen.

»Was ist los?« flüsterte Alina.

Sie kann zaubern, dachte Frank atemlos, sie ist eine Zauberin, aber sie weiß es nicht.

»Frank, was ist los?«

»Ich kann ... jetzt nicht sprechen.«

Drei Tage darauf schrieb Frank in sein Tagebuch:

Es klappt einfach nichts mehr mit Sara. Wenn ich mit ihr zusammen bin, hänge ich eigenen Gedanken nach, schaue lieber die Kerze auf dem Tisch an als sie. Aus den unbedeutendsten Kleinigkeiten erwachsen Mißverständnisse. Ich lese, und sie fragt mich: »Ist dies das Buch?« Ich weiß nicht, welches Buch sie meint, aber sage einfach ja, um nicht nachfragen zu müssen, um nicht schon wieder eine Disharmonie aufzudecken. Sara lebt nach den Gesetzen ihres eigenen Kopfes, und ich bin es müde, mich nach ihnen zu richten.

Ich verspüre eine große Sehnsucht nach mir selbst.

Etwas ist seltsam: Manchmal, wenn ich Sara intensiv anschaue, habe ich das Gefühl, als rückte sie von mir ab, wie ein Dia, das immer kleiner wird, anfänglich noch die ganze Leinwand ausfüllt und nach und nach auf Zigarettenschachtelformat zusammenschrumpft und sich noch weiter verkleinert.

Ich verliere meine Kraft so schnell, wenn ich mit ihr zusammen bin, werde müde und matt. Nichts gelingt uns mehr. Wir schlafen ein, und ich schrecke hoch, weil Geräusche im Zimmer mich aus dem Schlaf reißen. Es ist Sara. Sie sucht nach der Taschenlampe, weil sie nicht das Licht anmachen wollte, um mich nicht zu wecken – und weckt mich eben dadurch.

Sie lebt in der Welt ihres eigenen, oft undurchschaubaren Kopfes. Wir sind voneinander isoliert. Ich spüre förmlich, wie ihre Gedanken, wenn sie mich zu erreichen versuchen, wie Bleikugeln zu Boden fallen, sobald sie den Bannkreis ihres Bewußtseins verlassen.

Von Alina habe ich ihr noch nicht erzählt, ich wüßte auch nicht, wie. Mißverständnisse wären die sichere Konsequenz. Also schweige ich. Irgendwann muß diese merkwürdige Krise doch vorbei sein. Irgendwann werden wir uns wieder gegenübersitzen und in die Augen schauen, und alles wird wieder gut sein. Dann werde ich Sara alles erzählen können, und sie wird verstehen.

Ich fühle mich wie eine Schlange in einem schwierigen Häutungsprozeß, drehe und winde mich, um die alte Haut loszuwerden, aber sie will sich nicht lösen.

Es gelingt mir nicht mehr, Sara so intensiv zu lieben, wie ich es früher konnte. Meine Liebe zu ihr hat ihre Bedingungslosigkeit verloren. Sie ist nicht mehr das starke Schiff, das den höchsten Wellen trotzt, sie ist ein Kork in der Brandung.

Noch am selben Abend besuchte Frank Alina und sagte ihr: »Ich möchte dich kennenlernen«, worauf sie antwortete: »Das schaffst du nie!«

Diese Antwort berührte ihn seltsam, weil er hinter ihr eine Einsamkeit spürte, für die er Alina zugleich bewunderte und bemitleidete.

Noch nie hatte Frank so ambivalente Gefühle in sich entdeckt wie gegenüber Alina. Je mehr er sich zu ihr hingezogen fühlte, desto mehr fühlte er sich von ihr abgestoßen. Je näher er ihr kam, desto weiter entfernte er sich von ihr. Das Paradoxe seiner Beziehung zu ihr stand in provokantem Gegensatz zu seinem Glauben an die Harmonie und Ganzheit spendende Kraft der Liebe.

Alinas Philosophie der Liebe mußte anders aussehen, Frank war sich dessen sicher, ohne je mit ihr darüber gesprochen zu haben. Sie sah das Chaotische, das Absurde menschlicher Beziehungen aus größerer Nähe als er, dem von Zeit zu Zeit ein Blick in das zwischenmenschliche Chaos genügte, um schaudernd zurückzuschrecken. Von den hundert Gesichtern der Wirklichkeit konzentrierte er sich am liebsten auf einige wenige, während Alina versuchte, alle hundert zugleich im Auge zu behalten, die gemeinen und die gütigen, die häßlichen und die schönen, die zufriedenen und die gequälten, die gelassenen und die verzweifelten, die ekstatischen und die angstverzerrten. Für Frank kam es darauf an, sich dem Leben gegenüber naiver zu stellen als er war, um so jene Einfalt zu erreichen, die weise genannt werden kann. Alina wollte sich ihre Weisheit nicht mit einem solchen Opfer erkaufen.

Beide Wege hatten ihre Vor- und Nachteile. Franks Art, sich von den unzähligen Aspekten der Wirklichkeit einige wenige herauszugreifen, hatte den unschätzbaren Vorteil, daß er sich ihnen mit ganzer Aufmerksamkeit widmen konnte. Alina mißtraute Franks Ausschnittsvergrößerung des Realitätsbildes, seiner Weigerung, sich den deprimierenden und trostlosen Aspekten des Seins auszusetzen. Sie wollte das ganze Bild im Auge behalten, sie konnte sich nicht um die chaotische, widersprüchliche Vielfalt des Lebens betrügen. Wo er sich mit schmerzenden Augen abwandte, sah sie genauer hin, doch sie sah (zumindest für Franks Empfinden) zuviel auf einmal. Je mehr Alina Franks Sensibilität für das überall verborgene Absurde schärfte, desto deutlicher wurde er sich der Absurdität ihrer eigenen Situation bewußt: Sie hatte alles, aber nichts. Wenn er mit ihr zusammen war, schien die Sonne wunderbar, doch kalter Regen durchnäßte ihn bis aufs Mark.

Frank schrieb in sein Tagebuch:

Alina sagte heute abend, sie sei zu mir immer ehrlich gewesen und wolle es auch in Zukunft sein.

Ich sei der einzige Mensch, in dessen Gegenwart sie so sein könne, wie sie wirklich ist.

Ich merke erst jetzt, was sie mir damit gesagt hat.

Morgen wollen wir in die Natur fahren. Hoffentlich regnet es nicht.

Sie setzten sich in Franks Auto und fuhren los.

»Ein wunderschönes Wetter«, sagte er nach einer Weile.

Alina sah auf ihre Knie und schwieg.

»Was ist los, Alina?«

»Ich muß um sechs wieder zurück sein.«

Ich bremse und fahre wieder zurück, war Franks erster Gedanke. »Und warum?« fragte er.

»Stefan möchte um sechs bei mir vorbeikommen. Ich möchte nicht, daß er vergeblich kommt.«

Frank sah auf die Uhr und versuchte, sich seine Enttäuschung nicht anmerken zu lassen. Sie hatten nur zwei Stunden Zeit.

»Fahr an der nächsten Kreuzung links«, sagte Alina, »ich kenne da eine sehr schöne Stelle.«

Der Ort war so idyllisch, wie Alina ihn beschrieben hatte. Sie setzten sich ins Gras.

Warum bin ich nicht sofort umgekehrt, dachte Frank, warum lasse ich mich von ihr immer wieder in zwei Hälften spalten? Was suche ich bei diesem Mädchen?

Ein leichter Wind kam auf. Frank knöpfte sich seine Jacke zu.

Alina hielt den Kopf gesenkt und bewegte sich nicht. Sie saß wie eine Statue.

Frank wartete auf seine Chance, wartete auf den Augenblick, in dem er sich Alina offenbaren konnte, um in dem Spiegel ihrer seelischen Resonanz erkennen zu können, wo und wie er zu ihr stand. Alina wartete ab und erlaubte ihm nicht, sich zu offenbaren.

Er sah sie von der Seite an. Wie schön sie war! Er konnte seinen Blick nicht von ihr nehmen. Komm, dachte er mit aller Intensität, nur du kannst uns jetzt befreien, spürst du es nicht? Nur eine Geste, nur ein Wort von dir, und wir sind erlöst von diesem quälenden, lähmenden Schweigen.

Er wartete, aber nichts geschah.

Wir sitzen in dichtem Nebel und sehen uns nicht, dachte er.

Als Alina sagte, es sei Zeit zu gehen, nickte er nur.

Zu Hause lag er lange auf dem Bett und versuchte, seiner inneren Unruhe Herr zu werden. Immer wieder kehrten seine Gedanken zu der Situation auf der Wiese zurück. Er sprang auf und lief im Zimmer umher, öffnete das Fenster, um es sofort wieder zu schließen, und legte sich schließlich wieder aufs Bett.

Wie hatte er gewartet! Er, dem nichts verhaßter war als Warten. Wie hilflos hatte er gesessen! Er, dem nichts unwillkommener war als Hilflosigkeit.

Und dann saß er plötzlich am Schreibtisch und schrieb in sein Tagebuch:

Sie saß wie eine Statue – abgesehen davon, daß der Wind ihr Haar in Bewegung hielt. Ich schaute sie lange an und wartete auf ein Zeichen – aber die Engel waren müde oder spielten Harfe. Wir waren allein und trugen die volle Verantwortung für alles, was nicht passierte.

Ja, auch er trug die Verantwortung dafür, daß nicht geschehen war, was hätte geschehen können – aber ihm waren die Hände gebunden gewesen, die Zunge gelähmt. Er hatte nichts gekonnt als warten, auf ein Zeichen warten, auf einen mutigen Blick von Alina, der die Tür hätte öffnen können – aber Alinas Blick galt ihren Zweifeln und ihrer Verabredung mit ihrem Ex-Freund. Für ein Rendezvous mit ihrer Vergangenheit hatte sie die Begegnung mit der Gegenwart eingeschränkt – und damit sabotiert. Sie starrte zu Boden, tief verloren in ihrer leblosen, statuenhaften Schönheit.

Wie hatte sie die Situation einem Bogen gleichen lassen, der aufs äußerste gespannt wird, ohne daß der erlösende Pfeil von ihm abschnellen kann! (Das war das treffendeste Bild für die Beziehung zwischen Alina und Frank. Beide spürten die verheißungsvollen Kräfte, die durch das Zusammenwirken ihrer Seelen entfesselt wurden, sie fühlten überdeutlich, wie der Bogen zu einem großen, befreienden Schuß gedehnt wurde – aber es war eine Kraftanspannung ohne Sinn und Ziel. Es fehlte der Pfeil.)

Frank glaubte, daß der Pfeil verlorengegangen war – in jenem fatalen Moment, als Alinas Freundin klingelte und Alina aufstand, um ihr die Tür zu öffnen. Wäre sie sitzen geblieben in diesem entscheidenden Augenblick, wäre womöglich alles ganz anders gekommen. Der Pfeil wäre vielleicht geflogen – und hätte alles verändern können.

Am folgenden Tag schrieb Frank in sein Tagebuch:

Alina, sie lacht so selten. Aber wenn sie lacht, verwandelt sie alles um sich herum. Ich möchte in das Zentrum ihres Lachens gehen und von dort der Alltagswelt mein Kündigungsschreiben verlesen.

In der letzten Nacht hatte ich einen seltsamen Traum von ihr. Ich schlug mit einem Seidentuch auf sie ein und sah ihr dabei unentwegt ins Gesicht. Sie schien von alledem nichts zu merken, als sei sie in einer anderen Welt. Sie nahm gar nicht wahr, was ich tat, sie nahm mich nicht wahr. Ich wollte sie unbedingt auf mich aufmerksam machen, wollte ihren Namen rufen, aber meine Stimme war gelähmt. Ich konnte sie nur schlagen mit meinem Seidentuch, immer schneller, immer verzweifelter, aber ich erreichte sie nicht, und als meine Kräfte nachließen, verschwand sie – und mit ihr mein Traum.

Ich glaube, der Traum war eine Reaktion auf den gestrigen Nachmittag. Was ich Alina offenbaren möchte, ist so zart und fein wie Seide, aber sie spürt es nicht, selbst wenn ich damit auf sie einschlage.

Unser Zusammensein hat sich verändert, unsere Sprache ist herausfordernder, unser Schweigen ist ungeduldiger geworden. Ich glaube, ich werde nicht mehr zu Alina gehen.

Der Grund dafür, daß Frank trotzdem noch einige Male zu Alina ging, war die Hartnäckigkeit seiner heimlichen Hoffnung auf die Erfüllung einer Ahnung – die Ahnung einer wunderbaren, befreienden seelischen Erfahrung, die er allein mit Alina machen konnte.

Sie erfüllte sich nicht. Frank und Alina konnten nicht mehr den Schlüssel zu der magischen Tür finden, vor der sie einmal gestanden hatten. Was sie sich zu geben hatten, hatten sie sich gegeben. Es gab nichts mehr, worauf es sich zu warten lohnte.

All das war ihnen bewußt, aber sie versuchten, es von ihrem Zusammensein auszuschließen, bis es sich schließlich so weit in den Vordergrund gedrängt hatte, daß sie keine seelische Bewegung mehr machen konnten, ohne sich daran zu stoßen.

In den Tagen nach seiner inneren Abkehr von Alina ließ Frank sich ziellos durch die Tage treiben. Er schlief lange und verließ sein Zimmer erst nach Anbruch der Dunkelheit. Er hütete sich vor körperlicher und geistiger Anstrengung, denn er fühlte sich schwach und matt.

Nach einer Woche war er geheilt, geheilt von seiner aussichtslosen Suche und seinen bohrenden Fragen, geheilt von den überhöhten Erwartungen, die er an Alina gestellt hatte oder die sie in ihm ausgelöst hatte.

Anfang Mai schrieb er in sein Tagebuch:

Der April ist vorüber, und ich bin erlöst von dem Zwang, bei Alina etwas suchen zu müssen, das ich bei ihr nicht finden konnte.

Ich glaube, daß ich nicht nur für einen Menschen wirkliche Liebe empfinden kann, doch Alina konnte nicht mit meiner Liebe zu Sara umgehen. Wenige Wochen, bevor ich sie kennenlernte, hatte sich ihr Freund von ihr getrennt. Eine andere hatte ihn ihr so sehr entfremdet, daß sie ihn am Ende nicht mehr erreichen konnte. Er war gegangen. Er wäre nicht gegangen, wenn die andere nicht gekommen wäre.

Nun kam ich und trug eine andere in mir, in meinem Blick, in meiner Stimme. Alina ahnte die Gegenwart Saras bestimmt schon am allerersten Abend, aber sie wollte ihrer Ahnung nicht nachgeben, weil sie spürte, daß sich Gefühle in ihr wieder zu re-

gen und zu leben begannen, die sie nach den endlosen Wochen seit der Trennung von ihrem Freund für abgestorben gehalten hatte. Sie spürte die Wärme in meiner Nähe, sie sah die Faszination in meinen Augen, die ihrer Schönheit galt. Sie fühlte sich umworben, begehrt. Sie wollte das Leben, das sich wieder in ihr regte, nicht aufs neue ersticken müssen: Es sollte atmen, sollte bleiben. Keine Fragen stellen, nur keine Fragen stellen gleich am ersten Abend!

Und ich hatte Angst, gleich am ersten Abend zu sagen, was ich hätte sagen müssen, weil ich eine Ahnung bekam. »Die Ahnung einer wunderbaren Erfahrung, die ich nur mit dir machen kann«, sagte ich Alina einmal. Sie schwieg darauf. Sie schwieg zu oft.

Der April ist vorüber. Kein anderer Monat hätte meine Gefühle zu Alina besser symbolisieren können.

Sara drückte ihre Nase zärtlich an Franks Hals und sog seinen Hautgeruch ein. Er strich ihr über das Haar. Ganz weich fühlte es sich an, ganz seidig.

»Liebes, weiches Mädchen«, flüsterte Frank.

Sie kuschelte sich an ihn.

Sara war gegen acht gekommen. Sie hatte Blumen mitgebracht und trug eine von ihnen im Haar.

Es war ihr erster schöner, harmonischer Abend seit langer Zeit, und sie genossen ihn entsprechend. Ihre Liebe war intensiv und wortlos.

Später lagen sie lange in inniger Umarmung auf dem Bett.

Irgendwann sagte Frank: »Es ist alles wieder da.«

»Ja«, sagte Sara mit warmer, gelöster Stimme. »Ich kann kaum glauben, daß wir uns gefragt haben, wie es weitergehen soll. Es liegt so weit zurück.«

Sie nahm seine Hand und drückte sie an ihr Herz.

Er nahm ihren Kopf in seine Hände und bedeckte ihr Gesicht mit Küssen.

»Sara«, flüsterte er immer wieder.

Der Mai sollte ein guter Monat werden. Frank und Sara gelang es, ihre Liebe zu kurieren, an welcher Krankheit sie auch immer gelitten haben mochte. Sie konnten wieder Stunden und Tage miteinander verbringen, ohne sich in ein Labyrinth aus Problemen und Konflikten zu verirren. Sie waren glücklich über das, was sie wiedergewonnen hatten, und verlangten nicht mehr. Zu lange hatten sie Harmonie und Frieden entbehren müssen, um das neue Glück nicht mit dankbarer Bescheidenheit zu behandeln. Es war ein Monat der Ausflüge in die auflebende Natur, ein Monat der langen Spaziergänge und ruhigen Gespräche.

Nach einem dieser Spaziergänge erzählte Frank Sara von Alina. Er begann mit einer vorsichtigen Skizze und malte, als er spürte, daß Sara nicht zurückschreckte, seine Begegnungen mit Alina in allen ihren Farben aus. Er erzählte lange; sie unterbrach ihn kein einziges Mal. Er sprach von der ersten, verheißungsvollen Begegnung mit Alina, von Hoffnung und Enttäuschungen, von Erniedrigung und Erhöhung, von seinem fruchtlosen Warten und seiner endgültigen Abkehr.

In Franks Zimmer war es dunkel geworden. Sara saß mit gesenktem Kopf auf dem Bett. Ein langes Schweigen hatte sich nach seinem Bekenntnis in den Raum gelegt, aber es war kein lähmendes, vergiftendes Schweigen.

Frank spürte, wie Sara ganz langsam zu einer einzigen, entscheidenden Frage ausholte, aber wie sie auch immer lauten würde: Er hatte keine Angst vor ihrer Beantwortung.

»Hast du einmal daran gedacht, mich wegen ihr zu verlassen?«

Frank schüttelte langsam den Kopf. »Nein«, sagte er leise.

Sara blickte auf. Es war so dunkel geworden, daß Frank ihre Augen nicht erkennen konnte. Sie atmete tief durch und ließ sich auf das Bett zurücksinken.

Er ging langsam zu ihr und legte sich neben sie.

Der ganze Himmel

Im tiefsten
Teil der Nacht
flogen wir
auf der Höhe
unsrer Träume.

Aus reiner Sehnsucht
waren die Flügel,
die uns über
uns selbst hinaustrugen.

Von dort oben
sah die Vergangenheit
so klein aus …

und der Augenblick
war der ganze Himmel.

Nur für dich

Für dich lasse ich meine Blicke aufblühen,
gehe in meinen Gefühlen baden,
putze meine Gedanken,
bis sie glänzen.

Für dich tanze ich auf einem Bein,
singe laut auf offener Straße,
mache mich zum Gespött der Leute.

Für dich bringe ich mir die Flötentöne bei,
heule den Mond an,
frühstücke um Mitternacht.

Für dich nehme ich das Leben
auf die leichte Schulter
und gehe damit
bis ans Ende der Welt –
wenn du dort auf mich wartest.

So eine Liebe

Wenn ich einen Wunsch frei hätte –
ich würde mir eine
wahnsinnige Liebe wünschen,
die mich packt
wie der Wind eine winzige Feder
und auf und davon wirbelt.
Eine unfaßbare Liebe,
die mich gleichzeitig
zum Lachen und Weinen bringt
und mir keine Wahl läßt,
als frei und glücklich
und außer Rand und Band zu sein.
Eine, die mich ungeniert
aus meinem Kopf katapultiert –
hoch hinaus in ein Empfinden,
das sich selbst nicht fassen kann.
Eine Liebe,
die verrückt und süchtig macht
und die ganze Welt lachend
in die Tasche steckt wie eine Murmel.
So eine, die Gefühle weckt,
die nicht einmal ahnen,
daß es sie gibt.

Wie von selbst

Im Aufwind
deiner Ausstrahlung
kommt mein Lächeln
wie von selbst,
schwingt sich
von meinen Lippen
in die Lüfte,
breitet sich aus
im ganzen Raum
und wird zu einem
fliegenden Teppich,
auf dem unsere Seelen
sich schwerelos vereinigen.

Keine Magie ist tiefer

Ich könnte stundenlang
in deinen Augenseen
nach Liebesschätzen tauchen
und meinen Atem vergessen.

Keine Magie ist tiefer
als die Kraft,
die wir Liebe nennen.

Ich möchte noch wehrloser,
noch schwereloser werden –
wie eine kleine weiße Feder
in der offenen Hand des Zaubers.

Ernste Absicht

Wo alle Worte aufhören
und selbst Gedanken stören,
wo eine Wirklichkeit beginnt,
die dadurch schon befriedigt,
daß man sie annimmt,
dort will ich mit dir leben,
mit dir Wurzeln schlagen,
so tief und gründlich,
daß nichts und niemand
uns umwerfen kann.

Im Geheimnis

Wie unvergleichlich groß
kann Liebe sein,
wenn sie uns in sich aufnimmt
und unseren Augen Tränen schenkt
im Angesicht des Unsagbaren.

Und wir wollen Ewigkeit,
weil wir sie in uns spüren,
aber wir leben auch in einer Welt
mit tausend Sprachen,
preisgegeben der Vergänglichkeit,
und jedes Ding und jeder Mensch
hat seinen Namen.

Doch wir bekommen
unser Weltbewußtsein abgenommen
auf der Schwelle zum Wunderbaren
und treten ein in das Geheimnis,
das keinen Namen hat und keine Sprache –
und dennoch uns in allem,
was wir sind und sein könnten,
wortlos bei unserem
wirklichen Namen nennt,
uns birgt
in dankbarem Verstehen
des Unerklärlichen –

und uns im tiefsten Lächeln
traurig macht über all die Zeit,
in der wir nicht lebten,
nur älter wurden.

Nachtgedicht

Niemand kann
deinen Platz einnehmen.
Niemand kann in deiner Sprache
mit mir reden.
Niemand kann dein Vertrauen
in mich setzen.
Du bist der Ort,
zu dem ich gehen kann,
die Welt,
in der ich leben kann,
das Licht,
in dem ich sehen kann.

Wir haben uns zu lange
nicht mehr gesehen.

Nie weiss man

Liebe ist der gemeinsame Versuch,
den Abgrund
zwischen Sehnsucht
und Wirklichkeit
zu überbrücken.
Magie ist der
einzige Stoff,
aus dem diese Brücke
gebaut werden kann.
Es ist ein Glücksfall,
wenn der Versuch gelingt.
Und nie weiß man,
wie lange die Brücke trägt,
denn der Zauber geht
so leicht verloren.

Rächer

Wann hatte es angefangen? Vielleicht damals in dem Straßencafé, als die attraktive Brasilianerin sich zu ihnen an den Tisch setzte, und Bernd ein Gespräch mit ihr begann, an dem Heike wohl oder übel teilnehmen mußte, um nicht als takt- und charmelose Spielverderberin vor ihrem Kuchen zu sitzen, der ihr plötzlich nicht mehr schmeckte. Sie spürte, daß Bernd an der hübschen Lateinamerikanerin Gefallen gefunden hatte; wäre sie weniger gutaussehend gewesen, hätte er sie wahrscheinlich ignoriert.

Heike fühlte sich gekränkt, ließ sich aber nichts anmerken; nur das zur Hälfte stehengelassene Stück Käsekuchen ließ vermuten, daß ihr Bernds Verhalten auf den Magen geschlagen war.

Bei der nächsten Gelegenheit, auf einer Geburtstagsparty, rächte sie sich an ihm, indem sie zwanzig Minuten mit einem Mann tanzte, den Bernd ihr gegenüber als Lackaffen bezeichnet hatte, und so tat, als amüsierte sie sich prächtig, während sie insgeheim Bernds Einschätzung teilte.

Einige Tage später rächte sich Bernd für ihre Rache, indem er eine Verabredung mit ihr »vergaß«, wofür er sich später am Telephon zerknirscht entschuldigte, während er sich insgeheim ins Fäustchen lachte, was Heike nicht verborgen blieb.

Deshalb rächte sie sich gleich am nächsten Tag für Bernds Rache an ihrer Rache, was er nicht auf sich sitzen lassen konnte.

Daraus entwickelte sich ein Teufelskreis der Rache, und wenn die beiden verheiratet gewesen wären, hätte man von einem eskalierenden Ehekrieg sprechen können. Die Zeiten des Friedens zwischen ihnen schrumpften mehr und mehr, bis schließlich rund um die Uhr provoziert, gestritten und gerächt wurde, selbst nachts im Traum.

Wie und wo das Unheil begonnen hatte, wußten sie inzwischen nicht mehr. Vielleicht damals in dem Straßencafé, vielleicht auch schon eher. Es war schwer zu bestimmen, und die immer mehr Engagement und Erfindungsgeist erfordernden Vergeltungsaktionen ließen erst gar nicht den Gedanken an besonnene Nachforschungen über die Ursache aufkommen.

Heike und Bernd konnten sich also nicht über Langeweile oder gar Leerlauf in ihrer Beziehung beklagen.

Das Problem war nur, daß sie sich noch immer liebten.

Die besten Liebenden

Die besten Liebenden
sind die,
welche sich gegenseitig
von dem Drang befreien,
nach anderen,
vielleicht besseren
Geliebten zu suchen.

Blüten der Liebe

Die feinsten
und zartesten
Blüten der Liebe
öffnen sich nur
im milden Sonnenlicht
zeitloser Muße.

Ausrede

Manche reden immer
von ihrer Freiheit –

und meinen ihre Angst
vor einer Liebe,
die größer werden könnte
als ihr Egoismus.

Bedingung

Die Liebe
gibt immer
die richtige Antwort –

wenn man ihr
die richtige Frage stellt.

Ungesagte Worte

Es klingelte am späten Nachmittag.

Ich öffnete die Tür, und da stand sie mit ihrer Reisetasche und lächelte.

»Ich bin Yvonne«, sagte sie. »Ist Eva nicht da?«

»Sie ist nur kurz einkaufen gegangen und wird gleich zurück sein. Komm doch rein!«

Ich fühlte mich vom ersten Augenblick an auf unwiderstehliche Weise zu ihr hingezogen. Dabei war sie nicht unbedingt mein Typ. Aber ich bekam ein Gefühl, das mir neu war, als unsere Blicke sich zum ersten Mal trafen, ein Gefühl, das mich neugierig machte, was ich mir allerdings nicht eingestehen wollte – vielleicht aus Angst vor möglichen Konsequenzen. Schließlich liebte ich Eva und lebte seit einem Jahr mit ihr zusammen. Und nun stand ihre beste Schulfreundin vor der Tür, von der Eva mir viel erzählt hatte, stand da und irritierte mich mit einem einzigen Blick.

Das Auffälligste an ihr war die perfekte Ruhe, die sie ausstrahlte. Sie schien in vollkommener Harmonie mit sich selbst zu leben. Ich fühlte mich von Anfang an in ihrer Nähe wohl und geborgen.

Sie bewegte sich mit der Anmut und Sensibilität einer

Katze. Fasziniert schaute ich auf ihre Hand, als sie den Zucker in ihrem Teeglas verrührte. Ihre Bewegungen hatten etwas Ästhetisches.

Ich fand bald heraus, daß es mit ihrer Konzentrationsfähigkeit zusammenhing. Was immer sie tat, zuhören, Blicke wechseln, reden, Photos anschauen, sie tat es mit einem Höchstmaß an Bewußtheit, wobei ihre Aufmerksamkeit nie erzwungen oder gewollt wirkte, sondern immer natürlich und spielerisch erschien. Selbst die kleinste, scheinbar unwichtigste Handbewegung wie das Nach-hinten-Streichen ihres langen, blonden Haares geschah nicht unbewußt oder automatisch; sie war ganz und gar darauf konzentriert, machte es, als sei es das erste Mal.

So wirkte alles, was sie tat und sagte, harmonisch und voller Inhalt. Sie hatte eine Art, still vor sich hin zu lächeln, daß man einfach ebenfalls lächeln mußte, wenn man es bemerkte. Sie hatte Anmut.

Während Yvonnes Besuch schlief ich auf der harten Couch im Wohnzimmer. Aus Gastfreundschaft teilte sich Yvonne mit Eva das bequeme Doppelbett im Schlafzimmer. Eva mußte früh zur Arbeit und verließ die Wohnung wochentags gegen sieben Uhr.

Yvonne hatte mich gebeten, sie stets gegen zehn Uhr zu wecken. Ich klopfte immer leise bei ihr an. Meistens war sie schon wach und rief mit ihrer melodischen Stimme »Komm rein«, und dann lag sie im Bett, die Augen weit offen, lag einfach da und lächelte mich an. Sie ging ins Bad, während ich das Frühstück zubereitete. Dann setzten wir uns an den Küchentisch.

Es machte mir Freude, mit Yvonne zu frühstücken. Sie nahm sich Zeit dafür – wie sie sich eigentlich für alles Zeit nahm. Sie aß langsam und genüßlich. Wir redeten dabei sehr wenig, weil ich gemerkt hatte, daß Yvonne beim Essen lieber schwieg, als sich zu unterhalten.

Wenn wir zusammensaßen, bestand eine wortlose Verständigung zwischen uns, die mich mehr und mehr in ihren Bann zog. Etwas war zwischen uns entstanden, und ich spürte, es war mehr als bloße Sympathie, aber was dieses Mehr war, wußte ich nicht. Es war ein wertvolles Gefühl, das ich in ihrer Nähe bekam, ebenso stark wie fragil.

Eva bemerkte es, aber nahm es nicht weiter ernst. Einmal, als sie im Park ein Photo von Yvonne und mir machte und durch den Sucher der Kamera guckte, rief sie lachend: »Ihr seht aus wie ein Liebespaar!«

Am letzten Abend ihres einwöchigen Besuchs wollte ich Yvonne von meinem Gefühl erzählen.

Es war spät geworden. Eva schlief schon. Wir saßen lange still am Tisch zusammen. Ich überlegte angestrengt, wie ich einen Einstieg finden könnte, aber fand die richtigen Worte nicht. Ich wollte nicht sagen: Yvonne, ich empfinde etwas für dich, es ist wertvoll, es ist mehr als bloße Sympathie, aber was es ist, weiß ich nicht. Das hätte zwar am ehesten der Wahrheit entsprochen, aber ich wäre mir dabei so vorgekommen, als hätte ich versucht, Wasser in einem Sieb zu tragen.

Ich fand die richtigen Worte nicht. Und hatte Angst, daß die falschen etwas zerstören würden. So blieb ich stumm.

Am nächsten Tag brachten wir Yvonne zum Bahnhof und lächelten zu ihr hoch, als sie am Abteilfenster stand, aber mein Lächeln war gespielt, denn es machte mich maßlos traurig, Yvonne wegfahren zu sehen.

In den folgenden Tagen fühlte ich mich wie zerschlagen. Ich bekam Kopfschmerzen und konnte mich auf nichts mehr richtig konzentrieren, am wenigsten auf Eva.

Immer wieder mußte ich an Yvonne denken, und mir wurde klar, daß sie mir etwas gegeben hatte, was Eva mir nicht geben konnte. Manchmal, wenn ich die Augen schloß, erschien das Bild wieder vor meinem inneren Auge, wie Yvonne am Abteilfenster stand und mich mit ihren ruhigen Augen ansah – und wie dann der Zug anruckte und alles in mir sich verkrampfte.

Ich hätte sie nicht fahren lassen sollen, sagte ich mir. Aber wie hätte ich es begründen sollen? Wie hätte ich ihr etwas erklären sollen, das ich mir selbst nicht erklären konnte?

Ich bekam Halsschmerzen und Fieber und mußte mich ins Bett legen. Ich schrieb Yvonne einen Brief, mehrere Briefe, die ich alle zerriß, weil die Worte, die ich zu

Papier brachte, am Eigentlichen vorbeigingen, viel zu nüchtern klangen und meine Empfindungen auf eine Ebene herabzogen, auf der sie gar nicht mehr existierten.

Etwas in mir starb ab. Wie ein winziger Trieb, der kein Wasser mehr bekam. Es tat weh.

Ich wollte mit Eva darüber sprechen, wollte ihr alles erklären, aber als sie ins Zimmer kam und ich ihr in die Augen sah, die ich liebte, in denen ich aber vergeblich nach dem suchte, was ich in Yvonnes Blicken gefunden hatte, schnürte mir etwas die Kehle zu, und ich konnte nicht sprechen.

»Wie fühlst du dich?« fragte sie mit besorgter Stimme.

»Schon wieder besser«, log ich und zwang mich zu einem Lächeln.

Drei Wochen später kam ich abends von einer Vorlesung nach Hause. Eva saß mit verweinten Augen auf der Couch. Auf dem Tisch lag ein aufgerissener Briefumschlag mit einem schwarzen Rand.

Mir wurde weich in den Knien. »Was ist passiert? Eva, was ist los?«

»Yvonne ist tot«, sagte sie leise. »Ein Autounfall.«

Die Nachricht von Yvonnes Tod war ein großer Schock, der mich noch hilfloser machte, als ich ohnehin schon gewesen war. Oft blieb ich tagelang im Bett, aß nichts, lag da und starrte die Decke an.

In den ersten Tagen bemühte Eva sich, dagegen anzukämpfen. Sie versuchte, mich abends in die Stadt mitzunehmen, ins Kino, zu Konzerten, aber ich wollte nicht. Irgendwann resignierte sie und ging allein aus.

Ich lag apathisch auf dem Bett, als sei alles Leben aus mir gewichen.

Einmal sah ich in einem Traum Yvonnes Gesicht vor meinen Augen verblassen – wie eine verlöschende Kerze. Ich rief ihren Namen, aber sie hörte mich nicht.

Was war mit mir passiert? War ich nicht immer derjenige gewesen, der sich gegen Depressionen immun gefühlt hatte? Ich hatte die Kontrolle verloren. Zum ersten Mal in meinem Leben fühlte ich mich meinem Schicksal ausgeliefert. Yvonne hatte etwas in mir verändert, das ich nicht mehr rückgängig machen konnte – und auch nicht wollte. Ich spürte die sanfte Musik ihres Lebens in meiner Seele nachklingen.

Ich warf mir vor, ihr meine Gefühle zu ihr verschwiegen zu haben, aus Angst, mißverstanden zu werden. Vielleicht hatte ich mich in sie verliebt. Vielleicht? Sicherlich hatte ich mich in sie verliebt. Warum war ich so traurig gewesen, als sie abreiste, warum so maßlos verzweifelt, als ich von ihrem Tod erfuhr? Ja, ich hatte mich in Yvonne verliebt, ein ebenso starkes wie zärtliches Gefühl für sie war in mir entstanden.

Aber ich hatte sie fahren lassen, ohne ihr zu sagen, daß die Saat ihrer Anmut in meinem Herzen aufgegangen war. Wenn ich es doch gewagt hätte, ihr meine Gefühle zu gestehen – auch auf die Gefahr hin, nicht die richtigen

Worte zu finden! Vielleicht wäre dann alles anders gekommen – und Yvonne würde noch leben.

Bei diesen Gedanken wurde mir schmerzlich bewußt, wie recht der Dichter hatte, dessen Zeilen mir nicht mehr aus dem Sinn gehen wollten: »Wir sind nicht nur verantwortlich für das, was wir tun, sondern auch für das, was wir nicht tun.«

Deine sanfte Weise

Deine Berührung geht tief
und sie wirkt in mir nach
wie eine leise Melodie,
die immer wiederkommt.

Ich liebe deine sanfte Weise –
sie ist so fein und schön,
daß ich sie niemals
leid sein werde.

Ich glaube fast,
sie ist ein Meisterwerk.

Seiltänzer

Wir haben zusammengehalten,
als das Seil nicht mehr hielt,
auf dem unsre Träume
zueinander balancierten,
mit schlafwandlerischer Sicherheit.
Wir blieben lieb zueinander
nach dem bösen Erwachen
und spannen jetzt ein Netz
unter das neue Seil:
das hält,
was unser Hochgefühl verspricht.

Abhängigkeiten

Wenn ich dir sage,
es sei nicht gut zu essen,
nicht gut zu trinken,
zu schlafen und zu atmen,
weil man ohne all dies
nicht leben könne,
schaust du mich
befremdet an.

Doch wenn ich dir sage,
daß nur eine Liebe,
ohne die man
nicht leben kann,
stark genug ist,
Wunder zu wirken,
bekommst du Angst
um deine Freiheit.

Und ich schaue dich
befremdet an.

Die Angst vor dem Fliegen

Die größte Feindin der Liebe,
der Erkenntnis und der Weisheit
ist die Angst vor dem Neuen,
dem Unbekannten, Unberechenbaren –
also letztlich vor dem Leben.

Doch welchen Sinn hat es,
Angst vor dem zu haben,
was uns geboren hat
und was uns sterben läßt?

Kein Vogel hat Angst vor dem Fliegen.
Deine Seele will fliegen, muß fliegen,
um sich nicht selbst zu vergessen.
Hindere sie nicht daran
mit deiner Angst vor dem Absturz,
sonst verkümmern ihre Flügel.

Und du wirst traurig,
ohne zu wissen warum.

Unsere Liebe

Unsere Liebe
ist das Herz meines Lebens,
sein Klopfen öffnet
jede Tür in mir.

Unsere Liebe
ist das Licht,
in dem ich die Welt sehe
und Schönheit finde
auf meinen Wegen
durch das Chaos.

Unsere Liebe
ist das Märchen,
das sich selbst erzählt
hinter dem Rücken einer Wirklichkeit,
der jeder Zauber fehlt.

Dein Sprung

Du bist ganz einfach
über den Schatten
deiner Ängste gesprungen
und hast mir gezeigt,
was du fühltest,
als ich schon
so gut wie sicher war,
daß die Mauer
deiner Worte halten würde.

Schön war dein Sprung,
unverhofft mutig und sanft,
mitten ins Herz
des befreiten Augenblicks.

Hab nie Angst vor dem Ende

Hab nie Angst vor dem Ende,
wenn etwas Schönes anfängt.

Kein Preis ist zu hoch
für erlebtes Glück,
keine Trauer zu tief,
keine Enttäuschung zu schwer.

Leben heißt bereit sein,
irgendwann zu sterben.
Lieben heißt bereit sein,
irgendwann Abschied zu nehmen.

Träume leben

Träume leben,
wenn wir sie
wirklich lieben.

Liebe kann
Träume wahr
werden lassen,
wenn wir sie
wirklich leben.

Die Hand des Schicksals

Maika, die einzige Tochter eines reichen Juweliers, galt als eines der schönsten Mädchen der Stadt. Sie war eine lebensfrohe, kluge und mutige junge Frau, die schon früh begonnen hatte, der Stimme ihres Herzens zu folgen.

Als sie ins heiratsfähige Alter gekommen war, verging kaum ein Monat, in dem nicht ein Verehrer sich bei ihrem Vater um ihre Hand bewarb. Nach seinen gestrengen Maßstäben war keiner der Bewerber gut genug für sie, selbst wenn er aus bestem Hause stammte, über die gepflegtesten Manieren verfügte und seiner Tochter eine sorgenfreie Zukunft in Wohlstand und hohem gesellschaftlichem Ansehen bieten konnte.

Maika war es recht so, denn keiner ihrer Verehrer hatte bislang die überwältigende Freude und das strahlende Glück in ihrer Seele hervorrufen können, das sie sich von der wahren Liebe erhoffte. Der eine hatte ein angenehmes Gesicht, der andere eine wohlklingende Stimme, ein weiterer glänzte durch Bildung und Redekunst, doch kein einziger der Bewerber um ihre Gunst konnte in Maika den Wunsch erwecken, ihm ihr Herz zu öffnen – geschweige denn, ihr Leben mit ihm zu verbringen.

Alles änderte sich zwei Tage vor ihrem neunzehnten Geburtstag, als sie mit Losama, der Haushälterin der Familie, den großen Wochenmarkt besuchte, um Früchte, Gemüse, Nüsse und Süßigkeiten für die geplante Geburtstagsfeier einzukaufen.

Maika hatte gerade eine Tüte mit Walnüssen erstanden und in ihre Umhängetasche gelegt. Sie wandte sich zur Seite, um sich einen Weg durch die Vielzahl der Marktbesucher zu bahnen, als plötzlich ein junger Mann vor ihr stand und sie aus klaren blauen Augen ansah.

Mit einem Schlag verschwand das bunte, betriebsame Geschehen um sie herum, und es gab nichts mehr auf der Welt als diesen Blick aus den strahlenden Augen des Fremden, die bis ins Innerste ihres Herzens zu sehen schienen – bis eine füllige Frau den jungen Mann versehentlich, aber so heftig von hinten anstieß, daß er sein Gleichgewicht verlor und Maika in die Arme taumelte.

Als sie seinen Körper an ihrem spürte, erfaßte ein wunderbares Glücksgefühl ihr ganzes Wesen, und sie erkannte blitzartig, daß dieser Fremde, den das Schicksal ihr geschickt hatte, der erste Mann war, dem sie ihr Herz öffnen und ihre Liebe schenken wollte – nein, mußte!

»Junger Mann!« hörte sie Losamas empörte Stimme, wie aus einer anderen Welt, »was fällt Ihnen ein?«

Maika löste sich aus der unfreiwilligen Umarmung, die ihr Leben verändert hatte.

»Beruhige dich, Losama! Hast du denn nicht gesehen, daß er in meine Arme gestoßen wurde?«

»Ja, das habe ich«, entgegnete sie, »aber ist er nicht ein bißchen länger dort geblieben, als es nötig gewesen wäre?«

Der junge Mann schien die Worte, die Maika mit ihrer Begleiterin gewechselt hatte, gar nicht gehört zu haben und schaute unverwandt wie verzaubert in ihre Augen. Schließlich sagte er so leise, daß nur sie es verstehen konnte: »Ich fühle mich wie in einem Traum, aus dem ich nie mehr erwachen möchte.«

»Maika, wir haben noch einiges zu besorgen«, mahnte Losama.

»Geh ruhig schon vor! Ich komme gleich nach.«

Die Haushälterin erfüllte ihren Wunsch, nicht ohne vorher dem jungen Mann einen nachdenklichen Blick zuzuwerfen.

»Ich empfinde so wie du«, gestand sie ihm, als Losama weitergegangen war. »Mir ist, als würde ich träumen – und zugleich, als wäre ich erwacht.« Aus den Augenwinkeln sah sie, daß Losama sie beobachtete. »Wir können jetzt nicht länger zusammen bleiben. Mein Vater hat mir verboten, mit Fremden zu sprechen. Komm heute bei Sonnenuntergang in den Park! Dort werde ich auf dich warten, bei der Statue des Engels.«

Der junge Mann nickte mit einem strahlenden Lächeln, wandte sich um und wurde vom Strom der Marktbesucher aufgesogen.

Maika blickte ihm nach, bis sie ihn aus den Augen verlor. Dann ging sie zu Losama und fragte sie: »Kennst du diesen Mann?«

Die Haushälterin schüttelte den Kopf. »Ich habe ihn noch nie gesehen. Seiner Kleidung nach zu urteilen, lebt er in bescheidenen Verhältnissen. Also schlage ihn dir aus dem Kopf, dein Vater würde ihn nicht einmal über die Schwelle seiner Haustür lassen.«

»Wie schlägt man sich einen Mann aus dem Kopf, Losama?«

»Indem man nicht mehr an ihn denkt.«

»Und wie schlägt man sich einen Mann aus der Seele?«

Auf diese Frage wußte die Haushälterin keine Antwort.

»Sage meinem Vater bitte nichts von dem, was eben geschehen ist! Du weißt, wie sehr er um mich besorgt ist, und deshalb sollten wir ihn nicht unnötig beunruhigen. Versprichst du es mir?«

Losama nickte nach kurzem Zögern. »Du hast mein Wort!«

»Wie war es auf dem Markt?« fragte Kumo seine Tochter beim Mittagessen.

»Wie immer – laut und voller Leben.«

Ihr Vater betrachtete sie voller Stolz. Wie schnell doch aus seinem kleinen Mädchen eine junge Frau geworden war, deren Schönheit und Anmut ihn täglich aufs neue erfreute! In den seltenen stillen Momenten, die sein geschäftiges Leben ihm ließ, war ihm bewußt geworden, daß er – nach dem drei Jahre zurückliegenden Tod seiner Frau – im Grunde nur noch für Maika lebte, für ihr Wohlergehen und ihre Zukunft.

Doch gestanden hatte er ihr dies nie, und trotz seiner Freude an ihr verbrachte er den allergrößten Teil seiner Zeit mit der Pflege und dem Ausbau seiner geschäftlichen Beziehungen, anstatt mit seiner Tochter, die in seiner Haushälterin Losama einen Muttterersatz gefunden hatte – soweit sich eine Mutter überhaupt ersetzen ließ.

Kumo hatte nach dem Schicksalsschlag, der seine Frau aus seinem Leben gerissen hatte, trostlose Tage und schlaflose Nächte der Trauer und Angst verbracht, daß der plötzliche Tod ihrer Mutter Maika das Herz brechen würde – aber sie hatte den Verlust mit dem ihr eigenen Vertrauen in das Leben überwunden und ihm damit geholfen, auch seinen Schmerz in die Hoffnung zu verwandeln, daß alles, was geschah, so schmerzlich es auch sein mochte, einem höheren Sinn diente.

Manchmal fragte er sich, warum er sich nicht aus dem Geschäftsleben zurückzog und mehr Zeit mit Maika verbrachte, anstatt nach immer größerem Wohlstand zu streben, aber er schob diese Frage stets mit dem Gedanken beiseite, daß sein Reichtum eines Tages seiner Tochter gehören würde.

»Ich sehe dir an«, sagte er, »wie sehr du dich auf deinen Geburtstag freust.«

Maika gab ihm eine belanglose Antwort und verschwieg, daß es seit dem heutigen Morgen etwas gab, auf das sie sich wesentlich mehr freute als auf ihre Geburtstagsfeier: die Wiederbegegnung mit dem Mann, dessen Augen ihr bis auf den Grund der Seele geblickt hatten.

Am späten Nachmittag verabschiedete Maika sich von Losama unter dem Vorwand, ihre beste Freundin zu besuchen, um mit ihr über die Gestaltung der morgigen Geburtstagsfeier zu sprechen.

»Gut, aber bitte sei vor Einbruch der Dunkelheit wieder zurück, sonst wird dein Vater mir Vorwürfe machen, wenn er nach Hause kommt.«

Maika stöhnte. »Ich bin eine Frau, und er sieht mich immer noch als sein kleines Mädchen, das er vor den Gefahren der Welt schützen muß. Aber wie soll ich das Leben kennenlernen, wenn er mich ständig davor zurückhält?«

»Ich verstehe dich gut, Maika, doch du solltest auch ihm Verständnis entgegenbringen. Für jeden Vater ist es eine schwierige Zeit, wenn aus seiner kleinen Tochter eine junge Frau geworden ist, die ihr eigenes Leben führen will. Die Welt ist nun mal gefährlich, vor allem für das Kind eines reichen Mannes. Wir beide wissen, daß dein Vater in ständiger Angst davor lebt, daß du entführt werden könntest.«

»Es gibt keine Sicherheit im Leben«, erwiderte Maika, »der Tod meiner Mutter hat es mich auf bitterste Weise gelehrt. Ich kann und will mich nicht vor der Welt verstecken – sie mag gefährlich sein, aber sie ist auch wunderbar.«

Auf dem Weg zum Park hatte Maika – wie öfter in der letzten Zeit – das Gefühl, verfolgt zu werden. Sie schüttelte unwillig den Kopf über sich selbst. Anscheinend hatte ihr Vater sie schon mit seiner Angst angesteckt, die sie immer mehr als eine Fessel empfand.

Als sie den Parkeingang erreichte, fühlte sie mit jedem Schritt, der sie dem vereinbarten Treffpunkt näher brachte, ihr Herz vor Freude schneller schlagen. Was immer auch auf dem Marktplatz geschehen war – es hatte etwas ganz tief in ihr berührt und ins Leben gerufen, das so rein und stark war, daß keine Macht der Welt es gefährden konnte.

Dann sah sie ihn. Er saß unweit der Statue des Engels im Gras und sprang lächelnd auf, als er sie entdeckte.

Für eine Weile, die eine Ewigkeit anzudauern schien, standen sie sich wortlos gegenüber und ließen ihre Blicke tiefer und tiefer ineinander sinken. Im Zauber dieser Zeitlosigkeit empfand Maika die überwältigende Freude und das leuchtende Glück, das sie sich von der wahren Liebe erhofft hatte – und wußte endgültig, daß sie den Mann gefunden hatte, nach dem ihre Seele auf der Suche gewesen war.

Als sie ihn zärtlich und hingebungsvoll umarmte, war es ihr, als habe sie ihr Leben lang auf diesen magischen Augenblick gewartet. Sie spürte, daß ihr Geliebter dasselbe empfand, denn sie konnte in sein Herz schauen wie in ihr eigenes. Ihre Lippen fanden sich zu einem innigen Kuß, der ihre Körper erschauern, ihre Herzen jubilieren und ihre Seelen vor Glückseligkeit erstrahlen ließ.

Als Maika bei Einbruch der Dunkelheit ins Haus ihres Vaters zurückkehrte, war ihr bewußt, daß sie nie mehr die Frau sein würde, die sie gewesen war. Sie war eine Liebende geworden.

Morgen würde sie den Jahrestag ihrer Geburt feiern, doch heute erlebte sie ein Fest, das ihr wesentlich mehr bedeutete – den Geburtstag einer Liebe, die ihr wie ein Wunder erschien.

Nachdem am späten Abend des nächsten Tages die letzten ihrer Geburtstagsgäste sich verabschiedet hatten und Maika ins Arbeitszimmer ihres Vaters ging, um ihm eine gute Nacht zu wünschen, bat er sie mit ernster Miene, sich zu setzen.

»Ich habe dir etwas zu sagen, Maika, und wollte damit bis zum Ende deiner Feier warten, um sie dir nicht zu verderben. Ich weiß, was gestern bei Sonnenuntergang im Park geschehen ist.«

Maika erschrak. »Was weißt du?«

»Daß du dich mit einem jungen Mann getroffen und ihn innig umarmt und geküßt hast«, sagte Kumo mit harter Stimme. »Ich bin traurig und enttäuscht, daß du es mir verheimlicht hast, und ich mache mir große Sorgen um dich. Dieser Mann ist arm wie eine Kirchenmaus, und es ist anzunehmen, daß er dein Vertrauen nur gewinnen will, um dich zu entführen und von mir ein hohes Lösegeld zu erpressen.«

Maika errötete vor Empörung. »Wie kannst du nur so etwas sagen?«

»Zu deiner Sicherheit und zu meiner Beruhigung habe

ich schon vor geraumer Zeit einen Leibwächter beauftragt, sich bei deinen Gängen durch die Stadt unauffällig in deiner Nähe zu halten, um dir zu Hilfe eilen zu können, wenn du sie benötigst.«

Maika stand ruckartig auf. »Du läßt mich überwachen?«

»Die Welt ist schlecht, mein Kind, auch wenn du es noch nicht weißt. Der Mann, der sich in dein Herz eingeschlichen hat, ist eine große Gefahr für dich! Dein Leibwächter ist ihm bis zu seiner Wohnung gefolgt. Er lebt in einem Teil der Stadt, in dem die Frauen nach Einbruch der Dunkelheit kaum wagen, allein auf die Straße zu gehen. Du wirst ihn nie wieder sehen! Versprich mir das!«

»Das kann ich dir nicht versprechen – und will es auch nicht!«

»Dann verbiete ich dir, mein Haus zu verlassen!«

»Du willst mich einsperren?«

»Ja! Du läßt mir keine andere Wahl! Jeder liebende Vater würde so handeln. Du stehst bis auf weiteres unter Hausarrest!«

Maika sah ihrem Vater fassungslos in die Augen und erschrak über die Härte seines Blicks. In diesem Moment spürte sie, daß er ihre Liebe zu ihm für immer zerstört hatte. Um nicht vor seinen Augen in Tränen auszubrechen, wandte sie sich um und lief zur Tür.

»Verstehe mich doch! Ich will dich nicht verlieren«, rief er ihr nach.

»Du hast mich schon verloren«, flüsterte sie, eilte die Stufen zu ihrem Zimmer hoch und schloß sich ein.

Während sie der Traurigkeit freien Lauf ließ, die sie im Arbeitszimmer des Vaters zurückgehalten hatte, wurde ihr bewußt, daß ihr Geburtstag zugleich der Todestag ihres bisherigen Lebens war. Mit ihren Tränen nahm sie nicht nur Abschied von der Liebe zu ihrem Vater, sondern von ihrer Vergangenheit, die hinter ihrem Rücken wie eine morsche Holzbrücke in die Tiefe gestürzt war.

Ihre Zukunft gehörte einem Mann, dessen Namen sie nicht einmal kannte, aber dem sie vertrauensvoll bis ans Ende der Welt folgen würde – denn er war der Mensch, der ihre Seele wachgeküßt und ihrem Leben einen neuen, verheißungsvollen Sinn geschenkt hatte.

Beim Abschied hatte sie ihm versprochen, am nächsten Tag bei Sonnenuntergang wieder zur Statue des Engels zu kommen, und sie war fest entschlossen, ihr Wort zu halten.

Die Redensart, daß man erst weiß, was man hatte, wenn man es verloren hat, war ihr bekannt. Nun erkannte sie, daß man erst weiß, was man suchte, wenn man es gefunden hatte.

Als eine halbe Stunde später an ihre Zimmertür geklopft wurde, gab Maika keine Antwort, weil sie glaubte, daß es ihr Vater sei. Doch dann hörte sie Losamas gedämpfte Stimme: »Maika, kann ich zu dir kommen?«

Nach kurzem Zögern öffnete sie die Tür und ließ die Frau hinein, die in den letzten Jahren liebevoll und unermüdlich versucht hatte, die Leere auszufüllen, die durch den Tod der Mutter in Maikas Leben entstanden war. Losamas oft selbstlose, unbeirrbare Liebe hatte ihr geholfen, den Schmerz über den Verlust zu ertragen und schließlich als einen Teil ihres Schicksals anzunehmen.

»Was ist geschehen?« fragte Losama, setzte sich zu Maika aufs Bett und legte die Hand behutsam auf ihre Schulter. »Dein Vater ist außer sich. Er geht in seinem Zimmer auf und ab wie ein Raubtier in einem Käfig und ist nicht ansprechbar.«

»Er hat etwas in mir zerstört – unwiederbringlich«, antwortete Maika. »Ich empfinde nichts mehr für ihn. Ich habe das Gefühl, nun auch noch meinen Vater verloren zu haben.«

Losama warf ihr einen erschreckten Blick zu. »Hat es mit dem jungen Mann zu tun, der dir auf dem Marktplatz begegnet ist?«

»Ja. Ich habe ihn gestern wieder getroffen. Ich liebe ihn. Seit ich ihn umarmt habe, weiß ich, was wirkliche Liebe ist. Und mein Vater will sie zerstören. Doch ich werde es ihm nicht erlauben.«

»Was hat er dir gesagt?«

»Er hat mich bespitzeln lassen und sieht in dem Mann, dem ich mein Herz geöffnet habe, einen Verbrecher, der mich entführen will. Er hat mir verboten, aus dem Haus zu gehen. Er sperrt mich ein, raubt mir meine Freiheit – im Namen väterlicher Liebe und Besorgnis!«

Losama erschrak. »Das hätte er nicht tun dürfen! Du bist kein Kind mehr.«

»Aber er hat es getan! Es ist das Ende des Lebens, wie

ich es kannte. Seit heute ist für mich nichts mehr so, wie es früher war.«

Losama gab einen leisen Klagelaut von sich. »Versprich mir, daß du keine Dummheit begehen wirst!«

»Was ist eine Dummheit?«

»Eine unvernünftige Handlung.«

»Ist denn die Vernunft immer die wichtigste Grundlage einer Entscheidung?«

»Nein, nicht immer«, räumte Losama nach kurzem Nachdenken ein. »Manchmal ist es falsch, vernünftig zu sein. Manchmal muß das Herz entscheiden.«

»Ich danke dir für deine Worte, Losama. Du hast etwas in dir, was mein Vater niemals hatte und niemals haben wird. Ich danke dir für alles, was du mir in all den Jahren gegeben hast!«

Losama wischte sich die Tränen von den Wangen und umarmte Maika. »Ich liebe dich, Maika, und ich werde immer für dich da sein, wenn du mich brauchst. Und jetzt versuche zu schlafen! Ich werde mit deinem Vater reden, sobald er sich wieder beruhigt hat. Vielleicht kann ich ihn dazu bewegen, seinen Fehler einzusehen.«

»Du kennst ihn doch. Eher würde er auf einem Nagelbrett schlafen, als einen Fehler einzugestehen.«

»Ja, ich kenne ihn. Und deshalb hoffe ich, daß er sein Herz nicht verloren hat – er hat es womöglich nur verschlossen und den Schlüssel an einem Ort versteckt, an den er sich nicht mehr erinnern kann. Vielleicht kann ich ihn finden.«

»Ich fürchte, er hat den Schlüssel weggeworfen«, erwiderte Maika.

Losama stand auf und seufzte. »Schlaf gut, mein Mädchen«, sagte sie, strich ihr zärtlich über das Haar, und wurde sich, kaum daß sie Maikas Zimmer verlassen hatte, der Hilflosigkeit ihrer Worte bewußt, denn Maika würde in dieser Nacht nicht gut schlafen.

Die Haushälterin hatte eine ungute Vorahnung, die sie aber mit der Hoffnung verdrängte, daß es ihr gelingen würde, Maika wieder mit ihrem Vater zu versöhnen.

Als Kumo am Abend des nächsten Tages aus seinem Geschäft in sein Haus zurückkehrte, fand er Losama weinend in der Küche vor.

Auf seine Frage, was geschehen sei, gab sie ihm statt einer Antwort einen Brief, auf dem sein Name stand. Kumo erkannte die Handschrift seiner Tochter, riß den Umschlag auf und las:

»Vater – Du hattest einmal eine Frau und eine Tochter. Beide hast Du verloren, auf unterschiedliche Weise, und ich fürchte, daß Du auch noch deine Haushälterin verlieren wirst.

Was Dir bleiben wird, ist Dein Reichtum, der Dir schon immer mehr bedeutet hat als die Menschen, die Dich liebten. Vielleicht wirst Du eines Tages erkennen, daß Du ihm eine viel zu große Bedeutung zugemessen hast.

Ich verlasse Dich heute, weil Du das Wertvollste und

Wunderbarste zerstören willst, das mir in meinem Leben begegnet ist. Ich weiß jetzt, daß Du mich nicht wirklich liebst, daß Du keinen Menschen aus ganzem Herzen lieben kannst – vielleicht nicht einmal Dich selbst.

Deine Angst davor, daß ich entführt werden könnte, erweist sich nun als begründet, wenn auch in anderer Weise, als Du Dir vorgestellt hast. Ich entführe mich selbst – in mein eigenes Leben. Nein – es ist die Hand des Schicksals, die mich entführt aus Deiner Obhut, die zu einem Gefängnis für mich geworden ist.

Falls Du nun wütend bist, lasse bitte Deinen Zorn nicht an Losama oder dem Leibwächter aus, dessen Beobachtung ich mich entzogen habe! Ich weiß, daß Du gern einen Sündenbock suchst, wenn das Leben Deinem Willen nicht gehorcht. Blicke in den Spiegel, und Du hast den Schuldigen gefunden!

Falls Du die Wahrheit nicht erträgst, gib die Schuld dem Schicksal, gegen dessen Macht Dein kleiner Wille nichts ausrichten kann – oder gib sie der Liebe, denn Liebe ist ein anderes Wort für Schicksal. Du hast mich vor die Wahl gestellt, mein Leben in Freiheit oder hinter den Gittern Deiner Fürsorge zu führen. Ich habe mich für die Freiheit entschieden. Lebwohl!«

Wer mit ihr geht

Wünschelrutengängerin
des Lebenswassers –
wer mit ihr geht,
findet verborgene Quellen.
Ihre Nähe atmet Wildnis,
ihre Berührung stillt
den Durst der Tiefe,
ihre Umarmung öffnet
gefangener Liebe spielerisch
den Weg ins Freie.

Aus durchbrochenen Mauern
stammen die Meilensteine
ihres Weges.

Deine Flügel

Laß die Liebe frei,
die du in dir gefangenhältst,
aus Angst, sie könnte
den Rahmen deines Lebens sprengen,
wenn du sie gehen läßt,
wohin sie gehen will.

Ich weiß einen Himmel,
dort könnte sie fliegen.
Auch wenn du ihre Flügel
vor dir selbst versteckst –
ich habe sie gesehen.

Tür ins Wunderbare

Öffnen wir
die Tür ins Wunderbare!
Legen wir unsere Hände
gemeinsam auf ihre Klinke,
denn nur so
läßt sie sich aufmachen.

Und nur Hand in Hand
können wir über
die Schwelle gehen.

Küsse des Lebens

Es tut so gut,
mit dir zu lachen
und plötzlich zu erwachen
aus dem Alltagsschlaf
und zu erleben,
was wirklich ist –

und zu spüren,
genau das ist es,
was ich vermißte,
diese unverhofften
Küsse des Lebens
auf die Lippen
des atemlosen Augenblicks.

Lass sie nicht ein

Wie schön es ist
im Irrgarten deiner Illusionen,
wie gut es duftet
nach Phantasie und Sehnsucht,
die sich nicht begnügt
mit dem Möglichen.
Noch hat die Hitze der Entbehrung
sein üppiges Gras nicht verbrannt,
noch hat der Hagel der Enttäuschung
seine bunten Blumen nicht geknickt,
noch können die Bäume flüstern,
und ihre Früchte schmecken
nach ewiger Freude.

Laß sie nicht ein,
die ernsten, forschen Gärtner
mit den Sicheln und Heckenscheren,
den Sägen und Äxten,
die gerade Wege anlegen wollen,
damit niemand sich mehr in dir verirrt.
Sie wissen nicht, was Schönheit ist.
Laß nur jene in dein Labyrinth,
die Hoffnung in den Händen tragen
und Zärtlichkeit in ihren Augen,
die Tage nicht nach Stunden messen
und ihr Herz öffnen

dem Zauber hinter den Erscheinungen –
und dabei ganz vergessen,
den Ausgang zu suchen.

Zehn Widersprüche

Großzügig und sparsam,
offen und unzugänglich,
nah und distanziert,
entspannend und anregend,
heiter und ernst,
schenkend und fordernd,
präsent und versteckt,
klar und undurchsichtig
mutig und ängstlich,
warm und kühl zugleich –

warst du und brachtest
zehn Widersprüche
unter den Hut
eines einzigen Abends,
ohne ein einziges Mal
meinen Widerspruch
zu erregen.

Wie ein Traum

Dein Lächeln konnte alles
und nichts bedeuten,
deine Worte waren unverbindlich
wie dein Schweigen,
dein Körper lockte und verbot,
dein Gesicht verbarg den Kampf
zwischen Kopf und Herz.

Du machtest dich zu einem Rätsel,
das ich vielleicht hätte lösen können,
aber gerade das wolltest du nicht.

Alles an dir war wie ein Traum,
der augenblicklich enden konnte
und nichts hinterlassen würde
als schnell zerfließende Erinnerung.

Seltsame Träume

Ich habe in meinem Leben schon einige Frauen geliebt. Dann und wann träume ich im Schlaf von ihnen. Ich habe aber auch Frauen in meinen nächtlichen Träumen geliebt, denen ich im wirklichen Leben nie begegnet bin.

Eine von ihnen – und die faszinierendste von allen – ist Isabel. In meinem letzten Traum hat sie mir angekündigt, daß sie eines Tages leibhaftig vor mir stehen werde. Sie hat wortwörtlich gesagt: »Bald werde ich auch in der Wirklichkeit zu dir kommen.«

Ich habe es nicht so recht glauben wollen. Aber vielleicht kann Isabel wirklich in meine Wirklichkeit gelangen? Sie kann so vieles – meine Gedanken lesen, meine Gefühle spüren, mich in ein wunschlos glückliches Wesen verzaubern. Neben ihr zu liegen, mit ihr zärtlich zu sein, ihre Nähe zu atmen, ist einfach paradiesisch.

Ich treffe Isabel seit etwa einem Jahr fast jede Woche einmal in meinen Träumen, auch darin unterscheidet sie sich von den anderen Frauen meiner Träume, denen ich in der Regel nur ein einziges Mal begegne. Isabel ist jedes Mal anders, aber immer voller Magie. Ich weiß nicht, was sie macht, wenn sie nicht in meinen Träumen ist, aber ich glaube, daß sie ein besseres Leben führt als ich, ein Leben voller Anmut und Schönheit. Vielleicht beschenkt sie die Träume vieler Menschen mit ihrem Erscheinen, immer unterwegs von einem zum anderen, um alle durch ihre Liebe auf mystische Weise miteinander zu verbinden?

Jana, meine langjährige Lebensgefährtin, weiß nichts von Isabel. Ich habe ihr die Existenz meiner Traumliebe verschwiegen – nicht aus Angst vor ihrer Eifersucht. Jana war noch nie besonders eifersüchtig, und meine geträumten Abenteuer mit Isabel wären für sie kein Problem. Trotzdem habe ich ihr noch nichts davon erzählt, ich weiß auch nicht warum.

Ein Dichter bezeichnete einmal unsere Träume als Illusionen, die wirkliche Gefühle auslösen. Ich teile diese Meinung nicht. Was wirkliche Gefühle auslöst, kann nicht illusionär sein.

Für mich ist die Traumwelt eine andere, höhere Realität, die Realität der Seele. Und die Seele schert sich nicht um die Gesetze, denen der Körper unterworfen ist. Zum Beispiel das Gesetz der Schwerkraft. Einmal bin ich mit Isabel geflogen. Wir haben uns umarmt und geküßt und sind dabei durch die Luft geschwebt, glücklich und frei wie verliebte Engel.

Es ist etwas geschehen, das ich nicht fassen kann! Ein ungeheuerlicher Einbruch meiner Traumwelt in mein Alltagsleben – in Form eines Gemäldes, das Jana gemalt hat.

Heute morgen ist sie in ihrem Atelier verschwunden, wo ich sie nach Möglichkeit nicht stören soll. Kurz vor

Mitternacht wurde mir ihre Ausdauer unheimlich, sie malt sonst nie so lange an einem Stück. Also beschloß ich, nach ihr zu sehen. Ich ging die Wendeltreppe hoch und klopfte an. Keine Antwort. Ich klopfte erneut. Schließlich hörte ich ihre Stimme: »Ich bin fast fertig. Komm in einer halben Stunde wieder.«

Ich ging hinunter und vertrieb mir die Zeit vor dem Fernseher. Um Mitternacht klopfte ich erneut an die Tür des Ateliers.

»Komm rein«, sagte Jana.

Mein erster Blick fiel auf das Bild, das sie gemalt hatte. Ich bekam ein Gefühl, als würde ich den Boden unter den Füßen verlieren, aber ohne abzustürzen – als stände ich auf bloßer Luft.

Es war ein faszinierendes Gemälde. Es zeigte das Gesicht einer schönen jungen Frau, die mir mit fast unheimlicher Intensität direkt in die Augen sah. Sie lächelte geheimnisvoll. Mein Herz klopfte, als stände ich meiner heimlichen Geliebten gegenüber, und im Grunde war es auch so. Denn die Frau, die Jana gemalt hatte – war Isabel! Ihr Gesicht war Isabels Gesicht, ihr warmes Lächeln Isabels Lächeln.

Die Zeit stand still. Ich weiß nicht, wie lange ich das Bild fassungslos betrachtet habe.

»Sag doch was!« hörte ich Janas Stimme wie durch eine Wand aus Watte.

Ich blieb stumm und hörte nicht auf, das Bild anzustarren.

»Wenn dich das Bild so stark berührt, schenke ich es dir«, sagte Jana leise. An ihrem Tonfall merkte ich, daß ihr dieses spontane, große Geschenk nicht leichtfiel. Es war, als würde eine innere Stimme sie dazu zwingen.

Ich befreite mich aus meiner Erstarrung, umarmte sie und flüsterte »Danke – danke« in ihr Ohr.

Als wir uns voneinander gelöst hatten, fragte ich sie, ob sie eine Vorlage für das Bild gehabt hatte – sie malt manchmal nach Vorlagen, oft sind es Photos aus Illustrierten.

»Nein«, antwortete sie, »ich habe diese Frau aus mir selbst heraus gemalt, ihr Bild stand sonnenklar vor meinen inneren Augen. Es war, als wollte sie durch mich wirklich werden.«

»Ich würde am liebsten das Bild sofort über meinem Bett aufhängen.«

»Dann nimm es mit«, sagte Jana, »aber sei vorsichtig, es ist noch nicht trocken ... Ich schlafe heute nacht allein, ich bin völlig ausgelaugt.«

Ich sagte Jana Gutenacht, nahm das Bild von Isabel, meiner Traumliebsten, gemalt von meiner wirklichen Liebsten, und hängte es über meinem Bett auf.

Jana schlief inzwischen in ihrem Zimmer, und ich konnte nicht begreifen, was geschehen war.

Ich erinnerte mich an Isabels Versprechen, mir bald auch in meiner Wirklichkeit zu begegnen. War Janas mysteriöses Portrait die Ankündigung ihres Kommens?

Vor dem Einschlafen betrachtete ich lange das Bild

über meinem Bett, als könnte ich dadurch eine Begegnung mit Isabel in einem Traum heraufbeschwören. Und die Methode hatte Erfolg.

Ich träumte von Isabel und hatte sogar die Möglichkeit, ihr meine neugierigen Fragen zu stellen.

Sie war schön, jung und frisch wie immer – unwiderstehlich, faszinierend. Wenn ich sie sah, war sie im Nu meine ganze Welt. Alles an ihr entzückte mich. Ihre Haut schien immer ein wenig zu leuchten, als könne Isabel ihr inneres Licht nicht ganz bei sich behalten. Sie war ein Kind, sie war eine Frau, sie war heilig, sie war hemmungslos, sie konnte mich mit einem einzigen Blick verzaubern. Und immer, wenn sie mich verzaubert hatte, fühlte ich mich wunschlos glücklich. Erlöst. Angekommen in der besten aller möglichen Welten. Ihr Blick war unbeschreiblich – es war, als würde die Liebe selbst durch ihre Augen strahlen.

Bevor Isabel alle Gedanken in mir auslöschen konnte, fragte ich sie: »Wie hast du es geschafft, daß Jana dich malen konnte?«

»Es war nicht leicht, aber notwendig.« Isabel lächelte. »Es war die Brücke, die ich brauchte, um in deine Wirklichkeit zu kommen.«

Ihre Augen zogen mich mehr und mehr in ihren Bann. Ich fühlte, wie meine Seele sich öffnete, um Isabels Nähe ganz tief in sich aufzunehmen. Sie küßte mich. Ich legte meine Arme um ihren Körper und erschauerte vor Glück. Wellen heller Freude durchströmten mich.

Am nächsten Tag war Jana in einer seltsamen Stimmung. Sie wirkte müde, abgespannt. Auf meine besorgte Frage antwortete sie, es ginge ihr nicht so gut. Die Arbeit an dem Bild habe sie innerlich unruhig gemacht und viel Kraft gekostet.

Das Abendessen, das sie gekocht hatte, war versalzen, was bei Jana sehr selten vorkommt. Ich aß es ohne Klage und spülte mir den Nachgeschmack mit Wein aus dem Gaumen. Nach dem Essen setzten wir uns ins Wohnzimmer, um uns einen Film im Fernsehen anzusehen.

In diesem Moment klingelte es. Wir hatten Freunde, die manchmal unangekündigt vorbeikamen, und ich fragte mich, welcher von ihnen es sein mochte.

Jana stand auf und ging zur Wohnungstür. Dort gab sie einen eindringlichen Laut der Verblüffung, des Unglaubens von sich und kam mit schnellen Schritten ins Wohnzimmer zurück. Sie wirkte verstört, aufgeregt, ihr Gesicht war leicht gerötet. Sie schien Kopfschmerzen zu haben, denn sie griff sich mit beiden Händen an die Schläfen. Eine steile Falte hatte sich auf ihrer Stirn gebildet.

Sie nahm mein Weinglas vom Tisch, trank es in einem Zug leer, sah mir in die Augen und sagte mit schwankender Stimme: »Weißt du, wer vor der Tür steht? Die Frau, die ich gestern gemalt habe!«

Wie elektrisiert sprang ich auf und eilte zur Wohnungstür. Ich sah durch den Spion – und da stand sie wirklich: Isabel. Sie hatte ihr Versprechen gehalten. Sie war in meine Wirklichkeit gekommen!

Voller Freude öffnete ich die Tür. Sie kam herein, und wir umarmten uns schweigend. Sie war genau dieselbe Isabel wie in meinen Träumen. Das geheimnisvolle Leuchten ihrer Haut, das Strahlen ihrer Augen, die Leichtigkeit ihrer Bewegungen, alles war so, wie ich es kannte und liebte.

»Da bin ich, wie versprochen«, flüsterte sie.

Ich führte Isabel ins Wohnzimmer, als sei sie eine ganz normale Besucherin. Jana sah sie mit großen Augen an und stand auf. »Das darf nicht wahr sein«, sagte sie entgeistert zu Isabel. »Gestern habe ich dich gemalt, mit Pinseln und Farben habe ich dich aus meiner Phantasie erschaffen – und jetzt stehst du vor mir. Wer bist du?«

Isabel lächelte. »Ich bin«, sagte sie und sah mich an, »die Geliebte seiner Träume. Du bist die Geliebte seiner Wirklichkeit. Unsere Liebe zu ihm verbindet uns auf magische Weise. Deshalb hast du mich gemalt.«

Jana schluckte und starrte Isabel an, als sähe sie einen Geist. Isabel ging auf sie zu und fuhr fort: »Ich danke dir für deine Hilfe. Ohne dein Bild von mir hätte ich nicht hier erscheinen können. Es war so etwas wie ein Visum für die Einreise in diese Wirklichkeit.«

»Ich verstehe überhaupt nichts mehr«, klagte Jana verstört. »Woher kommst du?«

»Sie kommt«, antwortete ich für Isabel, »nicht aus dieser Welt. Ich habe schon oft von ihr geträumt. In einem dieser Träume hat sie versprochen, mich in meiner Wirklichkeit zu besuchen. Und jetzt ist sie da.«

»Ich verstehe deine Verwirrung, aber du brauchst nichts

zu befürchten«, sagte Isabel sanft zu Jana. »Ich werde dir nichts nehmen. Morgen früh muß ich zurück in meine Welt. Ich bitte dich nur um eine Nacht an seiner Seite.«

»Was bist du?« fragte Jana. »Eine gute Fee oder eine Dämonin?«

Ich stand zwischen den beiden Frauen, der meiner Träume und der meiner Wirklichkeit, und fragte mich, ob ich dies alles vielleicht nur träumte, ohne es zu wissen. Meistens weiß man ja beim Träumen nicht, daß man träumt. Manchmal ahnt man es, manchmal weiß man es sogar.

Vielleicht würde ich gleich aufwachen und über meinen verrückten Traum lächeln, daß Isabel mich in meiner Wirklichkeit besucht hat – in der Wohnung, die ich schon seit fünf Jahren mit Jana teile. Es ist eine zweistökkige, große Wohnung, und jeder von uns hat ein Doppelbett in seinem Zimmer, damit wir abends immer drei Möglichkeiten haben, die Nacht zu verbringen: entweder in Janas oder in meinem Bett oder jeder in seinem.

»Bitte laß ihn mir – nur für diese eine Nacht«, sagte Isabel mit sanfter Eindringlichkeit zu Jana. »Ich habe ihm etwas zu geben, das er unbedingt braucht. Wenn du ihn liebst, wirst du es ihm nicht verwehren.«

Jana schüttelte unwillkürlich den Kopf. Dann vergrub sie ihr Gesicht in den Händen. Schließlich blickte sie auf, suchte Isabels Blick und sagte: »Ich träume! Sag mir, daß ich das alles nur träume!«

Isabel lachte. »Jana, das ganze Leben ist ein Traum, aus

dem du erst mit dem Tod erwachst. Natürlich träumst du – wenn du schläfst und wenn du wachst.«

»Mir wird das alles zu viel«, murmelte Jana und stand mit unsicheren, schwerfälligen Bewegungen auf. »Das war kein leichter Tag, und ich bin froh, daß er endet. Ich werde jetzt in mein Bett gehen.«

Sie kam einen Schritt auf mich zu, um mir einen Gutenachtkuß zu geben, blieb dann aber stehen, als hielte Isabels Gegenwart sie davon ab, ihrem Bedürfnis zu folgen. Also ging ich auf sie zu, umarmte und küßte sie.

Dann standen Isabel und Jana sich gegenüber. Sie sahen sich in die Augen, ohne ein Wort zu sagen. Schließlich senkte Jana den Blick und ging. Ich hatte kein gutes Gefühl dabei. Aber es verflog, als Isabel meine Hand nahm und mich in mein Zimmer führte.

Ihr erster Blick fiel auf das Portrait von ihr über meinem Bett. Sie betrachtete es eine Weile intensiv und nickte zufrieden. Dann legte sie sich auf die Matratze und streckte ihre Arme nach mir aus.

Ich konnte ihr keine Sekunde lang widerstehen, denn als ein Wesen aus Fleisch und Blut war sie ebenso zauberhaft wie als Traumfrau. Wir liebten uns wie in meinen Träumen, und bald hatte ich das Gefühl, daß ich dies alles nur träumen konnte, denn so wunderbar konnte die Wirklichkeit gar nicht sein.

Voller Freude spürte ich, wie unsere Liebe uns immer leichter werden ließ und den Gesetzen dieser Welt enthob. In inniger Umarmung schwebten wir in die Höhe, stiegen durch die Zimmerdecke und das Hausdach ins Freie empor. Wir küßten uns über den Häusern der Stadt und flogen höher und höher in den Himmel, aus dem Isabel auf die Erde gekommen war, um mich aus meiner Wirklichkeit zu befreien. Ich fühlte mich glücklich und frei wie noch nie in meinem Leben.

»Wach auf!« hörte ich plötzlich Jana sagen.

Ich öffnete die Augen und sah in Janas Gesicht. »Warum hast du mich geweckt?«

»Sieh mich nicht so vorwurfsvoll an! Es fällt mir schwer, dich zu wecken, aber du hast in einer Stunde einen Arzttermin.«

Ich setzte mich auf. Mein Blick suchte das Portrait von Isabel, aber über meinem Bett hing an seiner Stelle wieder das Landschaftsgemälde, das ich abgenommen hatte, um Platz für das Portrait meiner Traumliebsten zu schaffen.

»Wo ist das Bild?«

»Welches Bild?« fragte Jana.

»Das Bild von Isabel, das du gestern gemalt und mir geschenkt hast!«

Jana sah mich befremdet an. »Ich habe seit einer Woche kein Bild gemalt. Und wer ist Isabel?«

Mir wurde schwindelig vor Verwirrung.

»Was ist los?« fragte Jana und strich mir zärtlich über die Haare.

»Ich hatte seltsame Träume«, sagte ich.

Seltsam

Fast alle Menschen
haben Angst davor,
daß ihr Partner sich
von ihnen abwendet,
sie betrügt oder im Stich läßt.
Aber kaum jemand befürchtet,
daß er derjenige sein könnte,
der seinen Partner verläßt,
weil er nichts mehr für ihn empfindet.

Fast alle haben Angst davor,
nicht mehr geliebt zu werden –
aber kaum jemand fürchtet sich davor,
nicht mehr zu lieben.

Wirkliche Liebe

Das Gute,
das du mit einem Menschen erlebt hast,
hindert dich daran,
ihm etwas Schlechtes zuzufügen,
wenn er dich verletzt, enttäuscht, im Stich läßt.
Es schützt dich vor dem Drang,
dich an ihm zu rächen –
der, wenn du ihn in die Tat umsetzt,
nicht nur dem anderen schadet,
sondern auch dir selbst –
dir vielleicht noch mehr,
auch wenn du es nicht sofort spürst.

Wenn Liebende zu Feinden werden,
die sich gegenseitig schädigen,
müssen sie sich die Frage gefallen lassen,
ob sie sich jemals wirklich geliebt haben –
denn wirkliche Liebe schenkt soviel Gutes,
daß selbst im Fieber der Enttäuschung
der Gedanke an Rache zwar kommen mag,
aber niemals in die Tat umgesetzt wird.

Liebe und Angst

Die Liebe kann nur in einem
angstfreien Raum existieren.
Betritt die Angst diesen Raum,
verfliegt die Liebe wie ein Traum,
und die Angst wird behaupten,
daß sie auch nur ein Traum war.

Ein Kampf zwischen
Angst und Liebe ist unmöglich,
weil die Liebe sich verleugnen müßte,
um zu einer Kämpferin zu werden.
Sie ist beseelt
von Sanftmut und Frieden –
und einer Weisheit,
die über allem Streit steht.

Liebe und Verliebtheit

Liebe ist ein Feuer,
das keine Angst
vor dem Wind hat,
denn er kann ihm nichts anhaben.

Aber Verliebtheit ist
nur ein Kerzenlicht,
das beim ersten starken
Windstoß erlöschen kann.

Eins werden

Wie überwältigend
weit und nuancenreich
ist das Spektrum
wundervoller Gefühle und Erfahrungen,
die zwei füreinander offene Menschen
dem Leben entlocken können,
wenn sie es verstehen,
sich die vielschichtigen Zauberreiche
zärtlicher Zuneigung und Gebefreude
zu erschließen und sich
in ihnen behutsam zu bewegen –

mit Augen, die alles,
was ihnen begegnet,
zum ersten Mal sehen,
mit Händen,
die eins werden mit dem,
was sie berührten.

Verliebte

Mal himmelhochjauchzend,
mal zu Tode betrübt.
Nie lauwarm.
Alles ganz
erlebend und erleidend.
Eben noch
nach den Sternen,
jetzt schon
nach Strohhalmen greifend,
balancieren sie
auf dem hoch gespannten Seil
ihrer Sehnsucht ins Ungewisse.

Niemand balanciert
anmutiger als sie.
Und niemand stürzt tiefer.

Wie Vögel im Käfig

So viele Menschen
haben Angst vor der Liebe:
weil sie alles verändert
und ihnen die Kontrolle
über ihre Lebensführung
aus den Händen nimmt,
um ihnen ein freieres
Leben zu bieten.

Menschen, denen Sicherheit
wichtig ist,
fürchten die revolutionäre
Kraft der Liebe,
die in einer Nacht
alles umstürzen kann,
was sie bislang
für gut und richtig hielten.

Und sie bekämpfen sie
mit allen Mitteln,
bekämpfen ihre Befreierin,
denn sie leben lieber
weiterhin in der Gefangenschaft
ihrer Routine, ihrer Ängste,
ihres vorprogrammierten Alltags.

Sie gleichen eingesperrten Vögeln,
die in zu langer Gefangenschaft
den Glauben daran verloren haben,
daß sie fliegen,
daß sie frei sein können.
Öffnet eine helfende Hand
ihnen die Tür,
bleiben sie wie gelähmt
in ihrem Käfig sitzen
und meiden den Blick ins Freie.

Dann erst

Wenn du erkannt hast,
daß Lieblosigkeit eine Wurzel
des Übels in der Welt ist,
dich aber in deinem alltäglichen Leben
lieblos gegenüber Menschen verhältst,
die dein Verständnis und deine Nähe brauchen,
ist deine Einsicht nutzlos.
Wenn du erkannt hast,
daß Mitgefühl ein Weg
zu deiner eigenen Vervollkommnung ist,
aber dich in deinem alltäglichen Leben
nicht mitfühlend gegenüber Menschen verhältst,
die deine Hilfe oder Aufmerksamkeit benötigen,
ist deine Erkenntnis wertlos.

Alles Gute, das du erkannt hast,
wird dann erst lebendig und bedeutend,
wenn es in dein Herz
und in deine Seele gesunken ist –
und von dort aus wirkt.

Falsche Prioritäten

Die Angst mancher Menschen
vor der Liebe ist noch größer
als ihre Angst vor einem lieblosen,
unerfüllten Leben.
Sie setzen sich falsche Prioritäten.

Wer sich der Liebe verweigert,
verbaut sich den Weg
in den Bereich des Lebens,
wo die Wirklichkeit
den Traum übertreffen kann
und die Frage
nach dem Sinn des Seins
ihre tiefsten und ihre
schönsten Antworten findet.

Die Heimkehr

Zu Marios wenigen Gewohnheiten gehörte es, jeden Freitagnachmittag einen Lottozettel im Tabakwarengeschäft an der Ecke abzugeben. Er tat dies immer mit einem inneren Kopfschütteln über sich selbst, denn als eingefleischter Nonkonformist fühlte er sich über den typischen, großen Bürgertraum vom plötzlichen Reichtum erhaben. Was hatte der Philosoph Diogenes, der in einer Tonne am Strand lebte, noch zu Alexander dem Großen gesagt, als dieser ihm einen Wunsch freistellte?

»Geh mir aus der Sonne!«

Eine imponierende Antwort! Diogenes hätte für einen Lottospieler sicher nur ein müdes Lächeln übrig gehabt. Und immer wieder mußte Mario über sich selbst schmunzeln, wenn er seine Kreuze auf dem Lottoschein machte.

Es war eine seiner lieben Widersprüchlichkeiten, denn im Grunde hatte er kein besonderes Verlangen nach Geld. Er nahm es hin als ein notwendiges Übel. Als Student der Völkerkunde war er gezwungen, mit kleinen Scheinen über die Runden zu kommen, und es gelang ihm gut.

Als er an einem Freitag um kurz vor sechs Uhr durch

einen heftigen Regenschauer rannte, um seinen Lottozettel noch vor Ladenschluß abgeben zu können, kam er sich ein bißchen lächerlich vor und wäre auf halbem Weg fast umgekehrt. Doch nasser als er war, konnte er kaum werden, und so lief er weiter.

Nach der Ziehung der Lottozahlen am nächsten Abend saß er bis nach Mitternacht wie versteinert vor dem Fernseher und zündete eine Zigarette an der anderen an.

Erst als die Gewinnsumme auf sein Girokonto überwiesen worden war, begann er sein Glück zu fassen.

Zwei Wochen später entschloß er sich, sein Studium auf Eis zu legen und sich auf eine Weltreise zu machen, deren voraussichtliche Dauer er auf zwei Jahre schätzte. Danach wollte er zurückkommen und weitersehen. Er war so ziemlich das Gegenteil eines Planers, er ließ die Dinge gern auf sich zukommen.

Die ganze Welt stand ihm offen, und das daraus entstehende Freiheitsgefühl begann ihn zu berauschen. Die Vorfreude auf die Abenteuer, die ihn erwarteten, erfüllte ihn mit überschäumendem Optimismus.

Als Mario im Alter von fünfunddreißig Jahren in seine ehemalige Studentenstadt zurückkehrte, waren anderthalb Jahrzehnte vergangen.

Er hatte in dieser Zeit mehr von den Menschen und der Welt gesehen und verstanden als andere in einem langen Leben. Nun war er zurückgekommen, dreizehn Jahre später als gedacht, denn die Faszination des unbeschwerten Umherziehens hatte ihn tiefer und tiefer in ihren Bann gezogen und schließlich nicht mehr losgelassen.

Jetzt schlenderte er wieder die Straßen entlang, durch die er vor langer Zeit als Student gegangen war.

Sein Weg führte ihn in die Straße, in der er damals gewohnt hatte. Er lächelte, als er das Tabakwarengeschäft an der Ecke sah, zu dem er seinen Lottozettel mit den sechs richtigen Kreuzen durch den Regen getragen hatte, doch es war kein frohes Lächeln.

Schließlich stand er vor dem Haus, in dessen Dachgeschoß er sein kurzes Studentendasein gefristet hatte, und starrte die Fassade an.

Wer war er damals gewesen, wie hatte er gedacht und gefühlt? Er konnte sich nur noch vage an diese Phase seines Lebens erinnern. Zuviel hatte er seitdem erlebt und wieder vergessen, um Raum für neue Erlebnisse zu schaffen. Der Hunger nach faszinierenden Erfahrungen, die Sehnsucht nach starken Gefühlen hatten ihn von Ort zu Ort, von Land zu Land, von Kontinent zu Kontinent getrieben. Und nie hatte er gezögert, wenn das Leben ihm ein Angebot machte, das ihn interessierte, so hoch der Preis auch schien.

Sein Vermögen war dabei auf der Strecke geblieben. Ein langer Kreislauf war zu Ende. Der Lottokönig hatte seine Schatzkammer geplündert, um seine Sehnsucht nach intensiven Lebensgefühlen zu finanzieren. Jetzt war er wieder ein armer Schlucker, wie damals – nur fünfzehn Jahre älter, ohne Bleibe, ohne Ausbildung, ohne Zukunft.

Mario bog in die Straße ein, die zu dem kleinen Park führte, in den er als Student immer gegangen war, wenn er allein sein wollte.

Die Dämmerung setzte ein, aber die Wärme des Tages lag noch in der Luft. Mario ging mit langsamen Schritten in den Stadtgarten.

Nach einer Weile verließ er den Weg und ging über eine Wiese auf die stattliche Eiche zu, an der die Zeit spurlos vorbeigegangen zu sein schien. Er setzte sich in das kniehohe Gras und lehnte sich mit dem Rücken an den Baumstamm. So hatte er als Student manchmal gesessen, wenn ihm das Gefühl für sich selbst abhanden gekommen war, oder wenn es etwas zu entscheiden gab, wofür er einen klaren Kopf brauchte.

Mario erinnerte sich mit einem traurigen Gefühl an die Naivität, mit der er seine Odyssee um den Erdball begonnen hatte. Seine Illusionen waren unwiderruflich dahin. Er hatte fünfzehn Jahre lang versucht, dem Leben die süßesten Säfte auszupressen – und einen bitteren Nachgeschmack in der Seele zurückbehalten.

Immer aufs neue hatte er das Glück in der Liebe gesucht, doch die Liebe schien eine falsch konstruierte Wippe zu sein. Ein wirkliches Gleichgewicht zwischen Mann und Frau war offensichtlich nicht zu erreichen – abgesehen von den seltenen Sternstunden, die immer viel zu schnell vergingen. Und das war Mario zu wenig. Die Liebe hatte ihn enttäuscht, sie hatte sich als der falsche Weg zu dem Glück erwiesen, das er gesucht hatte. Er hatte lange gebraucht, um dies herauszufinden. Der Glaube an die rettende, erfüllende Kraft der Liebe war seine hartnäckigste Illusion gewesen – der Strohhalm, an den er sich geklammert hatte, um nicht im grauen Meer der Realität unterzugehen.

Was blieb noch übrig? Er hatte alles ausprobiert, und es hatte nicht genügt. Was er suchte und brauchte, schien nur in seinen Träumen zu existieren, nicht in dieser Welt, nicht in diesem Leben.

Schon seit Monaten suchte Mario nicht mehr. Er schaute Frauen, die ihm auffielen, nicht mehr forschend ins Gesicht. Was sie ihm geben konnten, wußte er. Und auch, was sie ihm nehmen konnten. Er fühlte sich wie ein Spieler, der alle Variationsmöglichkeiten, die sein Spiel ihm bieten konnte, restlos ausgeschöpft hatte. Er konnte sich über nichts mehr so recht freuen und über nichts mehr wirklich traurig sein – nicht einmal mehr über seine Gefühllosigkeit. Die lange, erfolglose Suche nach dem Ziel seiner Sehnsucht hatte sein Herz müde, empfindungslos gemacht.

Aber hatte er wirklich alles versucht? Gab es nicht etwas, das er versäumt oder übersehen hatte? Vielleicht war er nicht zur richtigen Zeit am richtigen Ort gewesen. Womöglich hatte er nicht die richtigen Menschen kennengelernt. Wahrscheinlich waren seine Ansprüche ans Leben und an die Liebe ein Stück zu groß geraten. Selbst mit dem Wind eines prallen Lottogewinns in den Segeln hatte er nicht die Küste des Glücks erreichen können.

Manche kleinen Träume waren Wirklichkeit geworden, doch Marios tiefe Sehnsucht nach einer Liebe, die Tag für Tag verzaubert und das Paradies vor dem Tod herstellt, war unerfüllt geblieben.

Er seufzte.

In diesem Augenblick räusperte sich jemand über seinem Kopf. Er legte den Kopf in den Nacken und sah ins Geäst der Eiche hoch.

Im Dämmerlicht erschien sie ihm wegen ihrer Körpergröße zuerst als ein Mädchen, da er ihr Gesicht nicht klar erkennen konnte. Sie saß auf einem Ast, ein paar Meter über ihm, und schien zu lächeln. Sie mußte schon die ganze Zeit dort gewesen sein.

»Wer bist du?« fragte Mario – schroffer, als er gewollt hatte. »Warum versteckst du dich?«

Sie lachte. Es war das Lachen einer jungen Frau. »Du verdrehst die Fakten«, sagte sie in amüsiertem Ton. »Ich verstecke mich nicht. Du hast mich nicht gesehen! Ich sitze öfter in Bäumen, das ist ein gutes Gefühl.«

Zu seiner eigenen Überraschung stand Mario auf, griff spontan nach dem niedrigsten Ast und kletterte zu der Frau hoch. Ihr war nicht anzumerken, was sie davon hielt.

Neben ihr sitzend überragte Mario sie um Kopfeslänge. Er wagte einen kurzen Seitenblick auf ihr Gesicht: hübsch, soweit es im Halbdunkel erkennbar war. Eine hübsche, kleine Frau, die gern auf Bäume kletterte!

Nach einer Weile wandte sie ihm ihr Gesicht zu: »Wie gefällt es dir hier oben?«

Sie hatte eine angenehme, melodische Stimme, in der etwas mitschwang, das ihn hellhörig machte. Mario wußte nicht, welche Antwort er ihr geben sollte und mußte unwillkürlich lachen.

»Warum lachst du?«

»Ich weiß es nicht.«

Der Frau schien seine Auskunft zu genügen. Zumindest fragte sie nicht weiter.

Mario riskierte einen längeren Blick auf ihr Gesicht. Sie hatte eine gerade Nase, volle Lippen und eine schön geformte Stirn. Krause, braune, schulterlange Haare. Ein angenehmer Anblick.

Doch die Zeiten, in denen eine gutaussehende Frau noch Marios Interesse erwecken konnte, waren vorbei. ›Seine‹ Frau, die er fünfzehn Jahre lang auf der ganzen Welt gesucht hatte, mußte noch geboren werden. Oder sie war unauffindbar, was auf das gleiche herauskam. Keine seiner Geliebten hatte Marios Sehnsucht nach der erlösenden, tief befriedigenden Liebe stillen können. Keine hatte ihm geben können, was er so nötig gebraucht hätte.

Und schließlich hatte er sie weggeworfen, seine trügerischen Hoffnungen, wie ein Paar abgenutzte Schuhe, nicht verbittert, nur sehr müde.

Seitdem lebte er nur noch äußerlich. Zum Schein. Wie ein Auto, das noch eine Weile weiterrollt, obwohl der Motor schon den Geist aufgegeben hat. Ohne den Motor der Hoffnung blieb das Leben stehen und versank nach und nach im Sumpf der Gleichgültigkeit.

»Wie machst du das?« hörte er die Stimme der Frau. »Sitzt hier neben mir und bist weiter weg als der Mond.«

Ohne seine Antwort abzuwarten, ließ sie sich geschmeidig von dem Ast gleiten und stand im Nu auf dem Boden. Mario gelang es nicht, ihr auf ebenso elegante Art zu folgen.

Schweigend gingen sie über die Wiese auf eine der Laternen zu, die den Parkweg säumten. In ihrem Licht warf er einen genaueren Blick auf die Frau. Sie hatte wirklich ein apartes Gesicht, und sie war klein, fast zierlich. Früher wäre sie genau sein Typ gewesen.

Inzwischen waren ihm alle Frauen einerlei, die kleinen, die großen, die hübschen und die unscheinbaren. Er erwartete nichts mehr von ihnen. Er wollte keine Freuden mehr von ihnen, denn er kannte die dazugehörigen Leiden. Die Liebe vergab keine Geschenke. Jedes Glück forderte Verzweiflung als Preis, jedes Gelingen mußte mit Scheitern bezahlt, jede Euphorie mit Enttäuschung vergolten werden. Alles Gute mußte teuer erkauft werden. Am Ende glich sich alles aus, und man fand sich in der eintönigen Zone abgeklärter Gleichgültigkeit wieder, wo einen keine Gefühle mehr erreichen, keine Gesichter, keine Blicke mehr berühren, keine Hoffnungen mehr verführen konnten.

Mario hörte die Schritte der Frau neben sich. Rhythmisch, leise. Am Ausgang des Parks blieb sie plötzlich stehen. »Sieh mal!« sagte sie leise und zeigte auf den Kopf einer Laterne.

Mario hob den Blick und sah ein paar Nachtfalter aufgeregt um das Licht kreisen, als sei es der Inbegriff ihrer Sehnsucht. »Motten sind genauso anfällig für lächerliche Illusionen wie Menschen«, sagte er. »Sie vergöttern eine Hundert-Watt-Birne.«

Die Frau warf ihm einen verwunderten Blick zu. »Schau doch, *wie* sie tanzen! Ist es da nicht egal, warum?«

»Du meinst, Hauptsache, man ist glücklich, auch wenn der Grund dafür eine Illusion ist?«

»Glück ist sich selbst Grund genug«, erwiderte sie leise, ohne den Blick von den tanzenden Nachtfaltern zu wenden.

»Weißt du denn, was Glück ist?« fragte Mario.

Sie zögerte mit der Antwort. »Ich wußte es – und ich werde es hoffentlich wieder wissen. Man weiß es ja nur wirklich, wenn man es fühlt.«

Falls er die Frau richtig verstand, hatte sie eine alte Liebe beerdigt und hoffte auf die Geburt einer neuen.

Sie wandte sich ab und ging weiter. Ehe er sich entscheiden konnte, ob er ihr folgen oder einfach stehenbleiben sollte, drehte sie sich um: »Kommst du mit ins *Cabaret*? Da spielt heute abend eine irische Folk-Gruppe. Sie soll sehr gut sein.«

Mario überlegte nicht lange. »Ja, ich komme mit.«

Sie war erheblich jünger als er, Anfang Zwanzig mochte sie sein. Ein Alter, in dem das Hoffen noch leichtfiel.

Zehn, zwanzig Jahre später sah es anders aus. Die Hoffnung war eine der seelischen Substanzen, an denen der Zahn der Zeit besonders gierig nagte.

Das *Cabaret* erwies sich als eine altmodisch und nachlässig eingerichtete Musikkneipe, auf deren kleiner Bühne vier Musiker spielten und sangen – drei vollbärtige Männer und eine langhaarige Frau mit einem Mädchengesicht. Sie sang klar und schön, und wenn sie nicht sang, spielte sie Flöte. Sie wurde von den Männern auf Gitarre, Harfe und Geige begleitet.

Die Musik hatte das gewisse Etwas. Das Zusammenspiel der Gruppe war frisch und intensiv, ihren Gesichtern war anzusehen, daß ihr Auftritt ihnen Spaß machte. Nichts von der schlecht überschminkten Routine erfolgverwöhnter Bands, die sich Abend für Abend selbst kopierten. Die Iren lebten in ihrer Musik auf, und ihre Lebendigkeit übertrug sich auf das Publikum, das zusehends seine Zurückhaltung aufgab und nach jedem Song mit wachsender Begeisterung applaudierte.

Mario saß neben der Frau auf einer wackeligen Holzbank. Sie schien ganz und gar in der Musik aufzugehen. Wenn er einen Seitenblick auf ihr Gesicht warf, hatte sie meist die Augen geschlossen, als falle es ihr so leichter, sich auf die Songs einzulassen.

Mario gelang es trotz einiger Versuche nicht, die Musik ebenso hingebungsvoll aufzunehmen. Wie lange war es schon her, seit er zum letzten Mal selbstvergessen und beglückt in Musik gebadet hatte? Seine Fähigkeit, tief und intensiv zu empfinden, war ihm Stück für Stück abhanden gekommen. Fast beneidete er die Frau an seiner Seite, für die es nichts auf der Welt mehr zu geben schien als die Klänge der Folk-Gruppe. Er fühlte sich plötzlich einsam, deplaziert, aber dieses Gefühl war ihm vertraut. Oft überfiel es ihn am stärksten, wenn er mitten unter vielen Menschen saß – wie jetzt.

Die Luft war warm und stickig von Zigarettenqualm. Was hatte er hier zu suchen? Die Menschen um ihn herum waren ihm fremd und gleichgültig. Und die Musik konnte er nicht so recht genießen, weil er nichts mehr so recht genießen konnte. Warum stand er nicht einfach auf und ging? Die Frau würde es gar nicht bemerken, sie schien ihn ohnehin vergessen zu haben.

Gerade als Mario sich vorgenommen hatte, seinen Entschluß in die Tat umzusetzen, endete ein Song, und die Sängerin kündigte eine Pause an.

»Gehen wir ins Freie?« hörte er die Stimme der Frau an seinem Ohr. »Die Luft ist hier so schlecht.«

Mario nickte, stand auf und bahnte sich einen Weg zum Ausgang.

Eine Weile gingen sie schweigend nebeneinander. Wenn die Musiker noch ein bißchen länger gespielt hätten, würde er jetzt allein durch die Straßen gehen. Nun lief sie mit ihren kleinen Schritten in ihren niedlichen flachen Schuhen – Schuhgröße sechsunddreißig, schätzte Mario – neben ihm.

Aber was machte es für einen Unterschied? Im Grunde war jeder Mensch allein. Die Nähe zu einem anderen war nur eine Droge, mit der man die innere Einsamkeit kurzfristig betäuben, vergessen konnte. Bis dann die Nähe zur Beengung wurde, zur Einschränkung der Freiheit, und man den anderen ein Stück zurückschob, weil man doch lieber die Freiheit der Einsamkeit ertrug als die vielfältigen Fesseln der Nähe.

»Du wirkst so in Gedanken versunken«, hörte er ihre Stimme.

»Der eine versinkt in Gedanken, die andere in Musik«, antwortete er.

Sie setzte zu einer Antwort an, sagte dann aber doch nichts.

Warum ging er eigentlich neben diesem Mädchen? Warum ging sie neben ihm? Gut, sie hatte zufällig in dem Baum gesessen, an den er sich gelehnt hatte. Er war mit ihr in eine Kneipe gegangen und fühlte sich empfindungslos und einsam. Das konnte er allein ebensogut.

Ein Motorrad dröhnte vorbei. Mario bog unwillkürlich in eine kleine Seitenstraße ein.

»Wohin gehen wir eigentlich?« fragte die Frau.

»Wohin wir gehen? Von der Hoffnung in die Enttäuschung, vom Traum in die Realität, vom Leben in den Tod. Oder weißt du einen anderen Weg?«

Er blieb stehen und suchte den Blick seiner Begleiterin.

Sie sah ihn nachdenklich an. Schließlich schüttelte sie ungläubig den Kopf.

Auf seinen fragenden Blick antwortete sie: »Warum bist du jetzt gerade *hier* stehengeblieben? Hier vor diesem Haus?«

»Ein Haus wie jedes andere. Ich wollte dich nur anschauen.«

»Kein Haus wie jedes andere«, widersprach sie und schmunzelte. »Ich werde es dir beweisen.«

Ohne weitere Erklärungen ging sie durch den kleinen Vorgarten auf die Haustür zu, zog einen Schlüsselbund aus ihrer Tasche und schloß auf. Dann wandte sie den Kopf und sah Mario an.

Mit langsamen Schritten ging Mario auf die Haustür zu, folgte ihr in den Hausflur und die Treppen hoch bis ins Dachgeschoß.

Sie schloß eine Tür auf und lächelte ihn an: »Hier wohne ich. Du bist der erste Mann, der mich nach Hause gebracht hat, ohne zu wissen, wo ich wohne.« Sie lachte. »Damit hast du eine Einladung zum Tee gewonnen.«

Sie ging hinein. Mario folgte ihr.

Ihre Wohnung bestand aus einem kleinen Flur, einer engen Küche, einem winzigen Bad und einem halbwegs geräumigen Zimmer mit schräger Wand. Es war auf individuelle Weise geschmackvoll gestaltet. Eine große Matratze mit einer bunten indischen Tagesdecke diente als Bett und Sitzgelegenheit zugleich. Fast ein Dutzend Zimmerpflanzen schmückten den Raum. Ein Sitzkissen, ein flacher Tisch, ein Bücherregal und allerlei hübsche, liebevoll arrangierte Kleinigkeiten rundeten die orientalisch anmutende Atmosphäre ab.

Als Eva den Tee gebracht hatte, knipste sie die Dekkenlampe aus und entzündete fünf Kerzen.

»Ist schöner so«, sagte sie.

Eine Romantikerin, dachte Mario, die auf Bäume klettert und ein hübsches Gesicht hat – vor allem in diesem Kerzenlicht. Die anscheinend keine Angst vor fremden Männern kennt und bestimmt an das Gute im Menschen glaubt.

»Erst findest du den Baum, in dem ich sitze – und dann das Haus, in dem ich wohne«, sagte sie und warf Mario einen forschenden Blick zu. »Sind das nicht seltsame Zufälle?«

»Gehörst du vielleicht zu den Menschen«, antwortete er, »die bei jeder halbwegs passenden Gelegenheit behaupten, daß es keine Zufälle gibt?«

»Ich gehöre zu den Menschen, die auf Winke des Lebens reagieren, neugierig, so offen wie möglich.«

Mario verkniff sich eine Antwort und kostete den Tee. Sicher, es waren schon zwei seltsame Zufälle, aber er hatte bereits ungewöhnliche Dinge erlebt, die sich im nachhinein als bedeutungslos herausstellten. Wie etwa vorletztes Jahr in den USA, als er demselben deutschen Reiseschriftsteller, den er im Flugzeug nach New York kennengelernt hatte, drei Wochen später in San Francisco zufällig wieder begegnete. So etwas kam vor. Kein Grund, darin einen *Wink des Lebens* zu sehen. Das klang fast schon wie *Fügung des Schicksals*. Und darunter fiel für manche Menschen schon alles, was auch nur ein bißchen vom Alltäglichen abwich. Sie verliehen ihm den Nimbus des Besonderen, um sich über seine Unwichtigkeit hinwegzutäuschen.

»Wo bist du schon wieder?« fragte sie.

»Hier.«

»Gelogen!« erwiderte sie. »Manchmal bist du hier. Aber eben warst du wieder meilenweit weg. Als würdest du dich ganz tief in dir verkriechen.«

»Ich war in Gedanken – bei einer Reise durch Nordamerika.«

Sie nippte an ihrer Teeschale und schien zu versuchen, seine Gedanken zu lesen. Es entstand ein Schweigen, in dem eine wachsende Spannung lag. Er fragte sich, ob er sie mit seiner Skepsis und inneren Abwesenheit verstimmt hatte.

»Heute im Park«, sagte sie nachdenklich, »am Ausgang, da wollte ich mich eigentlich von dir verabschieden und allein zu der irischen Gruppe gehen. Doch dann habe ich dich gefragt, ob du mitkommst. Eigentlich gegen meinen Willen, aus dem Bauch heraus. Ich weiß fast nichts von dir. Nicht mal deinen Namen.«

Mario grinste. »Hast du Angst vor mir? Ein wildfremder Mann in deiner Wohnung?«

Sie sah ihn ernst an und sagte leise: »Ich glaube eher, du hast Angst vor mir.«

»Oha!« sagte Mario. Es sollte spöttisch wirken, klang

aber eher überrascht. »Warum sollte ich Angst vor dir haben?«

»Das wirst du besser wissen als ich.«

»Ich habe aber keine Angst vor dir.«

»Warum sitzt du dann so fluchtbereit auf dem Kissen?«

Eine wachsame Beobachterin, dachte Mario.

»Ist dir meine Gegenwart unangenehm?« hörte er sie fragen.

Er schüttelte den Kopf. »Nein, das ist es nicht.«

»Und was ist es?«

»Ich bin etwas unruhig – oder verwirrt.«

»Verrätst du mir trotzdem deinen Namen?«

»Mario. Und wie heißt du?«

»Eva.«

Der Name paßte! Eva – die Paradiesfrau. Neugier, Überzeugungskraft. Das hatte sie. Hätte nur noch gefehlt, daß sie im Park in einem Apfelbaum gesessen hätte, statt in einer Eiche.

Marios Blick fiel auf die Bastschale auf dem Tisch, auf der ein Apfel lag.

»Magst du ihn essen?« fragte sie, nahm die Frucht in die Hand und hielt sie Mario entgegen. Nein danke, wollte er sagen, doch er brachte keinen Ton heraus. Eva hatte Adam einen Apfel vom Baum der Erkenntnis angeboten. Welche Erkenntnis bot Eva ihm jetzt symbolisch an?

Nun begann er auch schon mit diesen Mystifizierungen banaler Vorgänge! Es war nichts weiter als ein knackiger Apfel, und er hatte Appetit darauf! Mario nahm ihn und biß hinein. Er schmeckte gut, saftig.

Trotz seiner seltsamen Unruhe mußte er innerlich über die Situation schmunzeln, in die er geraten war. Fast wie ein Schauspieler kam er sich vor, der seine Rolle in einem Film spielt, dessen Drehbuch er nicht kennt. Der improvisieren muß und der immer neugieriger darauf wird, wie der Film weitergeht. Nicht allzu neugierig, versteht sich – schließlich ist es nur ein Film. Nicht das wahre Leben. Das wahre Leben, dachte Mario, existiert nicht. Allenfalls in unseren Träumen und Illusionen. Auch eine Art von Film, der in uns läuft. Mit dem wir uns so lange wie möglich vor der Realität schützen. Bis es nicht mehr geht. Bis die Schutzschirme durchlässig werden, und die Realität wie ein Virus in uns eindringt, um uns einen der schlimmsten Tode zu bringen – den der Lebensfreude.

»Ich habe den Eindruck, daß du gern innere Monologe hältst«, sagte Eva.

»Stört dich das?«

Sie schüttelte den Kopf. »Es macht mich neugierig.«

Mario legte die Apfelkippe in die Obstschale. »Warum interessierst du dich für meine Gedanken?«

Sie strich sich eine Haarsträhne aus der Stirn. »Warum sollte ich es nicht?«

Eva hatte recht. Er hatte sich diese lautlosen Selbstgespräche im letzten Jahr angewöhnt. Es fiel ihm kaum noch auf. Auf andere wirkte er damit wohl abwesend, vielleicht auch abweisend.

»Soll ich laut denken?«

Sie lächelte und nickte ihm zu.

Mario kratzte sich am Kopf. »Also gut. Ich kann es versuchen.«

Sie goß ihm Tee nach. Dann sah sie ihn ermutigend an.

Auf einmal war eine völlige Leere in seinem Kopf, als seien alle Gedanken vor seinem Entschluß geflüchtet, sie Eva mitzuteilen. Mario bemerkte, daß ihm angenehm warm war. Obwohl er in der Nacht zuvor wenig geschlafen hatte, fühlte er sich frisch und wach.

»Ich weiß nicht, womit ich anfangen soll.«

»Mit dem Anfang. Auch wenn es dauert. Ich vergesse die Zeit, wenn ich zuhöre.«

»Also gut. Hier hat es angefangen, in dieser Stadt. Vor fünfzehn Jahren. Mit einem perfekt ausgefüllten Lottoschein.«

»Wie bitte?«

»Kein Witz! Du hast die Ehre mit einem ehemaligen Lottokönig. Ich war einmal reich. Fünfzehn Jahre lang bin ich um die Welt gereist und habe das ganze Geld ausgegeben.«

»Was?« rief Eva aufgeregt. »Du bist fünfzehn Jahre lang gereist? Von einem Land ins andere?«

Mario nickte. »Und wo es mir gut gefiel, bin ich länger geblieben.«

Evas Augen strahlten. »Das stelle ich mir traumhaft vor! Jahrelang völlig unbeschwert durch die Weltgeschichte ziehen! Ohne Sorgen, ohne Pflichten, ohne Alltagsgefühle. Traumhaft!«

Mario schüttelte traurig lächelnd den Kopf. »Am Anfang, wenn alles neu ist – ja, da ist es oft traumhaft. Aber mit den Jahren läßt der Reiz nach, und du gewöhnst dich an das Ungewöhnliche. Und irgendwann beginnst du, dich leer zu fühlen, entwurzelt, ohne wirkliche Heimat. Als seist du vor irgend etwas auf der Flucht.«

Evas Blick verriet Befremdung. »Trotz dieser grenzenlosen Freiheit? Das ist doch der größte Luxus, den ein Mensch haben kann!«

»Ja, sicher, aber Freiheit ist nicht gleichbedeutend mit Glück. Ich habe unterwegs Menschen getroffen, die mir glücklicher erschienen, als ich es war, obwohl sie wenig Geld hatten.«

»Warst du denn nie richtig glücklich?«

»Glücklich?« Mario zuckte mit den Schultern. »Vielleicht – von Zeit zu Zeit. Aber nie glücklich genug. Ich hatte immer so einen ungestillten Durst in mir, so eine Sehnsucht nach einem gewissen Lebensgefühl, nach einem bestimmten Menschen.«

»Du verlangst viel vom Leben.«

»Ich habe viel verlangt, offenbar zu viel. Jetzt verlange ich nichts mehr. Meine gute Schicksalsfee hat sich wohl mit dem Lottogewinn, den sie mir zugeschanzt hat, völlig verausgabt. Mehr war nicht drin für mich: großes Glück im Spiel, aber viel Pech bei der Suche nach dem großen Glück.«

Eva blickte Mario unverwandt an. Wenn er ihren Blick richtig deutete, versuchte sie, sich ein Bild von ihm zu machen. Da hatte sie sich etwas vorgenommen! Nicht einmal ihm selbst war es in den letzten fünfzehn Jahren gelungen, eine halbwegs verläßliche Kenntnis seiner Person zu erlangen. Er war ein Bündel voller Widersprüche mit zu hohen Erwartungen ans Leben – so gesehen ein ganz normaler Mensch.

»Hattest du Pech mit den Frauen?« hörte er Evas Stimme.

Mario sah Lindas ausdrucksvolles Gesicht vor sich. Linda, der er im letzten Jahr in Kalifornien am Strand begegnet war. Mit der er so viele schöne Tage und Nächte verbracht hatte, und die ihn fallen gelassen hatte, als es mit seinen Finanzen endgütig bergab ging.

Er dachte an Madeleine, die Inkarnation weiblichen Charmes, mit der er drei Jahre in Paris zusammengelebt hatte. An Joke, die heitere, bildhübsche Holländerin, die er schließlich an einen Photographen verloren hatte, der ihr versprach, sie zu einem bekannten Model zu machen.

Auch die Engländerin Helen fiel ihm ein, mit der er monatelang durch Südostasien gereist war, bis er ihrer von einem Tag auf den anderen überdrüssig geworden war, ohne zu verstehen, warum.

»Nein, ich hatte kein Pech mit den Frauen. Ich habe viel Schönes und Magisches erlebt – und viel Enttäuschendes, Entmutigendes. Die ganze Palette der Gefühle von tiefster Traurigkeit bis zu höchster Ekstase. Doch immer hat etwas Entscheidendes gefehlt. Aber warum erzähle ich dir das?«

Evas Antwort kam spontan: »Weil ich neugierig auf deine Geschichten bin. Schließlich hast du meinen Traum gelebt – wahrscheinlich den Traum sehr vieler Menschen. Ich reise wahnsinnig gern, aber mein Geld reicht gerade für das Nötigste. Wenn ich verreisen will, muß ich in den Semesterferien dafür arbeiten, und dann reicht es gerade für ein paar Wochen.«

»Was studierst du eigentlich?«

»Musik. Im vierten Semester.«

»Musik?« Mario lächelte. Musik war eins der wenigen Worte, die keine widersprüchlichen Gefühle in ihm weckten. »Welche Instrumente?«

»Querflöte und Klarinette.«

Ihre Blicke trafen sich erneut.

»Vielleicht hättest du mehr aus der Chance gemacht, die ich hatte«, sagte Mario impulsiv und wandte irritiert den Kopf zur Seite.

Sie hat schöne Augen, dachte er, ein ganz intensives Blau. Aber es sind nicht nur die Augen, die mich verwirren. Es ist ihre ganze Art.

»Ich?« Sie wirkte überrascht. »Wieso?«

Mario zuckte mit den Schultern. »Ich hatte so ein Gefühl. Manche bekommen etwas, das andere viel besser nutzen könnten.«

Eva verzog den Mund. »Ich weiß gar nicht, ob ich soviel Geld haben möchte. Ich hätte Angst, daß es mich verändert – auf schleichende Art. Daß ich mich verliere und nach und nach ein anderer Mensch werde.«

»Sicher, Geld verändert dich. Aber Geldmangel auch. Du wirst mit der Zeit so oder so ein anderer Mensch.«

»Aber bestimmten Dingen in mir will ich immer treu bleiben.«

»Netter Vorsatz, aber der Wille hat wenig Macht. Das Schicksal verpaßt keine Gelegenheit, uns die Ohnmacht unseres Willens zu demonstrieren. Ich nehme meinen Willen längst nicht mehr so ernst. Er ist ein verrückter Gernegroß, über den ich inzwischen schmunzeln kann.«

»Warum glaubst du, daß ich aus deinem Lottogewinn mehr gemacht hätte?«

Mario hob die Handflächen. »Vielleicht hättest du mehr Glück bei der Suche nach dem Glück gehabt. Oder du hättest mit dem Geld etwas Sinnvolles, Hilfreiches ins Leben gerufen. Es war nur so ein Gefühl. Im Grunde weiß ich ja nichts von dir.«

»Und – willst du etwas von mir wissen?«

Die Direktheit ihrer Frage verblüffte ihn. Er ließ sich von ihrem Lächeln anstecken, während er einen klaren Gedanken zu fassen versuchte. Wollte er sie überhaupt kennenlernen? Brauchte er noch eine weitere Variation des ewigen Themas von Verheißung und Enttäuschung, von Rausch und Ernüchterung? War er nicht ein für allemal raus aus diesem Spiel?

»Ich weiß es nicht«, sagte er.

Sie nickte, als akzeptiere sie seine Antwort ohne Mühe.

Wieder strich sein Blick fast heimlich über ihr Gesicht. Sie schien es nicht zu bemerken. Er fragte sich, ob er sie mit seiner Antwort gekränkt hatte. Er hatte sich mit den Jahren alles Diplomatische abgewöhnt. Wozu nett gemeinte Lügen und Halbwahrheiten? Sie riefen nur unnötige Illusionen ins Leben.

»Ich frage mich, warum du meinst, daß du aus deiner Chance zu wenig gemacht hast.«

»Wahrscheinlich war ich nicht gut genug«, erwiderte Mario, »zu egozentrisch, zu sehr mit mir selbst beschäftigt. Ich war so tief versunken in meine Jagd nach dem Glück, daß ich oft blind war für das Unglück anderer. Ich ging mit praller Brieftasche an Bettlern vorbei. Nicht aus Geiz – ihr Schicksal berührte mich einfach nicht. Großzügig war ich nur, wenn ich liebte oder zu lieben glaubte. Einmal reiste ich fünf Monate lang mit einer völlig mittellosen Chilenin durch Lateinamerika. Wir haben fürstlich gelebt, und es hat mir nie etwas ausgemacht, alles zu bezahlen. Aber das ist wohl ganz normal. Jeder trifft seine Auswahl von Menschen, denen er sein Bestes gibt. Den anderen begegnet man mit mehr oder weniger großer Gleichgültigkeit.«

Während Mario redete, sah Eva ihn unentwegt an. Sie schien über seine Worte nachzudenken, noch während er sprach, doch sie gab keinen Kommentar. Erst als Mario fragte, ob er zuviel rede, sagte sie: »Bitte sprich weiter.«

Und er erzählte ihr mehr von seinen Reisen, seinen abenteuerlichen Erlebnissen in Afrika, in Lateinamerika und Indien, in Nordamerika und Australien. Sie lauschte ihm mit unermüdlichem Interesse und nahm Anteil an den Geschehnissen, in die Mario sich zurückversetzte.

Irgendwann stellte er fest, daß seine Zunge schwer wurde. Mehrmals mußte er gähnen, und als Eva sich von ihm anstecken ließ, sagte er: »Ich glaube, wir können jetzt beide Schlaf gebrauchen. Ja, dann – danke für deine Gastfreundschaft.«

Er stand auf und räusperte sich.

Sie blieb sitzen und sah ihn an. »Wo wohnst du eigentlich?«

»Nirgendwo. Ich bin erst heute angekommen.«

»Oh«, sagte Eva.

Mario blickte aus dem Fenster. Die Straße war menschenleer. Vor einem der Häuser entdeckte er ein beleuchtetes Schild mit der Aufschrift: *Pension Rombach*.

»Ich gehe in die *Pension Rombach*«, sagte er.

»Die haben schon geschlossen. Das ist ein kleiner Familienbetrieb. Kein Geld für einen Nachtportier. Aber du kannst bei mir schlafen. Ich habe eine Luftmatratze im Kleiderschrank. Eine Freundin hat letzten Monat ein paar Nächte darauf verbracht. Sie hat sich nicht beklagt.«

»Und was kostet die Übernachtung?«

Eva lachte. »Mehr Reise-Geschichten von dir zum Frühstück. Der Blasebalg liegt unter dem Kleiderschrank.«

Während Mario die Luftmatratze in Form brachte, verschwand Eva im Badezimmer und kehrte zehn Minuten später in einer halblangen Pyjama-Hose und einem weiten, weißen T-Shirt zurück.

»Das Bad ist frei«, sagte sie, nahm zwei Schlafdecken aus einer Basttruhe, legte eine aufs Bett und die andere auf die Luftmatratze. Sie wünschte Mario eine gute Nacht, lächelte ihn an und kroch unter ihre Decke.

Als Mario aus dem Bad zurückkam, schien sie schon zu schlafen.

Er sah sie eine Weile an. Dann knipste er das Licht aus und versuchte, es sich auf der Luftmatratze bequem zu machen.

Eine Weile lauschte er Evas gleichmäßigen Atemzügen, und bald schlief auch er ein.

Mario brauchte einige Momente, bis er wußte, wo er aufgewacht war. Er stand auf und zog die Vorhänge zurück. Das Sonnenlicht blendete ihn. Blinzelnd öffnete er das Fenster und ging ins Badezimmer.

Auf der Ablage unter dem Spiegel sah er einen Zettel und las: »Hallo Mario, ich bin nur ein paar Sachen einkaufen gegangen. Bis gleich. Eva.«

Er blickte in den Spiegel. Kurz entschlossen stellte er sich unter die Dusche. Als er aus dem Badezimmer kam, hörte er Geräusche in der Küche. Er steckte seinen frischgewaschenen Kopf durch den Türrahmen.

Eva war dabei, das Frühstück vorzubereiten und warf ihm einen heiteren Blick zu. »Na, gut geschlafen?«

Mario nickte.

»Es ist schönes Wetter heute! Hast du Lust, nach dem Frühstück mit mir durch die Stadt zu bummeln?«

»Ja«, sagte Mario.

Er brauchte nach dem Aufstehen immer eine Weile, bis er richtig im Sattel des Tages saß. Er war kein Held des Morgens. Die besten, intensivsten Stunden seines Lebens hatte er meistens abends gehabt.

Sie aßen, ohne viel zu reden. Das Schweigen zwischen ihnen drohte aber nie ins Peinliche abzurutschen.

Mario stellte fest, daß er sich überraschend gut fühlte, und die Aussicht auf einen gemeinsamen Spaziergang war ihm willkommen.

Es war ein Tag wie aus dem Bilderbuch. Keine Wolke trübte das tiefe Blau des Himmels. Die Sonne schien auf die Stadt herab, als sei die Welt noch in Ordnung. Sofern sie es je gewesen ist, dachte Mario.

Eva sah ihn von der Seite an. »Na, wieder in Gedanken versunken?«

Er nickte.

»Und?«

»Keine allzu sonnigen Gedanken«, murmelte er.

Zu seiner Erleichterung stellte Eva keine Fragen. Sie gingen schweigend weiter und hatten bald die Fußgängerzone erreicht, die zu diesem Zeitpunkt sehr belebt war.

Sie waren noch nicht weit gegangen, als sie zwei junge Männer im Alter von vielleicht sechzehn Jahren sahen, die sich auf einen Streit eingelassen hatten, der in eine Schlägerei auszuarten schien.

Mario und Eva waren unwillkürlich stehengeblieben – wie andere Passanten auch. Schnell hatte sich ein Kreis um die beiden Streitenden gebildet, die sich in der Manier von Kick-Boxern belauerten. Sie hatten ihre Arme zur Deckung gehoben und tänzelten hin und her, den Gegner genau beobachtend.

Plötzlich kam der erste Schlag, gefolgt von einem Tritt. Sofort darauf der Gegenangriff. Die beiden Streithähne kämpften mit Händen und Füßen. Ihre Angriffe kamen mit der Schnelligkeit und Geschicklichkeit geübter Kampfsportler.

Ein gefundenes Fressen für die Leute, dachte Mario. Eine Schlägerei in der Fußgängerzone – Eintritt frei. Obwohl ihn Gewalt abstieß, verfolgte Mario aufmerksam den Kampf der jungen Männer.

Er hörte die Stimme einer älteren Frau in seiner Nähe: »Man kann die doch nicht einfach so weitermachen lassen.« Doch ihre Worte klangen nicht allzu überzeugend und fanden keine Resonanz bei den Passanten, die einen Sicherheitsabstand hielten und immer zahlreicher wurden.

Plötzlich lag einer der Jugendlichen nach einem Tritt gegen seinen Kopf am Boden. Doch er war schnell wieder auf den Beinen. Blut tropfte von seinen Lippen. Er startete einen überhasteten Gegenangriff, wurde erneut am Kopf getroffen und fand sich ein zweites Mal am Boden wieder.

All dies hatte höchstens eine Minute gedauert. Wieder stand der Angeschlagene auf, diesmal mit mehr Mühe, doch sichtlich entschlossen, den Kampf weiterzuführen.

In diesem Augenblick trat Eva mit schnellen Schritten aus dem Kreis der Gaffer hervor und schrie die beiden laut, eindringlich an: »Hört doch endlich auf! Das hat doch keinen Sinn!« Sie schrie, als hinge ihr Leben davon ab, daß die beiden ihre Schlägerei einstellten.

Die Intensität ihrer Einmischung verfehlte ihre Wirkung auf die Kämpfer nicht. Ohne das geringste Zögern gingen sie in entgegengesetzten Richtungen davon – übermannt von dem engagierten Auftreten dieser kleinen Frau und vielleicht auch dankbar für die Möglichkeit, den Kampf beenden zu können, ohne ihr Gesicht zu verlieren.

Mario stand wie angewurzelt und starrte Eva an, deren angespannte Gesichtszüge sich zu lösen begannen. Er spürte sein Herz im Hals klopfen und konnte keinen klaren Gedanken fassen, nahm kaum wahr, wie sich die Menschen um ihn herum wieder in Bewegung setzten und zerstreuten.

Er ging auf Eva zu. Als er einen Schritt vor ihr stehenblieb und ihr in die Augen sah, begann sie am ganzen Körper zu zittern. Tränen liefen ihr über die Wangen, und ihr Gesicht verzerrte sich wie im Schmerz.

Das war zuviel für sie, dachte Mario und legte unwillkürlich die Hände auf ihre Schultern, sie hat sich völlig verausgabt. Er trat einen Schritt vor und drückte Evas bebenden Körper sanft an sich. Seine Hand strich beruhigend über ihr Haar.

Nach und nach ebbte ihr Zittern und Schluchzen ab. Ein Passant rempelte sie an und entschuldigte sich.

Mario nahm sie beim Arm und führte sie behutsam in eine weniger belebte Seitenstraße. Sie wischte sich mit dem Ärmel ihrer Bluse die Tränen aus dem Gesicht. Mario entdeckte eine Holzbank unter der Krone eines Baumes und lenkte sie darauf zu. Sie setzten sich.

Obwohl immer wieder Menschen an ihnen vorbeigingen, fühlte er sich mit ihr wie von einem unsichtbaren Schutzschirm umgeben. Ihm lagen Fragen auf der Zunge, aber er stellte sie zurück.

Er war von der Energie und Entschlossenheit tief beeindruckt, die diese zierliche Frau neben ihm an den Tag gelegt hatte. Daß sie sich mit ihrem Einschreiten anscheinend nervlich überfordert hatte, imponierte ihm um so mehr, auch wenn er nicht ganz verstand, warum sie sich so vehement in die Angelegenheiten zweier ihr fremder Menschen eingemischt hatte.

Während sie still nebeneinander saßen, spürte er, wie die Kraft und Ausgeglichenheit, die sie bislang immer ausgestrahlt hatte, allmählich wieder in sie zurückkehrten. Die Lichter gehen wieder an, dachte er, der Zusammenbruch des Stromnetzes wegen Überlastung ist behoben.

»Du wunderst dich jetzt bestimmt über mich«, sagte sie leise und streifte sein Gesicht mit einem unsicheren Blick.

»Ja.«

»Ich kann es dir erklären.«

»Ja, bitte! Warum dieses Engagement für Fremde? Warum dieser totale Einsatz – bis zur Selbstüberforderung?«

»Wegen eines Versprechens, das ich mir selbst gegeben habe«, erklärte sie und schaute auf ihre kleinen, schlanken Hände. »Ich kann es einfach nicht ertragen, wenn Menschen so miteinander umgehen.«

Mario konnte ein zynisches Grinsen nicht unterdrükken. »So gehen Menschen ständig überall auf der Welt miteinander um. Sogar im großen Stil, im Boxring. Im Scheinwerferlicht vor laufenden Kameras, die ihre Schlägerei im Namen des Sports live in die ganze Welt ausstrahlen. Und die Welt schaut gebannt zu, wie die Leute eben in der Fußgängerzone.«

Eva warf ihm einen seltsamen Blick zu. »Das heißt noch lange nicht, daß ich auch zusehen muß. Einmal war ich in einer Disko, vor etwa einem Jahr. Es ging um ein Mädchen. Zwei Typen, so um die Zwanzig, kriegten sich wegen ihr in die Haare, mitten im Gedränge. Ich stand ganz in der Nähe. Sie schlugen sich ins Gesicht. Der eine blutete aus der Nase. Alle Leute wichen zurück. Niemand griff ein. Die Barkeeper standen hinter der Theke und rührten sich nicht. Plötzlich lag der eine Mann am Boden. Als er aufstand, hatte er ein Messer in der Hand und stieß zu.«

Eva schloß die Augen und zog ihre Stirn in Falten, als bereite ihr die Erinnerung körperlichen Schmerz.

»Es war schrecklich«, sagte sie mit leiser Stimme. »Später las ich in der Zeitung, daß der Mann auf dem Weg ins Krankenhaus an seiner Stichwunde gestorben war. Wenn jemand rechtzeitig versucht hätte, die beiden auseinanderzubringen, wäre das nicht passiert. Aber alle standen nur wie gelähmt da und gafften. An diesem Tag habe ich mir selbst das Versprechen gegeben, mich einzumischen, wenn ich noch einmal in eine solche oder ähnliche Situation geraten sollte.«

»Du hast dich sehr überzeugend eingemischt! Die beiden waren völlig konsterniert. Aber du hast dich dabei überfordert.«

»Ich bin zur Zeit nicht so stark wie sonst. Meine Großmutter … sie liegt im Sterben. Und ich kann nichts …«

Sie schüttelte den Kopf und atmete tief ein.

Mario entschied sich, sie nicht zum Weitersprechen zu bewegen. Er lehnte sich zurück, schaute in den Himmel und versuchte, an nichts zu denken.

Nach einer Weile hörte er ihre Stimme. »Ich muß jetzt ins Krankenhaus. Wollen wir uns später noch sehen?«

»Ja, gern«, sagte Mario.

»Um sieben im *Café Halbmond*? Das ist gleich hier um die Ecke.«

»Okay. Ich werde da sein.«

Eva stand auf und schenkte Mario ein Lächeln. Dann drehte sie sich um und ging.

Mario spürte, daß er sich freute, sie in ein paar Stunden wiederzusehen.

Wann hatte er sich zum letzten Mal auf irgend etwas gefreut?

Er blieb noch eine Weile auf der Bank unter dem Baum sitzen, genoß sein unverhofft gutes Lebensgefühl und spürte zum ersten Mal seit langer Zeit wieder einen Hauch von vager Hoffnung.

Aber sofort waren kritische, skeptische Stimmen aus der Erfahrungsabteilung seines Bewußtseins zur Stelle, um ihn davor zu warnen, sich auf das dünne Eis einer neuen Illusion zu begeben.

Mario entschloß sich, einfach nicht hinzuhören.

Schließlich stand er auf und ging in den Park zu der Stelle, wo er Eva kennengelernt hatte, und verbrachte die Wartezeit unter der alten Eiche.

Eva wirkte ein wenig abgespannt und unruhig. Ihr Nachmittag schien nicht so angenehm wie seiner gewesen zu sein.

Sie hatte vor dem Café auf ihn gewartet. »Drinnen ist es voll, und die Luft ist schlecht«, hatte sie erklärt, »laß uns lieber ein bißchen durch die Straßen laufen.«

Sie gingen langsam nebeneinander.

»Ich war im Park. Bei dem Baum, wo wir uns begegnet sind«, sagte Mario nach einer Weile. »Ich habe im Gras gelegen und mich so ausgeglichen gefühlt wie lange nicht mehr.«

Eva lächelte ihn an. »Das freut mich. Gestern abend schien es dir nicht so gut zu gehen.«

»Wie habe ich denn auf dich gewirkt?«

Sie überlegte kurz, bevor sie antwortete: »So, als würdest du eine Last mit dir herumtragen. Ziemlich nachdenklich. Und – so, als würde dich nichts mehr wirklich interessieren, so gleichgültig. Heute gefällst du mir besser.«

»Dafür scheint es dir heute nicht so gut zu gehen.«

Eva nickte kaum merklich. »Ich war bei meiner Großmutter im Krankenhaus. Heute war es besonders schwer. Ich bin innerlich immer noch dort.«

»Möchtest du jetzt lieber allein sein?«

Eva nickte nach kurzem Zögern. »Wahrscheinlich wäre es besser. Ich bin noch so bedrückt. Ich möchte dir nicht deine gute Stimmung verderben.«

Mario versuchte, sich die kleine Enttäuschung über Evas Zustand nicht anmerken zu lassen. Er hatte sich auf sie gefreut. Zum ersten Mal seit langer Zeit gab es einen Menschen, der ein Gefühl von Freude und Hoffnung in ihm entstehen lassen konnte – was er nicht mehr für möglich gehalten hätte.

»Ja, ich glaube, ich wäre jetzt am liebsten allein«, sagte sie mit schwacher Stimme. »Es ist ein schreckliches Gefühl, einem Menschen, den man liebt, so hilflos gegenüberzustehen. Ich würde für Lisa alles tun, was ich kann – und ich kann nichts für sie tun. Nichts.«

Mario räusperte sich und setzte zu einer Frage an, die er dann doch nicht stellte.

»Ich spreche in Rätseln, nicht wahr? Aber ich will dich

nicht mit meinen Problemen belasten. Wir kennen uns ja kaum. Ich hätte einfach gern einen unbeschwerten Abend mit dir verbracht.«

»Der Abend ist ja noch nicht zu Ende. Ich muß ohnehin noch zum Bahnhof, meine Reisetasche aus dem Schließfach holen. Ich brauche frische Klamotten auf der Haut. Und essen muß ich auch noch was. Wenn du später vielleicht noch ...«

»Komm doch um zehn zu mir! Bis dahin geht es mir bestimmt wieder besser«, fiel Eva ihm spontan ins Wort.

»Gern«, sagte er, »also bis um zehn!«

Er schenkte ihr ein Lächeln und ging.

Nach einigen Schritten drehte er sich unwillkürlich um.

Sie stand bewegungslos und sah ihm nach. Er winkte ihr zu, und sie hob langsam den Arm. Mario spürte sein Herz im Hals klopfen, ohne dafür eine Erklärung zu wissen.

Er winkte noch einmal, bevor er um eine Straßenecke bog.

Mario zog seine Reisetasche aus dem Schließfach und beschloß, im Bahnhofsrestaurant etwas zu essen.

Die Verschiebung der Begegnung mit Eva um ein paar Stunden hatte seinem überraschend guten Lebensgefühl kaum etwas anhaben können. Warum auch – sie wollte ihn wiedersehen und mußte nur vorher mit sich selbst ins reine kommen. Das war in Ordnung. Es war Mario lieber, ein paar Stunden auf sie zu warten und dann Evas innere Anwesenheit zu spüren, als jetzt nur körperlich bei ihr zu sein, während sie in Gedanken und Gefühlen noch bei ihrer Großmutter war.

Nach dem Essen lehnte Mario sich zurück und zündete sich eine Zigarette an. Ein Blick auf die große Wanduhr des Restaurants zeigte ihm, daß er noch knapp zwei Stunden Zeit hatte. Er nahm ein Buch aus seiner Tasche und schlug es auf, verlor aber nach ein paar Seiten das Interesse am Weiterlesen. Noch einmal ging ihm der Kampf in der Fußgängerzone durch den Kopf, und er fühlte erneut, daß Evas mutiges, entschlossenes Einschreiten ihn sehr beeindruckt hatte.

Warum war er, der Gewalt ablehnte und verabscheute, genauso untätig wie all die anderen Leute um ihn herum geblieben? War es nicht eine Ohrfeige ins soziale Gesicht aller Beteiligten gewesen, daß ausgerechnet eine zart gebaute Frau mehr Mumm und Herz bewiesen hatte als alle anderen zusammen? Auch als er selbst, der wie die anderen passiv geblieben war, während er sich mit zynischen Gedanken über die Schaulust der Menschen angesichts nackter Gewalt innerlich abgedichtet hatte. Weil Gewalt ein Teil des Lebens ist. Weil man sich nicht gern in die Streitigkeiten fremder Leute mischt – nicht zuletzt, weil man Angst hat, sich dabei selbst ein blaues Auge einzufangen. Allesamt triftige Gründe für eine passive Haltung. Gründe, die Eva einfach ignoriert hatte.

Mario ließ seinen Blick durchs Restaurant schweifen und betrachtete unauffällig die Gesichter der Gäste. Da war, wie so oft, kaum eins, das Lebensfreude ausstrahlte;

manche schienen von Enttäuschung, Skepsis und Unbehagen geradezu deformiert zu sein. Das Gesicht einer älteren, fülligen Frau schrie förmlich seine Unlust am Leben in die Welt hinaus. Fast alle Menschen in dem Restaurant wirkten unzufrieden, gelangweilt oder gleichgültig.

Mario winkte die Serviererin herbei und bestellte ein Glas Rotwein.

Er hatte heute zum ersten Mal seit langer Zeit wieder ein paar angenehme, fast heitere Stunden verbracht, ohne innere Selbstgespräche, ohne die Brille des Zynikers vor den Augen, der in allem, was er sieht, das Fragwürdige bloßlegt, um damit das Ganze abzuwerten. Er hatte sich auf die Begegnung mit einer Frau gefreut, von der er sich eben mit klopfendem Herzen verabschiedet hatte, um sich jetzt noch einmal auf sie zu freuen!

Mario schüttelte ungläubig den Kopf. Seine Gleichgültigkeit schien sich krankgemeldet zu haben. Vielleicht hatte sie auch Kurzurlaub genommen. Er spürte wieder so etwas wie Interesse in sich aufkeimen – Interesse an dieser Frau. Neugier auf ihre Art, das Leben zu verstehen. Einen Hauch von Hoffnung vielleicht auch.

Aber ja, hörte Mario den Zyniker in sich spotten, die Hoffnung auf eine neue Enttäuschung! Wie viele Ernüchterungen brauchst du denn noch, um den Kampf um die Illusionen aufzugeben? Niemand kann ihn gewinnen!

Mario trank einen Schluck Wein. Er hatte noch genug Geld, um sich ein paar Monate über Wasser zu halten.

Mehr war ihm nicht geblieben. Er würde sich eine Arbeit suchen müssen.

Ich träume immer noch, dachte er. Mit fünfunddreißig wird es schwierig werden, noch einmal ganz von vorn anzufangen! Ohne Ausbildung. Mit meiner Vergangenheit. Ich habe fünfzehn Jahre lang einen Logenplatz im Theater dieser Welt gehabt. Ich hatte nur eine Arbeit, die Arbeit mit mir selbst. Und jetzt soll ich noch einmal ganz von vorne anfangen? Eine verkrachte Existenz, ein Ex-Lottokönig, der pleite ist und Gelegenheitsarbeiten sucht? Es würde schwer werden, sehr schwer. Wenn er wenigstens eine Begabung hätte, mit der er seinen Unterhalt bestreiten könnte! Vielleicht sollte er Seminare darüber abhalten, wie man auf der Suche nach dem wahren Glück scheitert, darin war er Experte.

Mario zahlte, hängte sich seine braune Ledertasche über die Schulter und ging. Draußen hatte die Dämmerung eingesetzt. Er spazierte langsam die Straße entlang, die in die Innenstadt führte. Manchmal blieb er stehen, betrachtete die Passanten, schnupperte die Atmosphäre der Universitätsstadt, die ihm schon zu seiner Studentenzeit als romantisch und idyllisch erschienen war. Obwohl sich seitdem manches verändert hatte: Hektik war hier nach wie vor selten – und wäre auch an einem so schönen Sommerabend unangebracht gewesen.

Wie war es möglich, daß er jetzt, wo er eigentlich nichts mehr vom Leben erwartete, seit langem wieder eine friedliche, schöne Atmosphäre erleben und genießen konnte? Daß er mit Eva einen Menschen kennengelernt hatte, der die Mauer seiner Gleichgültigkeit durchdrungen und sein Herz berührt und belebt hatte?

Und auch sie schien etwas für ihn zu empfinden. Hätte sie ihn sonst eingeladen, bei ihr zu übernachten? Wäre sie sonst heute nach dem Abschied wie angewurzelt stehengeblieben, um ihm nachzuschauen?

Oder war er für sie nur ein willkommener Lückenbüßer? Vielleicht sonnte sich ihr fester Freund ein paar Wochen auf einer Mittelmeerinsel, und sie wollte etwas erleben während seiner Abwesenheit. In zwei Wochen hieß es dann vielleicht: »Es war schön mit dir, aber …«

Wie auch immer, eine Weile würde er sich noch mit dem verbliebenen Geld über Wasser halten und die Bedeutung seiner Begegnung mit Eva ausloten können.

Und wenn sein innerer Zyniker sich, wie eben, zu Wort meldete, würde er ihm einfach den Mund verbieten.

Mit einem eigenartigen Gefühl stand Mario vor Evas Haustür. Später Herrenbesuch mit Reisetasche. Er klingelte und drückte die schwere Tür auf, als es summte. Das Licht im Hausflur wurde angeknipst, und Mario stieg die Treppen hoch.

Die Wohnungstür war angelehnt, Mario trat brav die Schuhsohlen auf der Fußmatte ab, ging hinein und schloß die Tür hinter sich.

Von Eva keine Spur. Leise Musik. Der angenehme Geruch von Sandelholz-Räucherstäbchen. Mario stellte die Tasche an der Garderobe ab, hängte die Jacke auf und ging in das Zimmer.

Eva saß auf der großen Matratze und lächelte ihn an. Kerzen brannten, eine warme Atmosphäre erfüllte den Raum. Mario atmete tief ein und erwiderte ihr Lächeln.

»Hallo, Eva. Geht es dir wieder besser?«

»Ja. Magst du auch Tee?«

Mario nickte. Eva goß ihm ein. Er schaute auf ihre zierliche Hand. Dann hob er seinen Blick auf ihr hübsches Gesicht. Was findest du eigentlich an mir, hätte er fast gefragt. Aber vielleicht wußte sie es selber nicht, und seine Frage hätte sie in Verlegenheit gebracht.

Und er? Was fand er an ihr? Daß sie attraktiv war und liebenswürdig, konnte ein Blinder sehen. Ihr Lächeln war einfach hinreißend. Aber das war nicht das Entscheidende. Es war etwas, das sie in sich hatte, das sie ausstrahlte. Ein gewisses Etwas, dem Mario noch bei keiner Frau begegnet war, zumindest nicht in dieser Deutlichkeit. Er spürte es immer wieder in ihrer Nähe. Es war, als hätte sie die Fähigkeit, alles um sich herum zu berühren und mit Leben zu erfüllen. Die Kraft, eine Atmosphäre entstehen zu lassen, die jedes banale Wort, jede überflüssige Geste ausschließt. Die ebenso seltene wie kostbare Gabe, Kommunikation auf das Wesentliche zu beschränken und dadurch zu intensivieren.

Mario wußte nicht, was er sagen sollte, aber er spürte, daß es so in Ordnung war. Evas Schweigen hatte etwas

Aufnehmendes, Akzeptierendes. Es war egal, ob er sprach oder schwieg. Hauptsache, er war da.

Wie soll ich es nennen, dachte Mario. Ich sitze hier, sie sitzt dort. Wir schauen uns an – und ich spüre es im ganzen Körper! Intensität? Nähe? Ein schönes Gefühl? Und ich dachte, ich hätte mein inneres Lächeln für immer verloren. Ihre Gegenwart geht mir so tief unter die Haut! Oder mache ich mir etwas vor? Übertreibe ich, um Grund genug zu weiterer Neugier zu haben? Ich muß mir diese inneren Monologe abgewöhnen, sie lenken mich vom Eigentlichen ab. Ich kommentiere und hinterfrage, anstatt zu fühlen, zu erleben. Eine schlechte Angewohnheit. Ich sollte diesem Gefühl seine Freiheit lassen, unerklärt, unbenannt – es einfach einatmen wie einen bezaubernden Duft, der plötzlich in der Luft liegt.

»Was hast du gemacht in den letzten Stunden?« Evas ruhige Stimme hatte wieder diesen hellhörig machenden Klang.

»Ich habe meine Reisetasche aus dem Schließfach geholt und im Bahnhofsrestaurant etwas gegessen. Dann bin ich noch ein bißchen durch die Innenstadt gelaufen.«

»Und hast nachgedacht«, behauptete Eva.

Mario nickte. »Vor ein paar Stunden wirktest du auch nachdenklich.«

Evas Gesicht wurde ernst.

»Wie geht es deiner Großmutter?« fragte Mario.

Eva schüttelte abwehrend den Kopf. »Laß uns jetzt nicht darüber reden.«

»Gut« sagte er.

Sie nickte.

Sie ist sanftmütig, dachte Mario, aber sie weiß, was sie will. Jetzt kommentiere ich schon wieder! Warum eigentlich? Habe ich Angst vor dem Gefühl, das ich in ihrer Nähe spüre? Es ist doch sehr angenehm. Oder ist es eher eine alte Gewohnheit, geboren aus Gefühllosigkeit, die jetzt völlig unangebracht ist und nur stört?

»Es war ein seltsames Gefühl«, sagte Mario, »mit meiner Reisetasche die Treppen zu dir hochzusteigen!«

»Inwiefern?«

Mario lachte unwillkürlich. »Ich weiß es nicht.«

Sie lachte mit. »Und wie fühlst du dich jetzt?«

»Gut. So gut wie lange nicht mehr. Es erschreckt mich fast ein bißchen.«

»Was ist daran erschreckend, sich gut zu fühlen?«

»Das Unverhoffte hat immer etwas Erschreckendes«, antwortete Mario nach kurzem Zögern, »einerlei ob es gut oder schlecht ist. Einfach, weil es uns verändern kann. Weil es uns aus unserer Routine reißen kann, unter der wir leiden, an der wir aber hängen, denn sie gibt uns Halt und Bequemlichkeit als Ersatz für nicht voll gelebte Gefühle. Wer seine Gefühle ganz leben kann, braucht keine Routine. Aber wer kann das schon?«

»Konntest du es nicht?« Eva sah ihn fragend an. »Du konntest doch viele Jahre lang ohne Zwang leben, tun und lassen, was du wolltest. Du warst völlig frei!«

»Ja, die besten Voraussetzungen dazu hatte ich. Aber

um seine Gefühle ganz leben zu können, müssen sie erst mal entstehen. Und dazu gehören leider Ereignisse, die man mit Geld und Freiheit allein nicht kaufen kann. Ich habe das Glück gesucht wie einen Schatz, habe es gejagt wie ein wildes Tier. Ich habe Länder, Städte, Orte, Wohnungen, Häuser auf ihre Glückstauglichkeit geprüft. Irgendwo gibt es den für mich idealen Ort, dachte ich. Ich wollte ihn finden, um dort mit der idealen Frau zu leben, der ich bestimmt begegnen würde. Und dann würde ich wunschlos glücklich sein. Mit solchen rosaroten Träumen bin ich losgezogen, doch sie stießen immer wieder frontal mit der Realität zusammen. Bei solchen Unfällen sterben immer die Träume, während die Realität unversehrt davonkommt. Die Jahre vergingen, es passierte viel, aber nicht wirklich das, was ich erhofft hatte. Vielleicht habe ich es ja nicht gefunden, weil ich es so sehr suchte – in jeder neuen Stadt, in jedem mich ansprechenden Gesicht, in jedem Zug, jedem Flugzeug, das mich von einem Ort zum anderen brachte.«

Mario trank einen Schluck Tee, bevor er weitersprach: »Und die Liebe, die ich mir in meiner jugendlichen Naivität als Tür ins Glück vorstellte, entpuppte sich ein ums andere Mal als ein Schlachtfeld, auf dem die besten Gefühle zuerst sterben. Solange die gegenseitige Zuneigung intensiv genug ist, kann sie die Unstimmigkeiten und Konflikte in Schach halten. Läßt die Intensität der Anziehung nach – und früher oder später kommt es soweit – artet die Liebe zu einem Kampf aus. Dieser Kampf kostet

Kraft, und so wird schließlich ein Waffenstillstand geschlossen, bis jemand ihn bricht, und der Kampf aufs neue beginnt. So kann man sich gegenseitig das Leben schwermachen, und viel zu viele tun es, aber mit Liebe hat das nichts zu tun. Vielleicht ist es ja unmöglich, einen Menschen wirklich zu lieben. Menschen bestehen zu einem gewissen Teil aus Unzulänglichkeiten – und Liebe sucht immer das Perfekte, die Traumerfüllung. Doch da sie zwischen zwei unvollkommenen Menschen entsteht, kann sie gar nicht perfekt sein.«

Eva räusperte sich. »Aber man kann doch auch das Unzulängliche und Unvollkommene lieben. Alles in dieser Welt ist doch unvollkommen. Sonst könnte man gar nichts und niemanden mehr lieben.«

»Nicht mehr zu lieben wäre nur konsequent«, entgegnete Mario.

Eva schüttelte leidenschaftlich den Kopf. »Nicht mehr zu lieben wäre der größte Fehler! Die Liebe darf doch vor Unzulänglichkeiten nicht kapitulieren! Ich liebe eine Frau, die im Sterben liegt. Der Krebs hat ihren Körper verwüstet. Sie bekommt täglich Spritzen gegen die Schmerzen. In ihrem Zustand spiegelt sich die ganze Unvollkommenheit des Menschen: von Schmerzen geplagt, auf Pflege angewiesen, hilflos den Tod erwartend. Und ich liebe sie um so mehr. Ich bin jedesmal am Boden zerstört, wenn ich bei ihr war. Ich könnte weinen und schreien, wenn ich bei ihr bin, und dennoch lächele ich. Es ist schrecklich, daß Lisa sterben muß. Und unerträglich, daß sie so leiden muß!«

Eva seufzte. »Ich wollte eigentlich nicht über meine Großmutter reden … Meine Mutter starb durch einen Autounfall, als ich fünf war. Danach wurde Lisa meine Mutter. Mein Vater war beruflich viel im Ausland. Er kam ein paarmal im Jahr nach Hause, brachte mir hübsche Geschenke mit, hatte aber nie richtig Zeit für mich. Also mußte Lisa auch noch Vater für mich sein. Sie hat unendlich viel für mich getan, und ich kann nichts mehr für sie tun – außer sie zu lieben. Aber das macht sie nicht gesund. Sie hat so lange darauf bestanden, die Wahrheit über ihren Zustand zu erfahren, bis einer der Ärzte es ihr schließlich hinter vorgehaltener Hand gesagt hat. Sie weiß, daß sie nur noch ein paar Wochen zu leben hat. Die Ärzte lassen sie nicht mehr aus dem Krankenhaus. Lisa haßt das Hospital. Wenigstens haben sie ihr jetzt ein Einzelzimmer gegeben. Sie ist eine so …«

Eva schluckte und schüttelte mit unsäglich hilfloser Miene den Kopf.

»Das tut mir sehr leid«, sagte Mario leise.

Eva schloß die Augen. In diesem Augenblick hätte er gern ihren Kopf in seine Hände genommen und sie auf die Stirn geküßt, aber er hatte Angst, sie zu erschrecken.

»Laß uns jetzt nicht mehr von Lisa reden!« entschied sie schließlich.

»Warum nicht?« widersprach Mario. »Sie beschäftigt dich, und wir sollten über das reden, was uns beschäftigt.«

»Und was beschäftigt dich?«

»Du. Deine Gegenwart, hier und jetzt.«

Sie blickte auf und schaute ihn an. Ihm wurde erneut bewußt, wie gern er ihr ins Gesicht sah. Es veränderte sich ständig und zeigte sich immer wieder in einem neuen Licht. Ein Gesicht, das nie langweilig wird, dachte Mario. Ein ausdrucksstarkes, unverwechselbares Gesicht. Schön anzuschauen, selbst wenn es Traurigkeit und Verzweiflung spiegelt. Das mit Lisa muß sehr schlimm für sie sein. Gibt es denn auf diesem heillosen Planeten keinen einzigen Menschen, der rundum glücklich ist?

»Woran denkst du, Mario?«

Diesmal fiel es ihm leicht, ihr seine Gedanken zu offenbaren: »Warum hat die Natur uns mit einem starken Verlangen nach Glück in ein Leben geschickt, das dieser Sehnsucht so gut wie keine Chance auf Erfüllung gibt?«

»Solange überhaupt eine Chance besteht, darf man die Hoffnung nicht aufgeben«, sagte sie.

Als Mario am nächsten Morgen auf seiner Luftmatratze aufwachte, suchte sein Blick Eva vergeblich.

Im ersten Augenblick war er enttäuscht, dachte aber dann, daß sie vielleicht nur Brötchen für das Frühstück holte.

Auf dem Tisch lag ein Zettel. Mario nahm ihn in die Hand und las: »Hast du auch so schön geschlafen? Ich wollte dich nicht wecken. Freitag morgens arbeite ich immer für Greenpeace. Hast du Lust, danach mit mir zusammen zu essen? Ich bin um ein Uhr in der Pizzeria La Gondola beim Marktplatz. Eva.«

Eva hob den Arm und lächelte, als Mario das Restaurant betrat. Er freute sich, ihr wieder nah zu sein und setzte sich zu ihr an den Tisch.

»Es fiel mir sehr schwer, heute früh zu gehen«, gestand sie, »aber es mußte sein. Bei Greenpeace ist immer viel zu tun.«

»Was machst du denn dort? Hoffentlich nichts Lebensgefährliches.«

Sie lachte. »Keine Angst – ich mache nur Bürokram. Briefe beantworten, Rundschreiben eintüten, Telefongespräche annehmen, Spendenbelege und Dankesschreiben verschicken und so weiter. Eigentlich ist Büroarbeit überhaupt nicht mein Ding. Aber für Greenpeace tu ich es gern.«

»Eine klassische Form von Idealismus«, konstatierte Mario. Ihr Engagement erstaunte ihn, es paßte gar nicht in die Zeit der Jahrtausendwende, in der die Menschen sich offensichtlich im großen und ganzen damit abgefunden hatten, daß die Welt nicht mehr zu retten war.

Eva widersprach ihm. »Für mich ist das kein Idealismus, denn unsere Umwelt ist real. Und sie zu schützen heißt, unsere Lebensbedingungen zu schützen, also unser aller Leben und unsere Zukunft. Die Leute, die unsere Erde verwüsten und vergiften, sind Idealisten – allerdings mit den falschen Idealen: Verantwortungslosigkeit, Profitsucht, Egoismus.«

»Und was wären die richtigen Ideale?« Mario wartete gespannt auf Evas Antwort.

Sie kam ohne Zögern: »Ich sehe vor allem *ein* richtiges Ideal, und das heißt Wandel. Wir müssen uns ändern, wir müssen ein neues Bewußtsein entwickeln und uns an besseren Lebenswerten orientieren. Wir brauchen mehr Umsicht und Einsicht in ökologische Zusammenhänge. Wir müssen unsere große Verantwortung für das Leben auf der Erde verstehen und in Taten umsetzen. Aus Einsicht gewachsene Veränderung – das ist die einzige Chance, vom Katastrophen-Kurs abzukommen.«

»Ich zweifle daran«, sagte Mario impulsiv, »daß wir uns allzu sehr verändern können; vor allem, daß wir Verantwortung für die Natur und konstruktives Handeln lernen können – zumindest nicht so schnell und umfassend, wie es nötig wäre. Wir sind Sklaven unserer Gewohnheiten, so destruktiv sie auch sein mögen.«

Eva sah Mario unwillig an, aber er überging ihren Blick und sprach weiter: »Ich habe kaum noch Glauben an die Menschen! Die meisten von ihnen schlafen mit offenen Augen. Was sie für Leben halten, ist oft nur ein Mischmasch aus Arbeit, Streß, Frust und oberflächlich gestalteter Freizeit. Sie übertreiben alles, nur nicht das Gute. Schau sie dir an! Beobachte sie, höre ihnen zu! So viele sind innerlich leer, ohne Gefühl, ohne Seele.«

In diesem Augenblick kam der Kellner an den Tisch.

Eva bestellte eine Pizza und ein Glas Apfelsaft.

»Für mich das gleiche«, sagte Mario.

Eva hatte ihn die ganze Zeit betrachtet. »Deine Augen sind traurig, aber deine Worte klingen eher verächtlich.

Man könnte fast glauben, daß du ein Menschenfeind bist.«

Mario schüttelte den Kopf. »Nein, das bin ich bestimmt nicht. Vielleicht habe ich einfach nur zu viel von den Menschen erwartet. Damals, bevor der Lottogewinn kam, studierte ich Völkerkunde. Das studierst du nur, wenn du Interesse an Menschen hast, wenn du neugierig auf die unterschiedlichen Lebensarten und Kulturen bist, die sie entfaltet haben. Auf meinen Reisen habe ich Eindrücke von vielen Kulturen und Nationen gewonnen. Ich habe mit eigenen Augen gesehen, daß die menschliche Blindheit weltumspannend ist. Ich habe erlebt, wie entsetzlich Menschen mit Menschen umgehen können, wenn sie nicht die ›richtige‹ Hautfarbe, die ›richtige‹ Religion, die ›richtige‹ Weltanschauung haben. Das sogenannte Böse entsteht aus der Intoleranz, aus dem Vergessen, daß der andere ein fragiler, sterblicher Mensch ist wie du, aus dem fatalen Gefühl, daß du besser bist. Intoleranz ist die Wurzel – Diskriminierung, Haß, Zerstörung, Mord sind die giftigen Früchte. Ich verachte die Menschen nicht, aber wie kann man eine Rasse lieben, die nicht lieben kann? Die nicht mal tolerant gegenüber ihren eigenen Spielarten ist und aus dem Andersartigen das Bösartige macht, um es mit gutem Gewissen bekämpfen zu können? Kannst du eine Rasse lieben, die ihre Artgenossen foltert und mordet – und sich auch noch für die Krone der Schöpfung hält?«

Eva zog die Stirn in Falten. »Du verallgemeinerst zu

sehr! Nicht jeder Mensch ist blind, nicht jeder schläft. Viele kämpfen gegen Intoleranz, gegen Folter und Diskriminierung, gegen Hunger und Aufrüstung. Du darfst die Menschen nicht so einseitig sehen. Was hast du denn von ihnen erwartet? Daß sie aus der Welt einen Garten Eden machen? Ein Paradies der Liebe und Harmonie, wo niemand arbeiten muß, wo alles harmonisch läuft, wo es immer warm und schön ist und uns das Glück ins Herz geflogen kommt?«

»Was ich erwartet habe? Vielleicht mehr Toleranz und Ehrlichkeit. Sicherlich mehr Freundlichkeit, mehr Lebensfreude. Ein bißchen mehr Mitgefühl und Offenheit. Und vor allem mehr seelische Gesundheit.«

»Was verstehst du unter seelischer Gesundheit?«

»Eine konstruktive Art des Denkens und Fühlens und ein entsprechendes Verhalten: aufbauend und nicht zerstörend. Oder würdest du einen Menschen als seelisch gesund betrachten, der sein eigenes Haus verdreckt und verseucht, der seinen eigenen Wohnraum zerstört? So einen Menschen wird man als psychisch krank bezeichnen, als therapiebedürftig. Die Menschheit macht das gleiche im großen Stil mit der Verwüstung ihres Wohnraums Erde.«

Eva schüttelte den Kopf. »Du siehst wieder nur die negative Seite. Wo Kranke sind, gibt es auch Ärzte. Wo Krankheit herrscht …«

»Das hast du gut gesagt«, unterbrach Mario sie impulsiv. »Wo Krankheit herrscht! Die Krankheit herrscht – und die Gesundheit wird unterdrückt.«

»Ich wollte sagen«, nahm Eva den Faden wieder auf, »wo Krankheit herrscht, gibt es auch Therapie, Hoffnung auf Heilung.«

Mario verzog den Mund. »Und wenn hundert Kranke auf einen Heiler kommen? Ist es da nicht viel wahrscheinlicher, daß sie den Therapeuten krank machen, als daß er die Kranken heilt?«

Diesmal widersprach Eva nicht, wirkte aber auch nicht einverstanden mit Marios Worten. Sie fuhr sich gedankenverloren durchs Haar.

»Ich glaube«, sagte sie schließlich, »daß jeder seelisch oder körperlich Kranke den Wunsch hat, gesund zu werden. Und daß er Hilfe annimmt, wenn man sie ihm auf die richtige Weise anbietet. Du hast gesagt, die meisten Menschen schlafen. Dieser Schlaf ist vielleicht die Ursache ihrer Krankheit. Wenn man sie nur wachrüttelt, könnte man sie vielleicht heilen. Wenn man ihnen bewußt macht, was sie tun. Daß es *ihr* Meer ist, das sie verseuchen. *Ihr* Klima, das sie aus dem Gleichgewicht bringen. *Ihre* Luft, die sie verpesten. *Ihre* Zukunft, die sie aufs Spiel setzen. *Ihr* Leben, das sie vergeuden. Und daß man Geld nicht essen und Macht nicht trinken kann.«

»Glaubst du wirklich«, fragte Mario leise, »daß jeder Kranke den Wunsch hat, gesund zu werden?«

»Ja, ich glaube es.«

»Und wenn es schon zu spät ist? Wenn die Krankheit unheilbar geworden ist?«

Mario fing einen Blick von Eva auf, der ihn verstummen ließ. Ein trauriger, hilfloser Blick, der ihm unter die Haut ging und den er nicht verstand, bis ihm bewußt wurde, daß er sie mit seinen Worten an Lisa erinnert hatte.

In das beklemmende Schweigen platzte der Kellner, dessen Freundlichkeit mit einem Konservierungsmittel behandelt schien. Er brachte die Pizzen und die Getränke.

Sie aßen und tranken schweigend und gingen anschließend zu Evas Wohnung, ohne ihr vorheriges Gespräch fortzusetzen.

Er warf einen Seitenblick auf ihr Gesicht. Sie bemerkte seinen Blick und schenkte ihm ein Lächeln.

Da ist das Leben, dachte Mario, in diesen Augen.

Sie saßen schon eine gute Stunde in Evas Zimmer. Mario hatte auf ihre Bitte hin von seinen Jahren in Rio de Janeiro zu erzählen begonnen.

Indem er sich in diese bunte, ereignisreiche Phase seines Globetrotterlebens zurückversetzte, gelang es ihm, seine Erlebnisse und Eindrücke in Worte zu fassen, deren Intensität und Farbe ihn selbst überraschten. Er spürte Evas Faszination, ihre innere Wachheit. Ihre Nähe war wie ein Licht, das ihm half, in seine Erinnerungen hineinzuleuchten und sie mit treffenden Worten lebendig, gegenwärtig zu machen.

Mario schilderte die krassen Gegensätze zwischen den Armen und Reichen, das verrückte und manchmal gefährliche Chaos des Stadtlebens in Rio, die ansteckende

Lebensfreude der Brasilianer, die beim alljährlichen Karneval Schaulustige aus aller Welt anlockt. Er steigerte sich in einen regelrechten Erzählrausch hinein, aus dem ihn erst Evas Gähnen riß.

Er sah sie leicht vorwurfsvoll an. »Langweile ich dich?«

Sie schüttelte lächelnd den Kopf. »Im Gegenteil. Du erzählst sehr gut, weißt du das? Man hat das Gefühl, richtig dabei zu sein. Ich bin nur in letzter Zeit öfter so müde – seit es Lisa so schlecht geht. Manchmal habe ich so wenig Kraft, daß ich erschrecke. Ich lege mich hin, will ein Buch lesen und schlafe nach ein paar Seiten ein. Und heute war den ganzen Morgen Dauerstreß im Greenpeace-Büro.«

Mario nickte. »Du brauchst dich nicht zu rechtfertigen. Es ist deine Wohnung, und wenn du ein bißchen schlafen willst, gehe ich.«

Sie schüttelte den Kopf. »Nein, bitte bleib – wenn du magst!«

Sie warf ihm einen lieben Blick zu, zog sich die Jeans aus und legte sich unter die Decke.

Nach wenigen Minuten hatte Mario das Gefühl, daß sie eingeschlafen war. Ihr Atem floß sanft und gleichmäßig.

Vorsichtig stand Mario auf und ging auf leisen Sohlen zum Fenster. Draußen fiel Regen aus grauen Wolkenmassen und brachte das Kopfsteinpflaster der Straße zum Glänzen.

Wahllos zog er ein paar Bücher aus dem Regal neben dem Fenster und setzte sich. Doch keins der Bücher konnte sein Interesse länger als ein paar Minuten wach halten, und so stellte er sie ins Regal zurück. Dabei glitt ihm ein Buch aus der Hand und fiel zu Boden.

Eva murmelte etwas Unverständliches und drehte sich auf die andere Seite. Mario stellte erleichtert fest, daß er sie nicht geweckt hatte.

Der Schlaf war für ihn heilig, denn im Schlaf konnte man die Welt vergessen, sich eine andere, bessere Wirklichkeit erträumen und so die Seele trösten und entschädigen für all die Enttäuschungen und Entbehrungen, die ihr von der sogenannten Realität aufgebürdet wurden.

Leider waren die schönen Träume bei ihm schon seit Jahren ausgeblieben. Er träumte in letzter Zeit nur noch wenig. Und wenn er sich mal an einen Traum erinnerte, waren es meist traurige, entmutigende Bilder, die sein Unterbewußtsein produziert hatte: Szenen, in denen er die Rolle des Verlierers spielte und die er möglichst schnell zu vergessen versuchte.

Eva hingegen schien gut zu träumen. Sie lag jetzt so, daß er ihr Gesicht sehen konnte. Es hatte einen entspannten, vertrauensvollen Ausdruck, der einen unwiderstehlichen Reiz auf Mario ausübte.

Während er bewegungslos auf dem Sitzkissen hockte und sein Blick von Evas Gesicht gefesselt war, hatte er das Gefühl, etwas Schönes und zugleich Fragwürdiges zu tun. Nutzte er nicht ihr Vertrauen aus, wenn er sie so intensiv betrachtete – mit einem stetig wachsenden, sehnsuchtsvollen Gefühl, das sein Herz schneller schlagen ließ? Sie sah so faszinierend aus, daß er seinen Blick nicht von ihr lassen konnte.

Wie lange war es her, daß ihn etwas so gebannt hatte wie das Gesicht dieser schlafenden Frau mit dem Ausdruck grenzenloser Schutzlosigkeit?

Mario saß lange und versank immer tiefer in der Betrachtung ihres Gesichtes. Er vergaß alles um sich herum und schließlich sich selbst. Sein besserwisserischer innerer Kommentator schwieg, als hätte er nie ein Wort gesprochen. Es war still in ihm. So still wie lange nicht, wie vielleicht noch nie zuvor.

Er fühlte wieder, daß er lebte – und nahm dieses Gefühl wie eine liebe, langvermißte Freundin dankbar in sein Herz auf. Sein ganzer Körper war entspannt und warm. Etwas in ihm war an den richtigen Platz gerückt worden.

Vorsichtig stand Mario auf und näherte sich mit leisen Schritten der Matratze. Langsam setzte er sich im Schneidersitz vor Eva auf den Boden, ohne den Blick von ihrem Gesicht abzuwenden, dessen Unschuld und Schönheit ihn magisch gebannt hielten. Als wolle er ganz sichergehen, daß dort ein Wesen aus Fleisch und Blut lag, beugte er sich zu Eva hinunter, bis sein Gesicht ganz nah an ihrem war. Mit ungekannter Wachheit nahm er ihre Gesichtszüge in sich auf.

Langsam näherten seine Lippen sich dem Mund der

Schlafenden. Zärtlich und innig küßte er ihn – und fühlte einen warmen Schauer wellenartig durch seinen Körper fließen.

Überrascht und fast erschrocken über die Stärke dieses Gefühls zog Mario seinen Kopf zurück, stand leise auf und hockte sich wieder auf das Sitzkissen, als habe er Angst, Eva könne jeden Augenblick aufwachen und ihn zur Rede stellen.

Warum eigentlich, fragte er sich. Habe ich etwas Verbotenes getan? Habe ich ihr Vertrauen mißbraucht? Ich habe sie lange angeschaut, das ist nicht verboten. Habe ich ihr einen Kuß von den Lippen gestohlen? Nein, ich habe ihr einen Kuß auf die Lippen gegeben. Hätte ich sie um Erlaubnis fragen sollen? Nein, dazu hätte ich sie wecken müssen, und der Schlaf ist heilig. Ich kann mir nichts vorwerfen.

Mario stand auf. Mit einem Lächeln, das ihm selbst nicht bewußt war, blickte er aus dem Fenster auf die glänzenden Häuserdächer. Der Regen hatte an Stärke zugenommen und prasselte aufs Dach – ein Geräusch, das Mario schon immer gemocht hatte. Davon abgesehen waren verregnete Tage nicht seine Sache.

Er hatte sich in den letzten fünfzehn Jahren am liebsten in warmen, sonnigen Ländern aufgehalten. Von einem Strand war er zum nächsten gereist, von einer Insel zur anderen geflogen, in leichter Kleidung, mit wenig Gepäck, braungebrannt und sorglos. Er hatte in Luxushotels gewohnt, in der Sonne gefaulenzt, hatte geschwommen und sich mit Tennis und Surfen fit gehalten. Was für andere die schönsten Wochen des Jahres waren, war sein Alltag gewesen.

Er hatte anderthalb Jahrzehnte lang an den reizvollsten Orten der Welt Urlaub gemacht, um schließlich festzustellen, daß der Aufenthalt in einem angenehmen, sonnigen Klima, daß Sorglosigkeit, Muße und ein dickes Geldpolster zusammengenommen nicht ausreichten, um einen Menschen wirklich glücklich zu machen – zumindest nicht ihn.

Seine Suche nach dem Glück hatte ihm letztlich nichts eingebracht als Enttäuschung, Resignation, Mittellosigkeit und die bittere Erkenntnis der Vergeblichkeit seiner Sehnsucht. Im Grunde hätte er ebensogut in Deutschland bleiben können, denn das Glück kümmerte sich nicht um klimatische oder geographische Gegebenheiten. Es war auf Honolulu nicht leichter zu entdecken als in der norddeutschen Tiefebene. Wahrscheinlich gehörte unglaubliches Glück dazu, das Glück zu finden.

Vielleicht hätte er sich von seinem Lottogewinn besser ein hübsches Haus kaufen und den Rest des Geldes für sich arbeiten lassen sollen. Dann stände er jetzt nicht mit leeren Taschen und ohne Zukunftsperspektive da.

Mario wischte seine Gedanken vom Tisch, für die es ohnehin zu spät war.

Wenn man einen Weg gegangen war, der einen nicht ans Ziel seiner Wünsche gebracht hatte, bereute man gern seine Entscheidung – und vergaß darüber, daß der Weg, den man nicht gewählt hatte, vielleicht auch nicht besser gewesen wäre.

Sein Blick fiel auf zwei beschriebene Blätter auf dem Fenstersims. Er nahm sie in die Hand. Sie trugen den Briefkopf eines Greenpeace-Büros und die Anrede: »Liebe Leserin, lieber Leser!«

Mario las von sterbenden Wäldern, von verseuchten Flüssen und Meeren, vom rapiden Aussterben der Pflanzen- und Tierarten. Jede Stunde, hieß es, sterbe eine Pflanzenart, jeden Tag eine Tierart.

Das Leben zieht sich zurück, dachte Mario, von einer Welt, die der Mensch mehr und mehr unbewohnbar macht. Er wollte nicht weiterlesen und legte die Zettel zurück auf den Fenstersims.

Marios Blick fiel unwillkürlich wieder auf Evas Gesicht. Sofort verschwanden seine Gedanken, und er war erneut ganz Auge. Wie beim ersten Mal ging er völlig im Schauen auf.

Es war für ihn fast ein Schreck, als Eva ihre Augen öffnete, und ihre Blicke sich unvermittelt trafen.

Sie schien von einem Moment auf den anderen hellwach.

»Habe ich lange geschlafen?«

»Nein, nicht so lange.«

»Und du? Was hast du gemacht?«

»Eigentlich habe ich nur dort gesessen und dich angeschaut – dein Gesicht.«

Evas Blick fiel auf den Wecker. »Ich habe fast eine Stunde geschlafen, und du hast mich die ganze Zeit lang angeschaut?«

Mario mußte lächeln. »Naja, fast die ganze Zeit.«

»Ah. Und was hast du noch gemacht?«

»Aus dem Fenster geguckt. Nachgedacht. Ein bißchen gelesen. Und …«

Mario wich Evas Blick aus. Er hatte ganz beiläufig sagen wollen »Und dir einen Kuß auf die Lippen gegeben«, aber im letzten Moment Angst vor seiner eigenen Courage bekommen.

»Und was?« hörte er Evas Stimme.

Mario biß sich auf die Unterlippe. Wann war er zum letzten Mal so verlegen gewesen?

»Du magst es nicht sagen?«

Mario kratzte sich über dem Ohr und nickte. Er vermied es, Eva in die Augen zu schauen.

»Das ist gemein«, sagte sie mit gespielter Entrüstung. »Erst machst du mich neugierig und dann verschlägt es dir die Sprache.«

Mario ging auf ihr Spiel ein: »Ich traue mich nicht.«

Eva lachte. »Er traut sich nicht! Wenn du es nicht sagen magst, zeig es mir! Vielleicht ist es dann leichter.«

Mario zögerte, bevor er sagte: »Gut. Ich zeige es dir. Aber du mußt dich so hinlegen, wie du lagst, als du noch geschlafen hast! Auf der rechten Seite. Mit dem Gesicht zu mir. Ja, so. Und du mußt die Augen schließen.«

Eva schloß die Augen und öffnete sie wieder. »Aber wenn ich sie schließe, sehe ich nicht, was du tust.«

»Das brauchst du auch nicht.« Mario stand auf. »Du mußt sie geschlossen lassen. Du schläfst, sonst kann ich es dir nicht zeigen.«

»Okay.« Eva schloß die Augen. »Ich schlafe. Ich sehe nichts. Kann ich es hören?«

Auf einmal hatte er keine Angst mehr, etwas Falsches zu tun.

»Wer schläft, kann auch nichts hören«, sagte er leise. »Aber du kannst es träumen.«

Langsam ging er auf Eva zu und hockte sich wieder im Schneidersitz vor ihr auf den Boden. Dann beugte er sich zu ihr hinunter. Sie mußte spüren, daß sein Gesicht jetzt ganz nah an ihrem war, mußte seinen Atem auf ihrer Wange fühlen. Ihre Wimpern zuckten leicht, aber ihre Augen blieben geschlossen. Sie schien den Atem anzuhalten. Ihr Gesicht zog ihn wieder in Bann und legte einen wachsenden Zauber auf ihn.

Als er ihre Lippen küßte, fühlte er sich erneut von einem warmen Schauer durchströmt und beglückt. Nur mit Mühe konnte er seinen Mund wieder von ihrem lösen.

Plötzlich öffnete sie die Augen und sah ihn an – mit einem Blick, der ihm unvergeßlich bleiben würde.

Du mußt jetzt aufstehen und zum Sitzkissen zurückgehen, meldete sich eine Stimme in Marios Bewußtsein, damit es so ist wie eben!

Aber er hörte nicht hin.

Er spürte, wie es immer heller und stiller in ihm wurde. Kein Gedanke trübte sein Gefühl, das voller Zärtlichkeit in Evas Blick strömte.

Dann kam ihr lächelnder Mund näher und näher, und Mario war es, als hätte er einen unbeschreiblich schönen Traum. Er schloß seine Augen und fühlte ihre Lippen warm und weich auf seinem Mund – und dann in seinem ganzen Körper.

Sie küßten sich, als gäbe es nichts mehr auf der Welt als ihren Kuß.

Es dämmerte schon, als sie aufstanden und sich ein kleines Abendessen machten. Sie sprachen wenig und schenkten sich immer wieder Blicke voller Zärtlichkeit.

Mario fühlte sich wie neugeboren. Es schien ihm, als habe er noch nie so klar gesehen und empfunden. Er sah Eva immer wieder an und streichelte ihre Augen, ihren Mund, ihre Haare mit seinem Blick. Er spürte ihre Nähe, und sie tat ihm so gut. Sie hatte etwas in ihm berührt und geweckt, das ihm als tot erschienen war. Vielleicht hatte sie es von den Toten erweckt?

Es gibt Türen in uns, dachte Mario, hinter denen unser wahres Leben auf seine Entdeckung wartet. Doch nur ein anderer Mensch kann sie für uns öffnen, mit dem Schlüssel seiner Liebe.

Es war das erste Mal seit langer Zeit, daß Mario das Wort ›Liebe‹ denken konnte, ohne sich von seinem inneren Kommentator eine spöttische oder zynische Zurechtweisung einzuhandeln. Der sonst so schlagfertige Verwalter seiner gesammelten Enttäuschungen war sprachlos. Die letzten Stunden waren anscheinend zuviel für ihn gewesen.

Bleib stumm, alter Zyniker, dachte Mario, und sieh dir an, was passiert. Vielleicht kannst du was lernen.

Eva goß ihm Tee nach. Sein Blick folgte den anmutigen Bewegungen ihrer Hand. Wie war es möglich, daß ein Mensch, daß ein paar Stunden mit einem Menschen so viel verändern konnten?

Als Eva ihr Glas in die Hand nahm, hob er seins und sagte spontan: »Auf das Leben!«

Das Aneinanderstoßen ihrer Gläser ergab einen schönen Klang.

Unvermittelt veränderte sich Evas Gesicht. Eben noch lächelnd, wirkte es auf einmal ernst, ohne daß Mario einen Grund dafür erkennen konnte.

»Eva, was ist?«

»Ich habe total die Zeit vergessen. Und Lisa! Ich habe ihr gestern versprochen, sie heute um sechs Uhr zu besuchen. Es ist bestimmt schon nach sechs!«

Mario drehte sich um und sah auf den Wecker auf dem Regal. »Es ist gleich halb sieben.«

Eva stellte das Glas ab, ohne zu trinken. »Wir stoßen auf das Leben an, während Lisa im Sterben liegt. Und ich vergesse sie!«

Mit beschämtem Gesicht beugte sie sich vor und nahm

Marios Hand. »Ich muß zu Lisa. Ich würde so gern bleiben, doch ich muß gehen. Aber ich komme bald wieder!«

Sie stand auf und schlüpfte in ihre Schuhe. Mario lag die Frage auf der Zunge, ob er sie ins Krankenhaus begleiten könne, aber er sprach sie nicht aus. Wenn Eva wollte, daß er mitkäme, hätte sie es schon gesagt. Er wäre jetzt gern mit ihr zusammengeblieben, verstand aber, daß sie nicht so einfach einen Fremden zu ihrer Großmutter mitnehmen konnte.

Eva zog sich eine Jacke an und setzte sich zu ihm. Sie kuschelte ihren Kopf an seine Schulter und flüsterte: »Wartest du auf mich? Wenn ich weiß, daß du hier bist, wenn ich wiederkomme, fällt mir das Gehen leichter.«

»Ja. Ich bleibe hier. Wenn Lisa enttäuscht ist, daß du so spät kommst, sag ihr, es sei meine Schuld.«

Eva gab ihm einen zärtlichen Kuß auf den Mund.

»Vielleicht ist sie im ersten Moment enttäuscht«, sagte sie, »aber wenn ich ihr erkläre, warum ich mich verspätet habe, wird sie sich für mich freuen.«

Sie umarmten sich. Dann ging sie.

Mario stand auf und stellte sich ans Fenster. Als er Eva unten auf dem Gehweg sah, schaute sie zu ihm hoch, als habe sie seinen Blick gespürt.

Mario machte es sich auf Evas Bett bequem und blätterte in einer Illustrierten. Ein Bericht über den Karneval in Brasilien weckte sein Interesse, erwies sich aber als so oberflächlich geschrieben, daß Mario ihn nicht zu Ende las.

Sein Blick fiel auf einen Schreibblock, auf dem ein Stift lag. Unwillkürlich griff er danach.

Als Eva zurückkam, hatte er rund dreißig Seiten beschrieben. Nur der Anfang war ihm schwergefallen. Dann hatte ein Satz den nächsten ergeben, als käme es beim Schreiben nur darauf an, sein Boot in die richtige Strömung zu bugsieren und sich mit dem Fluß der Gedanken treiben zu lassen. Es war ein faszinierendes Erlebnis, das ihm ein unbekanntes Gefühl der Befriedigung schenkte.

Vielleicht sollte er Bücher schreiben? Er hatte in den letzten fünfzehn Jahren genug gesehen, gehört und erlebt, um damit mehrere Romane zu füllen. Eva hatte ihm gesagt, daß er gut erzählen könne. Und Schreiben war eine Form des Erzählens, von der man leben konnte, wenn man die Leser zu berühren, zu bannen verstand.

Das hatte ihm zumindest der deutsche Reiseschriftsteller verraten, dem er im Flugzeug nach New York und in San Francisco begegnet war – vielleicht doch nicht ganz zufällig?

Mario und Eva begrüßten sich mit einer innigen Umarmung.

»War ich zu lange fort?«

Er schüttelte den Kopf. »Du warst überhaupt nicht fort«, sagte er und lächelte über ihre überraschte Miene. »Du hast neben mir gesessen und mir zugehört. Ich habe dir vom Karneval in Brasilien erzählt. Dreißig Seiten lang. Schau!« Mario zeigte ihr den vollgeschriebenen Block.

Eva blätterte darin, las eine Seite, nickte und lächelte Mario an.

Unvermittelt bekamen ihre Augen einen traurigen Ausdruck.

»Meine arme Lisa«, flüsterte sie.

Mario nahm sie behutsam in den Arm und streichelte ihr Haar. Als habe seine Umarmung eine Anspannung in ihr gelöst, begann sie zu weinen, leise, fast lautlos. Er drückte sie an sich und sagte nichts, stellte keine Fragen.

Nach und nach ließ Evas Traurigkeit nach, und schließlich löste sie sich sanft von ihm, zog Jacke und Schuhe aus und ging ins Badezimmer. Er hörte, wie sie die Dusche anstellte. Auch er ging immer gern unter die Dusche, wenn ihn etwas bedrückte oder traurig gemacht hatte.

Er las, was er während Evas Abwesenheit geschrieben hatte.

Rio, die verrückteste, widersprüchlichste und lebendigste Stadt der Welt wurde wieder für ihn fühlbar, greifbar. Er meinte fast, ihre bunten Geräusche und exotischen Gerüche hören und riechen zu können, als er von den Menschen im Samba-Fieber las, deren Tanz vor Erotik, Musikalität und Temperament sprühte.

Das waren die Fassaden, die auch der seichte Illustrierten-Artikel beschrieb. Aber man mußte hinter die Kulissen geblickt und gesehen haben, mit welcher Schamlosigkeit die Reichen in Rio ihren Wohlstand zur Schau stellten, während die Armen um ihre nächste Mahlzeit kämpften. Man mußte den sozialen Sumpf aus Not, Kriminalität und Analphabetismus kennengelernt haben, um seine phantastischen Blüten, die sich zur Zeit des Karnevals im ganzen Land entfalteten, wirklich verstehen und bewundern zu können. Denn sie waren ein ganz großes Trotzdem, ein Sieg der Lebensfreude, ein Triumph der Erotik und des Lachens über eine bedrückende soziale Realität.

Mario legte den Block beiseite, stand auf und ging zum Fenster. Es regnete noch immer. Unten auf der Straße liefen Menschen unter Schirmen vorbei.

Hier haben fast alle ein Dach über dem Kopf und genug zu essen, dachte Mario, das soziale Netz gilt als eins der besten der ganzen Welt. Doch wenn man durch die Straßen geht, begegnen einem auf Schritt und Tritt Menschen, die ein Gesicht machen, als sei das Leben eine einzige Zumutung. Aber sie täuschen sich. Es gibt Hoffnung, und Sehnsucht nach dem Glück ist kein anderes Wort für Illusion.

Vielleicht konnte gerade er, der seine Hoffnung schon so gut wie aufgegeben hatte, diese Botschaft den Menschen glaubwürdig vermitteln.

In diesem Augenblick entschied er sich, über seine Reisen zu schreiben, über seine abenteuerliche Suche nach dem Glück, das er auf der ganzen Welt gesucht – und schließlich in derselben Stadt gefunden hatte, wo seine Odyssee um den Globus vor fünfzehn Jahren begonnen hatte.

Mario hörte ein Geräusch und wandte sich um.

Eva stand im Türrahmen und sah ihn an. Sie war nackt, ihre Haare noch naß. Auf ihren Lippen lag ein bezauberndes Lächeln.

Als er sie ansah, schien es ihm, als sei sie ein Geschenk, das er nicht verdient hatte. Er wollte etwas sagen, doch sie hob die Hand und legte ihren Zeigefinger auf die Lippen.

Langsam ging sie auf ihn zu.

Meistens dann

Wer sich ein bestimmtes
Bild von der Liebe macht
und sich auf die Suche danach begibt,
wird manches finden,
aber nicht die Liebe.
Liebe ist größer als jedes Bild,
das wir uns von ihr machen können,
und wir finden sie meistens dann,
wenn wir sie nicht suchen.

Eine seelische Überraschung

Du mußt frei sein,
wenn du der Liebe begegnen willst,
frei von Erwartungen,
Vorstellungen und Ansprüchen.
Liebe ist in ihrem innersten Kern
eine seelische Überraschung.
Wer sie zum Gegenstand
eines Planes macht,
hat ihr Wesen nicht verstanden.

Um deiner selbst willen

Jemand zeigt Interesse für dich.
Ist es ein echtes, das deiner Person gilt?
Oder ist es ein berechnendes,
das deiner Funktion gilt?
Bist du als der Mensch gefragt,
der du bist, oder sollst du die Rolle spielen,
die der andere von dir erwartet?

Manche Menschen suchen
ihre Freunde und Partner
nicht mit offenem Herzen,
sondern mit berechnendem Verstand –
und messen ihren Wert daran,
inwieweit sie ihnen von Nutzen sein können.

Laß dich nie zu einem Nutzmenschen degradieren.
Wirst du nicht um deiner selbst willen geliebt,
sondern um einen bestimmten Zweck zu erfüllen,
läßt du dich mißbrauchen.

Unfreiwillige Befreiung

Viele Menschen sind Egoisten,
die Liebe brauchen.
Aber es ist schwer für einen Egoisten,
einen anderen Egoisten zu lieben.
Es gelingt im Grunde nur dann,
wenn die Liebe so stark ist,
daß sie den Egoismus außer Kraft setzt.

Ein großer Teil des Glücks,
das wir in der Liebe erleben,
entsteht aus dieser unfreiwilligen
Befreiung vom Egoismus,
dessen Last wir uns erst bewußt werden,
nachdem wir sie abgeworfen haben.

Ziehe keine Grenzen

Schickt das Schicksal
dir einen Menschen,
der für dich wertvoll werden könnte,
schrecke ihn nicht dadurch ab,
daß du von vornherein Grenzen
zwischen dir und ihm ziehst,
auf welcher Ebene auch immer.
Gerade wenn er
wirklich daran interessiert ist,
dich kennenzulernen,
wird deine Weigerung,
ihm bestimmte Bereiche deines Wesens
vorzuenthalten oder zu verbieten,
sein Interesse reduzieren oder zerstören.

Wer möchte schon gern
eine seelische Landschaft erkunden,
in der ihm gleich
bei den ersten Schritten
ein Verbotsschild oder ein Zaun zeigt,
daß er es mit einem
innerlich unfreien Menschen zu tun hat,
den die Angst vor einer
grenzenlosen Begegnung plagt?

Sonne und Liebe

Die Sonne scheint immer,
auch wenn wir sie nicht sehen,
weil sie von Wolken verdeckt ist.

Das Licht der Liebe strahlt immer,
auch wenn wir es nicht sehen –
nicht, weil die Liebe sich versteckt,
sondern weil wir uns
vor ihr verstecken.

Wie soll es weitergehen

Ein Mann gestand seiner Frau, daß er seit einem Jahr eine heimliche Geliebte habe.

Dadurch fühlte seine Frau sich ermutigt, ihrem Mann zu gestehen, daß sie seit zwei Jahren einen heimlichen Geliebten habe.

»Und wie soll es jetzt mit uns weitergehen?« fragte der Mann seine Frau.

»Wie bisher. So hat es doch ganz gut geklappt«, antwortete sie. »Und ohne dieses lästige Versteckspiel kann es doch nur besser werden.«

»Oder seinen Reiz verlieren«, meinte der Mann.

Szene einer Ehe

Ein Mann kam überraschend einen Tag früher als geplant von einer Reise zurück und fand seine Frau mit einem anderen Mann im Bett vor.

Als er seine Gefühle in den Griff bekommen hatte, sagte er: »Ich freue mich, daß ihr euch liebt. Und auch wenn ihr euch nicht liebt, freue ich mich, daß ihr ein paar schöne Stunden zusammen verbringt. Denn das Leben ist schwer und kurz, und man muß jede Gelegenheit nutzen, es zu genießen. Bitte entschuldigt die Störung.«

Dann verließ er das Haus.

»Siehst du?« sagte seine Frau zu ihrem Geliebten, »wie ich es dir gesagt habe – mein Mann ist eine Flasche.«

Bleibe offen

Wir alle sind gebrannte Kinder
und wurden schon enttäuscht und verletzt.
Viele werden deshalb ängstlich
und verhärten sich,
ziehen einen Zaun um ihr Herz
und eine Mauer um ihre Seele.

Bleibe offen und befürchte nicht ständig,
daß deine Enttäuschungen
sich wiederholen werden –
denn es ist möglich,
daß du schon morgen
einem Menschen begegnest,
der dir so viel Gutes gibt,
daß er damit deine schlechten Erfahrungen
entkräftet und in Frage stellt.

Die Liebe zum Leben

Eine der wichtigsten Antworten
auf die Gewalt und den Haß
in dieser Welt ist die Liebe zum Leben.
Sie umarmt die ganze Schöpfung,
von der kleinsten Blume bis zum höchsten Berg,
vom tiefsten Tal bis zum Sternenhimmel.
Sie ist ein starker Damm gegen
die Sturmflut des Schreckens und Entsetzens.
Es gibt so viel Liebenswertes,
wenn du nur deine Augen dafür öffnest.

Wer darüber klagt, daß es so wenig gibt,
das sich lieben läßt,
sollte sich der Frage stellen,
ob nicht vielleicht
seine eigene Liebesfähigkeit verkümmert ist –

denn Augen, in denen Liebe strahlt,
entdecken überall Schönes und Wunderbares.

Je mehr Gutes wir geben

Wir schulden uns so viel Verständnis,
Mitgefühl und Zärtlichkeit,
aber haben dies offensichtlich vergessen.
Wir beweisen Egoismus,
Entschlossenheit und Durchsetzungsvermögen
und vergrößern damit unsere Unterlassungsfehler.
Wir streiten über Dinge,
die wir mit einem Schmunzeln abtun sollten.

Wer unser aller Zusammenleben verbessern will,
muß bei sich selbst anfangen,
muß sich selbst verbessern.
Nichts ist überzeugender
als ein lebendiges Beispiel.

Nichts inspiriert uns so sehr zur Liebe
wie ein Liebender.
Nichts erweckt unser Mitgefühl so gut
wie ein mitfühlender Mensch.
Nichts macht uns so zärtlich
wie eine zärtliche Hand.

Je mehr Gutes wir geben,
desto mehr Gutes werden wir empfangen.
Je mehr Gutes wir empfangen,
desto mehr Gutes werden wir geben.

Je mehr man fühlt

Romantiker
ist ein Wort,
das selbsternannte Realisten gern
zur Bezeichnung von Menschen verwenden,
die für ihr Empfinden zu viel empfinden.
Dabei kann man
gar nicht genug empfinden,
denn je mehr man fühlt,
desto mehr spürt man,
daß man lebt.

Ein Leben,
das man nicht in seiner ganzen Fülle,
seinem ganzen Reichtum
an Möglichkeiten fühlt,
ist ein beschränktes, ängstliches,
im schlimmsten Fall ungelebtes Leben.

Versuche es

Ein glücklicher Mensch wirkt sehr attraktiv.
Viele versuchen, sich ihm zu nähern,
weil sie sich davon erhoffen,
daß sein Glück sich auf sie überträgt.
Sie verlieben sich in ihn,
weil sein Glück sie unwiderstehlich anzieht.

Bist du unglücklich,
ergreifen die Menschen gern die Flucht vor dir.
Gerade dann, wenn du sie am nötigsten brauchst,
wollen sie am wenigsten von dir wissen.

Suche die Liebe nicht, um glücklich zu sein.
Versuche lieber glücklich zu sein,
und die Liebe sucht und findet dich.
Sag nicht, das sei leichter gesagt als getan –
sonst ist es nie getan.

Liebe und Egoismus

Wirkliche Liebe ist frei von Berechnung
und stellt keine Bedingungen.
Wer bestimmte Vorstellungen
von einem Menschen hat,
den er lieben will,
sucht nicht die Liebe,
sondern die Befriedigung seiner Ansprüche.
Er denkt und handelt egoistisch,
während die Liebe gerade
den Egoismus schwächt,
indem sie ihm seine
einschränkende Art bewußt macht.

Die Liebe und die Ehe

»Du verstehst mich nicht«, sagte die Liebe zur Ehe, »du machst mich zum Gegenstand eines Vertrags, eines behördlichen Vorgangs, eines amtlichen Papiers, das du unter Zeugen unterschreiben läßt, als würdest du mir nicht trauen.«

»Aber nein«, widersprach die Ehe, »gerade weil ich dir traue, werde ich geschlossen. Gerade weil ich glaube, daß du dem Wechsel der guten und schlechten Zeiten standhalten wirst, existiere ich. Denn die Liebenden willigen in meinen Bund ein, weil sie ein Leben lang zusammenbleiben wollen.«

Die Liebe lächelte. »Was Liebende wollen, hat noch nie eine Bedeutung für mich gehabt. Ich komme und gehe, wann es mir beliebt, und keine Fesseln, keine Ketten, keine Dokumente und Vertragsunterschriften können mich halten, wenn ich es nicht mehr aushalte. Eine Heirat mag manche Wirkungen haben, aber nicht auf mich.«

»Du hältst dich wohl für etwas Besseres!« warf die Ehe verärgert der Liebe vor.

Die Liebe antwortete: »Ich bin etwas *anderes*. Du bist eine Erfindung der Gesellschaft, ich bin ein Bedürfnis des

Herzens, eine Kraft der Seele. Ich bin ursprünglich, wesentlich, natürlich. Du bist etwas Künstliches. Ich bin ein rauschendes Fest der Gefühle. Du bist eine nüchterne Institution.«

»Und warum gehen dann so viele Menschen meinen Bund ein?« fragte die Ehe.

»Ich habe es dir schon gesagt: Weil sie mich nicht verstehen«, erwiderte die Liebe. »Die Gesellschaft hat nicht an *mich* gedacht, als sie dich erfand, sondern an ihren eigenen Nutzen. Sie hat nicht verstanden, daß man mich nicht vor den Karren einer Einrichtung, daß man mich vor *keinen* Karren spannen darf, weil man mir damit meine Freiheit nimmt – und ohne Freiheit bin ich nur noch ein Schatten meiner selbst.«

»Aber was so viele Menschen auf der ganzen Welt seit Jahrtausenden tun, kann nicht falsch sein«, wandte die Ehe ein.

»Doch«, sagte die Liebe, »denn sie führen auch seit Jahrtausenden Kriege.«

»Was sollten die Menschen«, fragte die Ehe, »deiner Meinung nach tun, um dich besser zu verstehen?«

»Sie sollten meine Freiheit achten«, sagte die Liebe. »Sie sollten erkennen, daß ich ihnen keine Sicherheit bieten, keine Zukunft garantieren, daß ich ihnen nichts versprechen kann. Ich halte die schönsten Geschenke für sie bereit, die das Leben zu vergeben hat, aber wenn sie beginnen, sie von mir zu fordern, werde ich sie ihnen verweigern. Ich entfalte mich am besten und schönsten in einem Klima des Vertrauens, und wenn zwei Liebende einen Ehevertrag abschließen, kann ich nur traurig den Kopf schütteln, denn wer mich zum Gegenstand einer amtlichen Vereinbarung macht, beleidigt mich, verkennt mich, weiß nicht, wer ich wirklich bin.«

»Kannst du denn gar nichts Gutes an mir finden?« fragte die Ehe.

»Das Gute an dir«, sagte die Liebe, »ist deine Hintertür, die man im allgemeinen Scheidung nennt.«

»Du gehst nicht besonders lieb mit mir um«, warf die Ehe der Liebe vor.

»Tu doch nicht so, als sei dir an mir gelegen«, erwiderte die Liebe. »Du willst nicht *mich*, du willst Sicherheit. Ich habe Glück zu vergeben, aber keine Sicherheit zu bieten. Du suchst Beständigkeit. Ich habe das wahre Leben zu verschenken, aber mit Beständigkeit kann ich nicht dienen. Du gibst in meinem Namen den Menschen Versprechen, die ich nicht halten kann, erweckst in ihnen Illusionen, die ich schweren Herzens zerstören muß. Wie sollte ich da lieb mit dir umgehen können?«

»Weil du die Liebe bist«, sagte die Ehe. »Du mußt immer lieb sein.«

»Nein«, sagte die Liebe, »ich muß immer ich selbst sein.«

Umarmungen

Deine Umarmungen
haben den Winter
lächerlich gemacht.
Meine Stiefel hinterlassen
eine flache Spur im Schnee,
die Kälte macht
den Atem sichtbar –
doch um mein Herz
ist sonniger Süden.

Die Straßen sind vereist –
ich bin verreist
ins warme Klima
deiner Seelenlandschaft.

Woher ich kam,
weiß ich nicht mehr.

Wo ich jetzt bin,
gehöre ich hin,
denn meine Heimat ist,
wo Liebe wächst.

Im Bann des Abends

Leuchten will ich mit dir,
funkeln im Bann des Abends,
den Sternen glitzernde
Botschaften schicken,
wortlos, wunschlos,
im Augenblick geborgen,
unzerstörbar, unbesiegbar –
solange der Zauber wirkt.

Kussdialog

Laß uns sterben
vor Glück,
sagte dein Kuß,
denn im Leben werden wir
dieses Gefühl verlieren.

Laß uns leben
vor Glück,
antwortete mein Kuß,
denn sterben können wir immer noch,
wenn wir dieses Gefühl
verloren haben.

Im Freien

War das schon so,
bevor ich dich kannte,
daß mir der Herbstwind
mit seinen kühlen Händen
so feurig durch die Haare fuhr
und Wolken mit den
verschwenderischen Farben
des Sonnenuntergangs
mir Bilder malten,
die mein Herz im Betrachten
schwerelos vor Entzücken machten,

als ich im Freien stand
und nicht mehr wußte,
wer ich war –
ohne mich zu vermissen.

Leicht

Pure Lebensfreude
funkelte aus deinen Augen,
als unser Lächeln eins wurde
und uns über die
Grenzen des Alltags trug,
als seien wir
leicht wie Luft,
leicht wie ein
ungedachter Gedanke,
leicht wie ein wirklich
werdender Traum.

Im Mondlicht

Wir gingen langsam
im Mondlicht über die Hügel.
Das Rauschen des Meeres
drang zu uns hinauf,
der prächtige Sternenhimmel
verzauberte unsere Schritte,
die Sommerluft duftete
nach purem Leben.

Ich habe dir nicht gesagt,
daß ich mich
wie neugeboren fühlte,
daß ich glücklich war.
Ich habe geschwiegen
und ich werde immer schweigen,
wenn ich an diese Nacht denke.

Ich werde die Augen schließen,
das Zirpen der Grillen hören
und deine Hand in meiner fühlen.

Nicht genug

Intelligenz ist nicht genug,
wenn Weisheit fehlt.

Optimismus ist nicht genug,
wenn Kraft fehlt.

Leben ist nicht genug,
wenn Zauber fehlt.

Freundschaft ist nicht genug,
wenn Vertrauen fehlt.

Liebe ist nicht genug,
wenn Mut fehlt.

Ich bin nicht genug,
wenn du fehlst.

Reiner Urlaub

Das Zusammensein mit dir
ist reiner Urlaub
von der Alltäglichkeit.

Nach ein paar Stunden
in deiner Gegenwart
kehre ich erholt und entspannt
in meine Welt zurück
und sehe alles mit anderen,
besseren Augen –

weil sie in deine gesehen haben.

Die Geschichte davor

Ihre Küsse wurden länger, ihr Atem schneller.

Jan zog sich das Hemd über den Kopf und machte sich an den Knöpfen von Marias Bluse zu schaffen.

»Noch nicht«, sagte sie und schob seine Hand zärtlich zurück, »erst die Geschichte!«

Jan stöhnte und ließ sich auf das Bett sinken. »Du immer mit deiner Geschichte!«

»Komm, Jan! Sei doch nicht so«, forderte sie, »du schöpfst doch aus dem vollen.«

Er teilte ihre schmeichelhafte Einschätzung seiner Fähigkeiten keineswegs, weil er definitiv aus dem leeren schöpfte und jedesmal heilfroh war, wenn er eine seiner kleinen Stegreifgeschichten über die Bühne gebracht hatte.

Doch das behielt er für sich, denn Maria hielt ihn für einen begnadeten Spontanerzähler, und jeder neue Beweis seines Talents hatte eine erotisierende Wirkung auf sie. Mehr noch, es war ihm überhaupt nur möglich, sie zu verführen, wenn er ihr vorher eine kleine Geschichte erzählte. Aber damit nicht genug: Die Geschichte mußte auch gut sein, was hieß, Maria mußte sie gut finden. Und Maria war unberechenbar.

Die Stegreifgeschichte war also der erste Schritt der Verführung, und wenn er mißlang, durfte Jan Maria nur platonisch lieben. Einmal hatte ihr eine Story überhaupt nicht gefallen, sie hatte sogar gegähnt und war dann von einem Moment auf den anderen eingeschlafen; sie eine Spontaneinschläferin, er ein Spontanerzähler, da hatten sich die richtigen gefunden, aber es war alles seine Schuld, schließlich hatte er damit angefangen.

»Also«, sagte Maria, legte sich auf den Rücken und schloß die Augen: »Ich bin ganz Ohr.«

Er überlegte kurz und entschied sich, ihr diesmal eine wahre Begebenheit aus seinem Leben zu erzählen, die noch nicht allzu weit zurücklag: »Ich kam ihr auf dem Gehweg entgegen. Blonde Haare, klein, schlank. Ich glaube, auch hübsch. Liebe, neugierige, fröhliche Augen, die keine Angst vor meinen zeigten. Es ging alles ganz schnell. Wir lächelten uns an. Dann waren wir aneinander vorbei. Nach ein paar Schritten blieb ich stehen und drehte mich um. Im selben Augenblick tat sie das gleiche. Und wieder das lächelnde, spontane Einverständnis unserer Blicke. Dann ging sie über die Straße. Als sie den gegenüberliegenden Bürgersteig erreicht hatte, begann sie schnell zu laufen, als müßte sie eine Straßenbahn erwischen. Aber da war keine Straßenbahn. Sie lief fort vor dem, was zwischen ihr und mir aufgeleuchtet war. Nach vierzig, fünfzig Metern blieb sie stehen und drehte sich noch einmal zu mir um. Sie fühlte sich jetzt sicher. Ich winkte. Sie winkte zurück.«

»Hm«, machte Maria, »die war gut.«

Sie öffnete die Augen und schenkte ihm einen zärtlichen, verheißungsvollen Blick.

Und er wußte, daß er es wieder einmal geschafft hatte.

Was wir brauchen

Kein Mensch
kann sich entfalten
ohne Liebe und Inspiration.
Wir müssen uns Wärme,
Wohlwollen, Zärtlichkeit
und Verständnis schenken,
damit unsere Seelen
nicht verarmen.

Kopf und Herz

Der Kopf hat
schon viele überheblich,
einige bedeutend,
und noch niemanden
glücklich gemacht.

Das Herz hat
noch niemanden überheblich,
einige bedeutend
und schon viele
glücklich gemacht.

Entlastungsvorschlag

Warum so viel
dem Zufall überlassen?
Der ist ohnehin überlastet
von der Unzahl
unerfüllter Sehnsüchte.

Wenn wir endlich
all das Schöne tun,
wovon wir nur
zu träumen wagen,
wird es traumhaft schön
zwischen uns zugehen.

Den Liebenden

Man sollte nie
um etwas kämpfen,
das nur als Geschenk
wirklichen Wert hat.

Die wertvollsten Geschenke
lassen sich nicht erkämpfen.
Das Leben gibt sie
seinen Lieblingen –
den Liebenden.

Immer die Liebe

Am wichtigsten
ist die Liebe,
immer die Liebe.

Alles andere ist
nebensächlich,
Mittel zum Zweck,
und darf niemals
Selbstzweck werden.

Das Leichtere

Es ist leichter zu denken
als zu fühlen –
leichter, Fehler zu machen,
als das Richtige zu tun.

Es ist leichter zu kritisieren
als zu verstehen –
leichter, Angst zu haben,
als Mut.

Es ist leichter zu schlafen
als zu leben –
leichter zu feilschen,
als einfach zu geben.

Es ist leichter zu bleiben,
was man geworden ist,
als zu werden,
was man im Grunde ist.

Konsequenz

Eine Frau sagte zu ihrem Freund, der heimlich in sie verliebt war: »Ich kann mit dir so gut über Gefühle reden.«

Da nahm er seinen ganzen Mut zusammen und gestand ihr: »Ich würde lieber Gefühle mit dir erleben.«

»Du sprichst so nackt«, sagte sie, »das macht mich verlegen.«

»Du schweigst so verhüllt«, war seine Antwort, »das macht mich verwegen.«

Unverhofftes Eheglück

Ein Mann betrog heimlich seine Frau. Eines Tages entdeckte sie es durch einen Zufall, verheimlichte aber ihrem Mann ihre Entdeckung und fand bald einen Liebhaber, der ihr gut genug gefiel, um ihren Mann heimlich mit ihm zu betrügen. So, meinte sie, war das Gleichgewicht wiederhergestellt.

Doch in Wahrheit war sie im Vorteil, denn sie wußte, daß ihr Mann sie betrog und sie ihn, während ihr Mann nur wußte, daß er sie hinterging, aber nicht, daß sie ihm Hörner aufsetzte.

Sie hatte also einen Informationsvorsprung ihm gegenüber, der ihr ein angenehmes Gefühl der Überlegenheit gab. Und wenn sie ehrlich war, mußte sie sich eingestehen, daß sie noch nie so glücklich in ihrer Ehe gewesen war.

Unhaltbar

Kein Glück ist von Dauer,
aber auch kein Unglück –
die Vergänglichkeit ist
eine zuverlässige Kraft.
Doch das ist kein
Grund zur Resignation,
sondern ein zusätzlicher Reiz,
das Glück gänzlich
zu genießen,
gerade weil es sich
nicht halten läßt.

Nur mit Liebe

Nur was man dir
mit Liebe gibt,
kann deine Seele erreichen.

Alle anderen Geschenke,
so schön sie auch sein mögen,
werden nie wirklich
dein Innerstes berühren.

Stärker als die Zeit

Echte Liebe
verzaubert, vergibt,
steht von den Toten auf,
ist stärker als die Zeit.

Echte Liebe
schenkt Freude und Kraft,
schafft das Unmögliche,
könnte Bäume ausreißen,
würde aber nicht einmal
eine Blume pflücken.

Sag es ihnen

Sage den Menschen,
die du magst und liebst,
lieber dreimal zuviel
als einmal zu wenig,
daß sie dir viel bedeuten
und daß dein Leben
ärmer wäre ohne sie.

Die beste Botschaft

Worte sind Boten,
die wir benutzen,
um den Abstand
zwischen uns
zu überbrücken.

Wirklich nah
sind wir uns erst,
wenn die Boten
überflüssig sind,
weil Nähe die
beste Botschaft ist.

Dein Besuch

Ich sah Licht
in deinen Augen,
das funkelnde Leben
in deinem Gesicht,
die unbändige Freude
in deinem Lachen.

Ich sah Sinn
in deiner Nähe,
tiefe Klarheit
in deinen Gedanken,
spürte die Schönheit
deiner Nähe beim Abschied.

Dein Besuch war ein Geschenk,
das mich reich gemacht hat.

Was es heisst zu lieben

Amelie war gegen acht Uhr zu Julian gekommen. Sie saßen zusammen am Wohnzimmertisch.

Wie immer, wenn sie sich trafen, veränderte sich ihr Lebensgefühl nach kurzer Zeit, wurde intensiver und zugleich zarter, und ihre Worte gewannen an Wesentlichkeit.

So war es von Anfang an zwischen ihnen gewesen. Es war ihnen unmöglich, ein oberflächliches Gespräch zu führen. Waren sie sich nah, zog es sie unwiderstehlich in die Tiefe, ins Herz des Lebens, und sie taten nichts lieber, als sich dieser Anziehungskraft hinzugeben.

Seit einem Monat kannten und liebten sie sich, und nicht zum ersten Mal in dieser Zeit wurde Julian bewußt, daß Liebe mehr bedeutete, als er sich vorgestellt hatte.

»Woran denkst du?« fragte Amelie.

»Daran, was es heißt zu lieben«, erwiderte Julian.

»Und was heißt es?«

»Ich habe mir nur die Frage gestellt, aber noch keine Antworten gegeben. Vielleicht weißt du sie?«

Amelie lächelte. »Lieben bedeutet, das Größte und Schönste in dem geliebten Menschen zu entdecken, das Wesentliche – aber auch zugleich das Kleinste, Unbedeutendste, eigentlich: den anderen entdecken, wie er ist – und diese Entdeckungsreise genießen. Dabei erkennt man auch immer mehr von sich selbst.«

»Inwiefern?« fragte Julian, obwohl er wußte, was Amelie meinte – aber er wollte es mit ihren Worten hören.

»Indem man den anderen kennenlernt, lernt man sich selbst kennen, weil der andere Dinge in einem widerspiegelt, die man selbst nicht sieht und erst durch die Widerspiegelung entdeckt – bis man allmählich lernt, sie mit eigenen Augen zu erkennen.«

»Dann ist Liebe eine gegenseitige innere Erkenntnishilfe?«

»Es gibt keine bessere«, sagte Amelie. »Aber im Grunde ist das nicht das Wichtigste. Lieben heißt einfach: glücklich sein, weil es den anderen gibt. Wunschlos sein.«

»Gestern«, brach Julian das zwischen ihnen entstandene Schweigen, »ging mir ein bestimmter Song durch den Kopf. Und zwei Minuten später hast du angefangen, ihn zu singen. Oder – weißt du noch, wie wir einmal im selben Moment genau dieselben Worte sagten, obwohl sie alles andere als naheliegend waren?«

Amelie nickte.

»Vielleicht«, sagte Julian, »öffnen sich in der Liebe die Grenzen zwischen zwei Menschen nicht nur seelisch, sondern auch geistig. Vor ein paar Tagen dachte ich an einen schönen Urlaub am Meer zurück, und du fragtest mich unvermittelt, was ich davon halten würde, im Sommer mit dir ans Meer zu fahren.«

»Vielleicht ist dadurch, daß unsere Seelen sich füreinander geöffnet haben, auch eine Tür zwischen unseren Dachstübchen aufgegangen. Und durch die spazieren unsere Gedanken jetzt munter ein und aus«, erwog Amelie mit einem Schmunzeln.

»Das ist das Ende der geistigen Privatsphäre!« rief Julian mit gespielter, tragischer Miene. »Wo soll das hinführen? Am Ende kann ich keinen Gedanken mehr denken, den du nicht liest!«

»Wäre das so schlimm?«

Julian lachte. »Nicht wirklich.«

Amelie hob ihren Blick und schaute Julian lächelnd an. Ihr Lächeln wurde noch inniger, als sie sagte: »Ich werde niemanden wieder so lieben können wie dich. Das weiß ich ganz sicher. Deshalb verschwende ich mich so sehr.«

»Hast du das Gefühl, dich zu verschwenden?« fragte er.

»Ich habe das Gefühl, daß ich mich noch viel mehr verschwenden möchte ... Ich wußte schon immer, daß mein Schicksal mich mag, aber als es mich zu dir führte, hat es sich selbst übertroffen.«

Julian spürte der Wirkung von Amelies Worten in sich nach. Er war kein Freund bedeutungsschwerer Liebeserklärungen, aber wenn Amelie von ihren Gefühlen für ihn sprach, tat sie es immer mit einer solchen Natürlichkeit, daß in Julian nicht das geringste Empfinden von Unbehagen aufkam, das ihn sonst gern angesichts großer Worte befiel. Im Gegenteil – er empfand nichts als helle Freude.

»Bei allen Männern, die ich vor dir kannte«, sagte Amelie, »fehlte etwas Entscheidendes, und manches an ihnen gefiel mir überhaupt nicht. Bei dir fehlt mir nichts, es ist alles da. Ich liebe einfach alles an dir, es kommt mir vor wie ein Wunder ... Vielleicht liegt der Grund darin, daß ich mich dir innerlich verwandt fühle. Ich kann dein Wesen ganz in mich aufnehmen, ich habe keine Widerstände gegen dich. Es ist, als würden unsere seelischen Wellen in die gleiche Richtung laufen. Ich kann einfach ja zu dir sagen – zu allem, was in dir ist, zu allem, was du bist – ohne Einschränkungen. Zum ersten Mal überhaupt.«

Während Amelie sprach, schaute sie in das Licht der Kerzen auf dem Tisch. Ihre Stimme war leise und intensiv. In Julians Bewußtsein existierte nichts anderes mehr als ihre Stimme. Er hörte ihre Worte nicht, er verleibte sie sich ein wie Nahrung, Seelennahrung.

»Ich hätte nie gedacht, daß so etwas möglich ist, weil ich es nie erlebt habe, obwohl ich unbewußt ständig danach suchte«, sprach sie weiter. »In meinen früheren Beziehungen waren immer Zweifel mit im Spiel. Ich habe öfter von Männern das Angebot bekommen, mich ganz auf sie einzulassen, aber ich habe mich jedesmal zurückgehalten. Ich spürte, daß sie nicht wirklich zu mir paßten, auch wenn ich sie in bestimmten Situationen geliebt habe oder in gewissen Aspekten ihres Wesens. Aber immer hat etwas gefehlt. Innerlich war nicht genug da, um ganz darin aufgehen zu können … Ich habe mich diesen Männern gegenüber oft überlegen gefühlt – andererseits waren sie mir wiederum in mancher Hinsicht überlegen.«

Amelie strich sich eine Haarsträhne aus der Stirn. »Ich glaube, diese Empfindungen beruhten im Grunde auf meiner Unsicherheit und Unzufriedenheit. Wenn man zufrieden ist und sich aufgehoben fühlt, dann fragt man sich nicht, ob man dem anderen überlegen oder unterlegen ist, dann ist man einverstanden mit seiner Position und hört auf zu werten und abzuwägen … Aber ich habe auch manches gelernt in diesen Beziehungen. Manchmal kommt mir meine ganze Vergangenheit wie eine Vorbereitung auf unsere Liebe vor – wie eine Schule, die ich Stufe für Stufe durchlaufen mußte, um reif für uns zu werden. Andererseits hätte ich dich gern schon früher kennengelernt. Aber ich glaube, daß alles schon richtig so war, weil ich durch diese Beziehungen reicher und bewußter geworden bin.«

Amelie schüttelte langsam den Kopf, mit einem Gesichtsausdruck, als würde sie sich über sich selbst wundern. »Ich möchte eigentlich am liebsten gar nicht mehr über meine Vergangenheit sprechen. Ich bekomme mehr und mehr ein ungutes Gefühl dabei, weil – was hat unser Leben mit meiner Vergangenheit zu tun? Ich bin heilfroh, daß sie vergangen ist, daß mich mit ihr nicht mehr verbindet als Erinnerungen! Was zählt, ist unsere Gegenwart.«

»Ich empfinde genauso«, sagte Julian. »Es wäre wunderbar, wenn man jeden Augenblick so leben könnte, als gäbe es keine Vergangenheit.«

Er sah Amelie mit hellwachen Augen an. Sie erwiderte seinen Blick, und plötzlich mußten sie beide lachen – laut, übermütig, ohne eigentlich zu wissen, warum. Etwas in ihrem Blickaustausch war von einer solchen Heiterkeit und Freude gewesen, daß der Überfluß ihrer Gefühle füreinander in einem ausgelassenen Lachen seinen eigenen Reichtum feiern mußte.

Als die letzten Wellen ihres Lachanfalls verebbt waren, sah Julian Amelie ins Gesicht. Er schaute und schaute, und ohne es bewußt wahrzunehmen, lächelte er ungläubig, als könne er es nicht fassen, daß so viel Glanz sich auf ein einziges Gesicht konzentrieren konnte – und daß er es war, den die großen, sanften Augen dieses Gesichtes voller Liebe anstrahlten.

»Es ist mir immer wieder ein Rätsel«, hörte er sich plötzlich leise sagen, »daß du mich so sehr liebst. Ich bin schon einige Male geliebt worden, aber noch nicht so, mit einer solchen Bedingungslosigkeit.«

»Ich habe von Anfang an gewußt, daß diese Liebe in mir nur für dich bereit war. Du bist der Mann, zu dem meine Liebe paßt. Einfach indem du bist, wie du bist.«

Julian lächelte. »Das ist zu schön, um wahr zu sein.

Es klingt wie ein Märchen. Sag, daß es Wirklichkeit ist.«

Amelie gab Julian einen Kuß mit ihren Augen. »Es ist ein Märchen, aber ein wahres. Kennst du den alten Indianerglauben, daß irgendwo auf der Welt ein Mensch lebt, der auf dich wartet, ganz nah oder ganz weit entfernt? Irgendwo ist jemand, der sich so sehr nach dir sehnt, wie du dich nach ihm. Der genau zu dir paßt. Du mußt ihn nur finden. Oder er dich.«

»Ja, ich kenne diesen Glauben ... Wenn man hinter die Kulissen so mancher Beziehungen schaut, bekommt man das Gefühl, daß viele Paare sich nicht lange genug gesucht haben«, antwortete Julian.

»Jemanden zu lieben ist nicht so schwer«, sagte Amelie. »Aber jemanden zu finden, dessen Liebe zu deiner paßt, ist schon ein großes Kunststück. Oder ein seltener Glücksfall. Ich glaube, viele Menschen lieben einander und sind doch nicht glücklich und zufrieden damit, weil ihre Arten zu lieben und Liebe zu verstehen zu unterschiedlich sind. Sie reiben sich auf in dem Kampf um einen gemeinsamen Lebensweg und waren vielleicht nur dazu bestimmt, ein paar Schritte zusammen zu gehen. Du bist der erste Mensch in meinem Leben, den ich nicht verlieren möchte. Mir dir möchte ich immer weiter gehen, immer weiter – ohne Ende. Ich habe mir noch gestern die Frage gestellt, warum es so ist.«

»Verrätst du mir auch die Antwort?«

Amelie lächelte. »Weil du magisch bist.«

Julian war schon einige Male gesagt worden, daß er magisch sei, aber nicht immer hatte er dabei das Empfinden gehabt, daß dieser Vorzug seines Wesens auch als solcher empfunden wurde. Manchmal war es ihm so erschienen, als löste seine Fähigkeit, Situationen ins Zauberhafte zu heben, bei anderen Menschen Ängste aus. Was Amelie an ihm faszinierte, war manchen Frauen schlichtweg unheimlich gewesen.

»Was verstehst du unter Magie?« fragte er.

»Es ist etwas ganz Konkretes, Fühlbares«, antwortete Amelie, »und zugleich ist es überhaupt nicht zu bestimmen. Nenne es Charisma, Ausstrahlung, das gewisse Etwas. Du hast es einfach. Es ist eine Faszination, die aus deinem Inneren nach außen strömt – so wie eine Blume einen bestimmten Duft von sich gibt. Es gibt Blumen, an denen man gern riecht – zweimal, dreimal, und dann ist es genug. Der Duft deines Wesens fasziniert mich immer aufs neue, er bezaubert und berauscht mich. Und immer habe ich das Gefühl, daß er nur ein Vorgeschmack von etwas noch Schönerem, noch Verlockenderem ist, das in dir auf mich wartet. Deine Seele erscheint mir wie eine grenzenlose Welt voller wunderbarer Überraschungen. Ich könnte mein Leben lang in dir auf Reisen sein, ohne einen Moment Langeweile zu empfinden.«

Julian fragte sich, ob er wirklich so war, wie Amelie ihn sah, oder ob ihre Liebe ihn für sie so erscheinen ließ – denn die Schönheit liegt im Auge des Betrachters. Andererseits beeindruckte es ihn immer wieder, mit welcher

Treffsicherheit sie Eigenschaften seiner Persönlichkeit in Worte faßte, die andere, die ihm nahegekommen waren, kaum wahrgenommen hatten. Das Erkennen des inneren Wesens eines Menschen bedurfte eines besonderen, weit offenen und hochempfindlichen Blicks, und Amelie besaß ihn. Andere Augen hatten dort, wo Amelie Wunderlandschaften fand, nichts Außergewöhnliches entdecken können.

»Du hast gesagt, daß viele Menschen einander lieben und doch nicht glücklich dabei sind, weil sie zu verschieden sind«, nahm Julian wieder den Gesprächsfaden auf. »Ich frage mich, wie solche Irrwege der Gefühle sich vermeiden lassen.«

»Ich glaube, man muß ein feines Gespür für sein Schicksal haben – und danach handeln«, sagte Amelie. »Intuition, Ahnung, Eingebung, die leise innere Stimme – wie man es auch nennen will. Da ist etwas ganz tief in mir, das genau weiß, was für mich richtig und gut ist – und was nicht. Es war schon immer da, dieses innere Empfinden, ich habe nur oft nicht darauf gehört – leider. Aber jetzt folge ich ihm immer mehr, und je mehr ich ihm vertraue, desto besser verstehe ich die leise Stimme. Als ich dich sah, hat sie gleich geflüstert: *Das ist er, kein Zweifel!*«

»Ich habe es nicht sofort gewußt«, gestand Julian nach einer Weile, »ich habe nur gespürt, daß mit dir Liebe zu mir kam. Aber was für eine Liebe es war, ist mir erst nach und nach bewußt geworden. Und manchmal, wenn ich sie spüre in ihrer ganzen Stärke, ihrer Unbeirrbarkeit, kann ich es kaum fassen, daß ich es bin, dem du sie schenkst.«

»Es ist so«, sagte Amelie. »Du hast nichts dazugetan. Ich habe nichts veranlaßt … Es ist einfach so.«

Julian atmete tief ein und tauchte seinen Blick in Amelies vor Lebendigkeit funkelnde Augen.

Manchmal war es kaum zu glauben, was sie ihm Tag für Tag aus vollen Händen und ganzer Seele gab. Sie war ein Geschenk des Himmels. Er hatte nicht darum gebeten, hatte sich nicht darum bemüht. Es hatte sich alles wie von selbst ergeben. *Alles Wesentliche wird uns geschenkt.* Amelie hatte ihm die Richtigkeit dieser Erkenntnis auf überwältigende Weise bewiesen.

Sein bisheriges Leben war nicht arm an Abenteuern, intensiven Beziehungen, an Überraschungen, Glücksfällen und scheinbar unverdienten Geschenken gewesen. Das Schicksal schien ihm wohlgesonnen zu sein, aber daß es Amelie mit dem Reichtum ihrer Liebe zu ihm, gerade zu ihm geschickt hatte, war schon ein Ereignis, das man wundervoll nennen mußte – denn voller Wunder war diese Frau, in deren Blick er gerade zum tausendsten Mal alles vergaß, was er je über die Frauen, die Liebe, über sich selbst und das Leben zu wissen geglaubt hatte.

»Du bist wunderbar«, sagte er leise.

Nach Julians Worten trat ein langes gemeinsames Schweigen ein wie ein willkommener Gast. Es war ihm so, als habe er mit seinen Worten die Tür geöffnet, durch die dieses Schweigen kommen konnte, das sich von Moment zu Moment intensivierte und so viel mehr ausdrückte, als die besten und klarsten Worte es könnten.

Julian lächelte und nickte, als wolle er der Stille, die ihn und Amelie so unwiderstehlich in ihren Bann gezogen hatte, damit sagen, daß er ihr recht gab – in allem, was sie auf ihre Weise sagte.

Unvermittelt spürte er, wie alle guten, lichten Gefühle, die er für Amelie empfand, in seine Augen strömten, als sei plötzlich ein direkter Weg von seinem Herzen in seinen Blick frei geworden, und er strahlte Amelie an.

Nach einer zeitlosen Weile, in der sie sich schweigend in die Augen gesehen hatten, stand Amelie auf und drehte sich mit schwungvollen, tänzerischen Bewegungen um sich selbst und jauchzte dabei dreimal laut auf, als liefe die Freude über, die sich in ihr angesammelt hatte.

Ebenso unvermittelt, wie sie mit ihrem kleinen Derwischtanz begonnen hatte, hielt sie inne und schaute Julian mit großen Augen an. Er stand auf, nahm ihr Gesicht ganz behutsam in seine Hände und bedeckte es über und über mit den Küssen seiner Blicke.

Impulsiv trat Amelie ganz nah an Julian heran, als wäre ihr jeder Zentimeter Abstand, der noch zwischen ihrem und Julians Körper war, nicht länger erträglich.

Sie umarmten sich lange, wobei ihre Atemzüge um so langsamer und ruhiger wurden, je tiefer sie in der Nähe versanken, die sie sich gegenseitig schenkten.

Einmal erschien es Amelie, als habe sie ganz lange nicht eingeatmet, vielleicht, weil sie es in der Faszination der Umarmung vergessen hatte. Aber sie glaubte nicht, daß dies der Grund dafür war, daß ihr auf eine seltsam süße Art schwindelig wurde, wobei sie sich immer leichter fühlte und höher und höher stieg, bis es ihr so erschien, als müßte sie nur die Augen öffnen, um unter sich die Stadt mit ihren Häuserdächern zu sehen.

Julian spürte, wie etwas in seiner Brust sich löste und wie es in seinem ganzen Körper warm und prickelnd zu strömen begann, wobei er das Gefühl hatte, daß mit Amelie das gleiche geschah. Er atmete tief ein und fühlte dabei nicht nur Luft in sein Inneres einströmen, sondern auch das magische Fluidum der Liebe, die Atemluft der Seele.

In diesem Augenblick klingelte es an seiner Wohnungstür. Amelie zuckte unwillkürlich zusammen und drückte Julian noch fester an sich. Es klingelte ein zweites Mal. Julian streichelte Amelie ganz sanft das Haar, als wollte er ihr sagen: Und wenn es zehnmal klingelt, ich lasse unsere Umarmung nicht im Stich.

Sie blieben noch lange in inniger Umarmung stehen und fühlten, wie ihre Herzen Leben ineinander pochten, genossen das wundervolle Einswerden ihrer seelischen Energien, bis ein warmes Gefühl der Erfüllung ihnen erlaubte, sich behutsam voneinander zu lösen.

Julian nahm Amelie bei der Hand, führte sie ins Schlafzimmer und entzündete einige Kerzen.

Sie legten sich nebeneinander auf das niedrige, breite Bett.

Julians Fingerkuppen glitten langsam und leicht auf Amelies Arm entlang, auf und wieder ab, hielten inne, beschrieben zärtliche Kreise und bewegten sich weiter. Dabei war es Julian, als würde er, indem er Amelie etwas schenkte, zugleich von ihr etwas empfangen – als sei ihre Hingabe eine ganz eigene Art von Geben, das er tief unter der Haut spürte.

Es war wunderschön, auf so durch und durch körperliche Weise zu empfinden, was seine Seele längst wußte: daß Liebe kein voneinander getrenntes Geben und Nehmen war, sondern ein harmonisches Zusammenströmen und Einswerden im Gefühl. Nur wenn zwei Menschen innerlich in *einem* Gefühl aufgingen, ereignete sich wirkliche Liebe, deren Wesen darin bestand, Grenzen aufzulösen und Vereinigung zu bewirken.

Julian zog seine Hand langsam zurück und schloß die Augen. Die Zärtlichkeiten seiner Hand auf Amelies Arm hatten etwas zwischen ihnen erweckt, die sich verselbständigt hatte und keiner weiteren Impulse zu seiner Vertiefung und Intensivierung bedurfte.

Die Empfindungen, die jetzt in seinem Körper strömten, zogen ihn gänzlich in ihren Bann. Es schien ihm, als konzentrierte sich sein ganzes Sein auf das zarte Strömen in seinem Körper, das ihn mit einer zugleich sanften und starken Lebenslust erfüllte.

Wenn es sich selbst genoß, war das Leben nicht weit

von seiner Quelle entfernt. Und was erfüllte den Sinn des Daseins mehr als der andächtige Genuß des schönen Augenblicks? Wenn es eine Lust war, mit geschlossenen Augen auf dem Rücken zu liegen und den Zustand zu genießen, den subtile Zärtlichkeiten zustande gebracht hatten – einfach zu liegen und nichts anderes zu wollen als das, was geschah, dann brauchte man keine Worte und Gedanken, dann genügte es still zu sein und sich dem Leben zu überlassen, das in jeder Körperfaser vor Freude bebte. Es gab kein Gestern, kein Morgen, keine Zeit, nur die andächtige Feier der Gegenwart, nur ein weiches Vibrieren und Pulsieren, ein geheimnisvolles, lustvolles Stillen seelisch-körperlichen Durstes an der Quelle der Liebe.

Julian brauchte nicht die Augen zu öffnen, um zu sehen, daß Amelie von ähnlichen Empfindungen beglückt wurde. Es konnte auch nicht anders sein, denn wenn sie nicht mit ihm in diesen wundervollen Erlebnisbereich gelangt wäre, wenn sie einen anderen Weg gewählt hätte, wäre es ihm nicht möglich gewesen, eine so vollendete Harmonie, einen so tiefen Frieden zu empfinden.

Es gab keine Zeit mehr, keinen Raum, nur noch ein von allen Beschränkungen befreites Sein, das sich von einem Augenblick zum anderen beseligt erneuerte.

Unvermittelt bäumte sich eine so wilde Freude in Julians Herz auf, daß er glaubte, es würde zerspringen, wenn er nicht sofort Amelies Brust ganz nah an seiner fühlte, um ihr abzugeben von der überwältigenden Kraft, die zu groß für ihn allein war. Und er drückte sie so impulsiv an sich, daß sie einen Laut der Überraschung von sich gab.

Sie umarmten sich ganz fest, als sei es nur so möglich, auf den hohen Wellen der Erregung zu treiben, die der urplötzlich aufgekommene Sturm in dem Meer ihrer Gefühle erzeugt hatte. Dabei warfen sich die Wellen, auf denen Julians und Amelies Gefühle tanzten, aus purer Lust an der Verschwendung ihrer eigenen Kraft zu immer abenteuerlicheren Höhen auf, bis sich das Empfinden der Liebenden zu einem wunderbaren Freudentaumel der Herzen steigerte, der ihnen eine tiefe Befriedigung und Entspannung schenkte.

Der Genuß des Gefühls, in vollkommener Harmonie beieinander zu liegen, schuf eine so zarte und gleichermaßen starke Wirklichkeit, daß die äußere Welt, die hinter den Wänden der Wohnung existierte, wie ausgelöscht schien.

An Amelies ruhigen, gleichmäßigen Atemzügen erkannte Julian, daß sie die Schwelle zum Schlaf überschritten hatte, nachdem er lange an sie geschmiegt gelegen hatte – in einer tiefen Entspannung, und die Glückseligkeit, die er empfand, hatte jeden seiner Atemzüge zu einer Danksagung gemacht.

Aus Angst, er könnte Amelies gerade erst gefundenen Schlaf stören, gab er der zärtlichen Regung, sie auf die Stirn zu küssen, nicht nach, und schenkte ihr das, was in diesem Kuß Ausdruck gewinnen wollte, mit einer Geste des Herzens.

Eine Weile lauschte er ihren Atemzügen. Dann war ihm, als übte ihr immer tiefer werdender Schlaf eine sogähnliche Wirkung auf ihn aus, der er sich widerstandslos hingab.

Seitdem

Alles ist verzaubert,
seit du in mir lebst.
Jeder Blick enthüllt
ein Geheimnis
in vertrauter Umgebung,
jeder Gedanke erreicht
unberührte Tiefen der Einsicht –

und jedes Lächeln
ist der Beginn
eines neuen Lebens.

Eine neue Welt

Deine Liebe hat mir
eine neue Welt eröffnet.
Mein Schritt ist leichter geworden.
Meine Seele schwebt über dem Wald,
den sie vor lauter Bäumen nicht sah.

Du hast mein Herz verjüngt,
es lacht wieder wie ein Kind.
Es hatte vergessen,
was Glück bedeutet.

Die Farben deiner Seele

Mit dem Vertrauen eines Narren
ging ich mit
weit offenen Armen
in den Garten deiner Liebe –
bereit, Bäume zu umarmen,
Blüten zu küssen
und das Flüstern der Gräser
zu verstehen.

Die Sonne schien.
Ein Schmetterling
setzte sich auf meinen Arm,
öffnete seine Flügel
und zeigte mir
die Farben deiner Seele.

Nach langer Zeit

Ich wußte nicht,
warum du weintest –

aber ich konnte meinen Blick
nicht von deinem Gesicht trennen,
und als wir uns küßten,
hatte ich nach langer Zeit
wieder das Gefühl zu leben –

und wußte,
warum ich weinte.

Brandstiftung

Auf dich war
ich nicht vorbereitet.
Wie ein Blitz
aus heiterem Himmel
hast du mein Herz getroffen
und in Brand gesteckt –

ein Feuer,
in das du
deine Hände legen kannst.

Im Raum unseres Lächelns

Ich spüre so viele Türen
im Raum unseres Lächelns,
hinter denen sonnige Zimmer
mit magischen Ausblicken liegen.

Ich spüre einen Reichtum
an perfekten Augenblicken
voller Tiefe, Schönheit
und Schwerelosigkeit.

Wenn sich die Türen öffnen,
können wir wie verzaubert
in das Leben gehen,
wie wir es verstehen.

Naturgewalten

Das sind Urkräfte,
die uns zueinander ziehen –
magnetische Naturgewalten,
denen wir nicht trotzen könnten,
selbst wenn wir es wollten.

Laß uns noch tiefer vertrauen
und höher aufeinander bauen,
bis keine Hindernisse
uns mehr die freie Aussicht
auf unsere Möglichkeiten rauben.

Staunen

Wenn unser Staunen
grenzenlos ist,
weil die Wirklichkeit dem Wunsch
zutraulich aus der Hand frißt,

dann ist es Zeit,
das Sprachliche zu segnen,
um dem Wunderbaren
grenzenlos sprachlos zu begegnen.

Der Pakt

Im Alter von fünfundzwanzig Jahren war Malin ein vielversprechender Konzertpianist, doch dann zog er sich bei einem Reitunfall einen mehrfachen Bruch des rechten Arms und Handgelenks zu, der seiner Laufbahn ein jähes Ende setzte.

Als er Monate später zum ersten Mal wieder seine Hände auf die Tasten seines geliebten Flügels legen konnte, wurde ihm bald schmerzlich bewußt, daß seine rechte Hand nicht mehr wie früher war und nie wieder so sein würde. Die Einsicht, daß er selbst mit härtester Übung niemals mehr seine einstige Virtuosität erreichen könnte, legte sich mit unerträglicher Schwere auf seine Seele.

Es war die schwierigste Aufgabe seines bisherigen Lebens, sich von seinem Traum zu verabschieden, die berühmtesten Konzertsäle der Welt zu erobern. Aber das Schicksal hatte es ihm so beschieden, und nach Monaten der Verzweiflung, Trauer, der schlaflosen Nächte und sinnlosen Rebellionen nahm er schließlich sein Los an.

Trotz seiner eingeschränkten Möglichkeiten war Malin noch immer ein hervorragender Klavierspieler. So beschloß er, seine Fähigkeiten, die er nicht zur vollen

Entfaltung hatte bringen können, anderen Menschen zu vermitteln, indem er sie im Klavierspiel unterrichtete.

Schon wenige Monate später kamen täglich sechs, manchmal auch mehr Schüler in sein Haus, um seinen Unterricht zu genießen. Auch wenn Malin noch gelegentlich mit seinem bitteren Schicksal haderte, fand er doch mehr und mehr Gefallen an seiner neuen Aufgabe und dachte einmal sogar, daß dies womöglich seine eigentliche Berufung war: begabten jungen Pianisten zu helfen, ihr Talent zu fördern, damit einer von ihnen vielleicht das erreichen würde, was ihm nicht vergönnt gewesen war.

So vergingen fünfundzwanzig Jahre.

Malin stand in seiner Küche und traf die letzten Vorbereitungen für die Feier seines fünfzigsten Geburtstags, zu dem er seine besten Freunde eingeladen hatte.

Nur noch selten dachte er an seine jungen Jahre zurück. Er hatte mit der Zeit seinen Seelenfrieden gefunden, doch vor zwei Wochen war etwas geschehen, das ihn mit einem Schlag aus dem inneren Gleichgewicht gebracht hatte: Lina hatte lächelnd vor seiner Tür gestanden und um seinen Unterricht gebeten.

In dem Augenblick, als ihre Blicke sich trafen, wußte Malin, daß er die Frau gefunden hatte, auf die er, ohne es zu wissen, jahrzehntelang gewartet hatte. Aber er hatte sie zu spät gefunden, denn sie war erst neunzehn. Lina studierte Klavier an der städtischen Musikhochschule und wollte darüber hinaus ihre Begabung unter Malins Führung entfalten, der weit über die Grenzen der Stadt hinaus den Ruf genoß, junge Talente besser als alle anderen Lehrer fördern zu können.

Malin bat sie, ihm vorzuspielen. Lina setzte sich mit anmutigen Bewegungen an den Flügel, schloß ihre Augen und spielte eine romantische Sonate mit soviel Feingefühl, Musikalität und intuitiver Sicherheit, daß Malin von ihrem Vortrag im Innersten berührt war. Er nahm sie freudigen Herzens in den Kreis seiner Schüler auf und vereinbarte mit ihr, daß sie von nun an jeden Dienstag und Freitag nachmittags zu ihm kommen würde.

Nun war sie schon vier Mal bei ihm gewesen, und es bereitete Malin wachsende Mühe, seine Gefühle vor ihr zu verbergen.

Einmal, als er hinter ihr stand, während sie eine Fuge übte, mußte er seine Hände mit aller Kraft davor zurückhalten, ihr langes braunes Haar zu berühren. Er wollte sie auf keinen Fall verschrecken, denn die Stunden mit ihr beglückten ihn auf wundersame Weise. Er verbot sich strikt, Lina seine zärtlichen Gefühle zu offenbaren, denn er fürchtete, daß sie den Unterricht abbrechen könnte, wenn sie spürte, daß er sie mehr als alles andere auf der Welt begehrte.

Selbst bei den Vorbereitungen zu seinem Geburtstagsfest mußte er immer wieder an Lina denken – auch in dem Augenblick, als es an seiner Tür klopfte. Ein Blick auf die Standuhr zeigte ihm, daß seine Gäste erst in einer Stunde eintreffen würden, aber vielleicht hatte sich einer seiner Freunde entschlossen, etwas eher zu kommen, um ihm bei den Zubereitungen der Speisen und Getränke zu helfen.

Malin nahm die Schürze ab und öffnete die Tür. Vor ihm stand zu seiner Überraschung ein eleganter, ganz in Schwarz gekleideter junger Mann, den er noch nie gesehen hatte. Er lächelte Malin freundlich an und sagte: »Ich gratuliere dir zu deinem fünfzigsten Geburtstag, Malin.«

Bevor der Klavierlehrer sich für die Glückwünsche bedanken konnte, fuhr der Fremde fort: »Ich habe ein ganz besonderes Geschenk für dich. Willst du mich nicht in dein Haus lassen?«

Da der unverhoffte Gratulant vertrauenswürdig wirkte und überdies Malins Neugier geweckt hatte, bat er ihn hinein, führte ihn ins Wohnzimmer und bot ihm einen Sessel an.

Der Besucher nahm Platz und ließ seinen Blick über die Möbel, den schwarzen Flügel und die Gemälde an den Wänden schweifen. »Schön wohnst du, geschmackvoll und gemütlich.«

Malin nickte höflich. »Danke. Leider habe ich nur wenig Zeit. In einer Stunde kommen meine ersten Gäste, und ich bin noch nicht mit den Vorbereitungen fertig geworden.«

»Wir brauchen nicht viel Zeit«, erklärte der junge Mann.

»Du machst auf mich den Eindruck eines höflichen Menschen, aber du hast dich mir noch nicht vorgestellt«, sagte Malin.

Der Fremde lächelte und strich sich eine Strähne seines dunklen Haares aus der Stirn. »Mit gutem Grund, denn ich habe keinen Namen. Oder sagen wir, ich habe viele, was auf das gleiche hinausläuft. Aber kommen wir zu meinem Geschenk. Es ist das wertvollste und schönste Geschenk deines Lebens, aber es fordert eine entsprechende Gegenleistung von dir. Insofern ist es eigentlich eher ein Pakt, den ich mit dir schließen möchte.«

»Ein Pakt?«

»Genau. Ich weiß, daß du dich in deine bezaubernde Schülerin Lina verliebt hast und dir nichts sehnlicher wünschst, als auch von ihr geliebt zu werden. Ich kann dich sehr gut verstehen, denn sie ist eine schöne junge Frau voll von frischem Leben. Aber gerade dort liegt auch dein Problem, denn du bist zu alt für sie. Sie sieht dich als einen hervorragenden Lehrer und Förderer ihrer Begabung, sie empfindet Hochachtung und sogar eine gewisse Zuneigung zu dir, aber auch nicht mehr. Sie wird deine Liebe nie und nimmer erwidern – es sei denn, du wirst jünger.«

Malin verbarg seine Bestürzung über das Wissen des Fremden hinter einem künstlichen Lachen. »Möchtest du mir einen Scherz zum Geburtstag schenken? Niemand wird jünger. Und woher willst du wissen, was ich für meine Schülerin Lina empfinde, oder sie für mich? Du kennst weder mich noch sie.«

»Ich kenne euch beide besser, als du denkst«, erklärte der junge Mann mit ruhiger Stimme. »Falls du den Pakt mit mir schließt, wovon ich ausgehe, wird sich dein Alter halbiert haben, wenn morgen die Sonne aufgeht. Du wirst wieder fünfundzwanzig sein, ohne das Wissen um dein wahres Alter zu verlieren, ohne deine Erinnerungen, Erfahrungen und Fähigkeiten aufgeben zu müssen. Du wirst innerlich derselbe bleiben, der du heute bist, aber äußerlich ein junger Mann sein. Vor dem Morgengrauen wirst du die Stadt verlassen und ihr für eine Woche fernbleiben. Wenn du in dieses Haus zurückkehrst, wirst du dich als dein eigener Sohn ausgeben, der gerade seinen Vater in dessen Heimatort beerdigt hat, der in der Nacht nach seinem fünfzigsten Geburtstag an einem Schlaganfall starb.«

Der Namenlose zog einen Umschlag aus seiner Jackentasche und legte ihn auf den Tisch. »Darin befinden sich dein neuer Ausweis, der Totenschein sowie die amtliche Bestätigung der Verbrennung des Leichnams deines Vaters und sein Testament, in dem er dir sein Haus vererbt – nur für den Fall, daß jemand deine Geschichte anzweifelt. Wenn man dich fragt, warum dein Vater nie von dir gesprochen hat, erklärst du, daß du sein unehelicher Sohn bist und er aus Sorge um seinen Ruf deine Existenz verschwiegen hat. Man wird dir Glauben schenken, da du ihm wie aus dem Gesicht geschnitten bist. Du wirst die Schüler deines Vaters übernehmen, und sie werden von deinem Unterricht genauso begeistert sein, wie sie es von seinem waren. Du kannst sogar deinen Namen behalten, denn es ist nicht ungewöhnlich, daß ein Vater seinem Sohn den eigenen Namen gibt. Lina wird sich Hals über Kopf in dich verlieben, und ihr werdet glücklich zusammenleben.«

»Jetzt reicht es!« empörte sich Malin. »Ich habe durchaus eine Schwäche für phantastische Geschichten, aber das ist nun wirklich zuviel des Guten. Hältst du mich für einen Dummkopf?«

»Ich halte dich für einen Verliebten, was in gewisser Weise auf das gleiche hinausläuft – aber laß uns nicht darüber diskutieren. Offensichtlich glaubst du mir nicht.«

»Allerdings – und ich sorge mich um deine geistige Verfassung. Du hältst dich anscheinend für allmächtig!«

»Ich bin mächtig, aber leider nicht allmächtig. Und ich verstehe, daß du an meiner Macht zweifelst. Hättest du gern einen Beweis meiner Fähigkeiten?«

»Ja, den hätte ich gern!«

Der Namenlose schmunzelte und strich sich über seinen gepflegten Schnurrbart. »Dann sieh zu deinem Flügel, Malin!«

Was nun geschah, ließ Malins Atem stocken. Die Tasten des Instruments wurden so gekonnt angeschlagen, als spielte ein unsichtbarer Virtuose auf ihnen, und Malin wurde mit einem inneren Frösteln bewußt, daß sein geheimnisvoller Besucher kraft seines bloßen Willens dem Flügel das Klavierstück entlockte, ohne seine Hände zu benutzen.

Malins Herz raste und Schweiß stand auf seiner Stirn, als der letzte Ton verklungen war.

»Wer bist du?« flüsterte er.

Der junge Mann lächelte.

»Bist du etwa …«

»Ja, der bin ich. Du siehst auf einmal so blaß aus, Malin, als wärst du krank. Aber das paßt gut, denn du wirst ja heute nacht sterben, um als dein eigener Sohn aufzuerstehen – falls du dich auf unseren Pakt einläßt.«

Malin wurde schwindelig, er wischte sich den Schweiß von der Stirn und rang um seine Fassung. »Ich habe mir dich ganz anders vorgestellt.«

Sein Besucher lachte. »Wenn ich so gekommen wäre, wie viele eurer Maler mich darstellen, als ein Gerippe mit einer Sichel in der Knochenhand, hättest du mich sicherlich nicht in dein Haus gelassen.«

»Ja, das hätte ich wohl nicht. Sag mir: Wie lauten die Bedingungen des Paktes?«

Der Tod nickte zufrieden. »Lina wird dir ihre ganze Liebe und Hingabe schenken. Sie wird in dein Haus ziehen, und du wirst mit ihr die fünf glücklichsten Jahre deines Lebens verbringen. Nach Ablauf dieser Zeit werde ich wiederkommen und dir ein Fläschchen mit einem Gift geben, das du in ein Getränk für Lina füllen wirst. Sie wird sterben, ohne die geringsten Schmerzen zu empfinden – ich bin nicht so herzlos, wie die Menschen im allgemeinen denken. Auf dich wird nicht der Schatten eines Verdachtes fallen. Die Ärzte werden als Todesursache ein

Herzversagen bei Lina feststellen. Du wirst noch ein langes Leben vor dir haben und bald eine andere hübsche Frau finden, die dich mit ihrer Liebe über den Verlust von Lina hinwegtröstet. Musiker ziehen nun mal die Frauen an.«

»Du bist ein Ungeheuer!« stieß Malin hervor.

»Mäßige dich! Ich biete dir das größte Glück deines Lebens an, und dir fällt nichts Besseres ein, als mich zu beleidigen!«

Malin biß sich auf die Unterlippe. »Das wollte ich nicht – meine Gefühle haben mich überwältigt. Bitte erkläre mir: Warum ist dir an Linas frühem Tod gelegen? Und weshalb brauchst du mich dazu als Helfer? Wenn du so mächtig bist, wie du mir jetzt erscheinst, könntest du ihr das Leben nehmen, wie und wann immer es dir beliebt.«

Der Tod schüttelte bedauernd den Kopf. »Wie gesagt, ich bin mächtig, aber nicht allmächtig. Wenn du mir nicht hilfst, wird Lina erst als Greisin sterben. Ich will aber ihr Leben, solange sie noch in der Blüte ihrer Jugend steht.«

»Warum gerade ihr Leben?«

»Weil es mir sehr viel bedeutet. Sie ist ein ganz besonderer Mensch, das weißt du genauso gut wie ich.«

In Malins Gemüt war ein Sturm aufgezogen, der seine Gedanken wie welke Blätter aufwirbelte und in alle Himmelsrichtungen verstreute.

»Ich kann keinen klaren Gedanken fassen«, bekannte er.

»Das brauchst du auch nicht. Hier geht es um eine Entscheidung des Herzens. Ich gebe dir deine Jugend zurück, verschaffe dir fünf überglückliche Jahre mit der Frau deines Lebens, für die du leider im Moment noch zu alt bist. Ich gebe dir sehr viel und verlange dafür wenig.«

»Wenig?« entrüstete sich Malin. »Du verlangst von mir, daß ich die Frau töte, die ich über alle Maßen liebe! Du bist …«

»Vorsicht, Malin! Ich bin dein Wohltäter. Also – gehst du den Pakt mit mir ein?«

Malin schüttelte unwillkürlich den Kopf. Nein, das werde er nicht tun, wollte er sagen, aber etwas hielt ihn zurück – etwas Unbezwingbares, das aus den Tiefen seines Herzens kam. Er sah Linas lächelndes Gesicht vor sich, ihren bezaubernden Blick. Die Vorstellung, von ihr umarmt, geküßt, aus ganzem Herzen geliebt zu werden, überwältigte ihn mit aller Macht.

»Entscheide dich«, forderte der Tod ihn auf, »bald kommen deine Geburtstagsgäste.«

»Und wenn ich mich nach den fünf Jahren weigere, Lina das Gift zu geben?«

»Dann werde ich dich statt Lina aus dem Leben reißen. Und ich verspreche dir, daß es kein schmerzloses Dahinscheiden sein wird, sondern ein qualvoller Kampf. Dein Bruch unseres Paktes würde mich dazu ermächtigen. Nun?«

»Ich schließe den Pakt mit dir«, hörte Malin sich sagen.

Der junge Mann lächelte und streckte dem Klavierlehrer seine Hand entgegen. »Dann schlag ein, Malin!«

Als Malin seinem Besucher die Hand gab, erschrak er, denn sie war kalt wie ein Eiszapfen.

Alles kam so, wie der Tod es vorhergesagt hatte, und Malin erlebte mit Lina eine wundervolle Liebe, die ihm ein Glück schenkte, das er in seinen kühnsten Träumen nicht für möglich gehalten hätte. Er liebte Lina mit allen Fasern seines Wesens, und seine Seele blühte voller Freude im Sonnenschein ihrer Liebe zu ihm auf.

Sie führten viele tiefe Gespräche, die ihnen mehr und mehr ihre geistig-seelische Verwandtschaft bewußt machten, und spazierten bei schönem Wetter stundenlang Arm in Arm am Ufer des Flusses entlang, der unweit von Malins Haus die Stadt in zwei Hälften teilte, wobei sich ihre Herzen immer aufs neue sagten, was Worte nicht ausdrücken können.

Sie spielten sich gegenseitig ihre liebsten Klavierstücke auf dem Flügel vor und gingen mit Leib und Seele in der Harmonie zwischen ihnen auf, wenn sie gemeinsam vor dem Instrument saßen und vierhändig darauf improvisierten.

Die Abende verbrachten sie meistens eng aneinandergeschmiegt auf dem Sofa vor dem Kaminfeuer und ließen sich von dem anheimelnden Züngeln der Flammen verzaubern.

Mehrmals im Jahr unternahmen sie Reisen ans Meer oder in die Berge, teilten unvergeßliche Glücksmomente und erlebten voller Freude, wie ihre Liebe von Monat zu

Monat wuchs – wie die Forsythie, die sie gemeinsam im Garten gepflanzt hatten.

Je tiefer seine Liebe zu Lina wurde, desto mehr erkannte Malin, welch ein wunderbarer Mensch sie war. Bei ihren gemeinsamen Gängen durch die Stadt oder auf ihren Reisen schenkte sie ärmlich gekleideten Kindern Geldmünzen und konnte an keinem Bettler vorbeigehen, ohne ihm ein Almosen zu geben. Sie hatte ein mitfühlendes, gütiges Herz und eine zarte, schöne Seele, und Malin wurde mehr und mehr bewußt, daß er es nie für möglich gehalten hätte, eine Frau so sehr lieben zu können, wie er Lina liebte.

Und auch ihre Liebe zu ihm war ohne Zweifel und Grenzen. Sie schenkte ihm ihre Gefühle aus tiefster Seele und vertraute ihm bedingungslos.

Obwohl sie dank ihrer Schönheit oftmals begehrliche Blicke anderer Männer auf sich zog und immer wieder romantische Annäherungsversuche heimlicher Verehrer erlebte, hatte sie nur Augen für Malin, denn sie war so frei von Untreue, wie nur eine wunschlos glücklich Liebende sein kann.

Ihr Glück war vollkommen, und nie hatte Malin sein Leben als so kostbar empfunden wie seit jenem Tag, als Lina seine Geliebte geworden war.

Wenn er manchmal nachts schlaflos vor Freude neben ihr im Bett lag und ihrem gleichmäßigen Atem lauschte, dankte er dem Schicksal, daß es ihn mit einer solchen Glückseligkeit beschenkt hatte, und er küßte zärtlich Linas

Wangen, ihr Haar und ihre Lippen – ganz behutsam, um sie nicht zu wecken.

Sie war ein Teil von ihm geworden, und oft hatte er das Gefühl, daß er der glücklichste Mann auf der Erde war. Immer fester wurde seine Gewißheit, daß sein Leben, sein wahres Leben, erst in dem Augenblick begonnen hatte, als Lina ihm ihre Liebe offenbarte – und es verging kaum ein Tag, an dem er nicht eine schier überwältigende Dankbarkeit empfand, daß ihm eine so unfaßbare Liebe zuteil geworden war.

Immer wenn sich der Gedanke in sein Bewußtsein drängen wollte, daß diese Liebe an einem bereits feststehenden Tag auf furchtbare Weise enden würde, verdrängte er ihn mit aller Kraft und Entschlossenheit. Und wenn es ihm nicht so recht gelingen wollte, rief er die Hoffnung zu Hilfe, daß der Tod sich angesichts seines vollkommenen Glücks erbarmen und entgegen seiner Ankündigung nicht wiederkommen würde. Immerhin hatte er gesagt, daß er nicht so herzlos sei, wie die Menschen im allgemeinen glaubten.

Trotz der Ängste, die sich manchmal wie ein Schatten auf sein Glück legten, gab es in den fünf Jahren an Linas Seite keinen einzigen Augenblick, in dem Malin bereute, daß er den Pakt eingegangen war.

An Malins dreißigstem Geburtstag klopfte es an seiner Tür, und der Tod stand vor ihm. Er sah ganz genauso aus wie vor fünf Jahren, trug denselben schwarzen Anzug und hatte das gleiche Lächeln. »Meinen Glückwunsch zum dreißigsten Geburtstag! Oder seien wir ehrlich – zum fünfundfünfzigsten! Ich verstehe, daß mein Besuch dich nicht erfreut, deshalb mache ich es kurz.«

Er griff in seine Jackentasche und drückte Malin ein kleines Fläschchen mit einer durchsichtigen Flüssigkeit in die Hand. »Ich habe meinen Teil des Paktes erfüllt. Nun erfülle deinen, wenn dir dein Leben lieb ist!«

Nach diesen Worten wandte er sich um und ging.

Malin schloß mit zitternden Händen die Haustür, steckte das Giftfläschchen in die Jackentasche und ging, als er seine Fassung wiedergewonnen hatte, ins Wohnzimmer zu Lina, die am Fenster stand und in den Garten blickte.

»Wer war an der Tür?« fragte sie und kam ihm entgegen. »Ein Gratulant?«

»Nein – nur ein Fremder, der sich in der Adresse geirrt hatte.«

Malin schloß Lina in seine Arme und bedeckte ihr Gesicht mit zärtlichen Küssen.

»Du weinst ja, Liebster.«

»Freudentränen«, flüsterte er. »Ich liebe dich aus tiefster Seele und werde dich immer lieben, was auch geschehen mag.«

Sich von Lina für immer verabschieden zu müssen, ohne es sie merken zu lassen, war eine fast übermenschliche Aufgabe, aber es gelang Malin, sie zu bewältigen. Lina spürte nicht, was in ihm vorging, und setzte sich, nachdem ihre Umarmung ausgeklungen war, an den Flügel.

Malin lauschte ihr eine Weile voller Wehmut und ging schließlich in die Küche, wo er einen Brief an sie schrieb, in dem er ihr alles erklärte. Er legte ihn auf den Küchentisch, entleerte den Inhalt des Giftfläschchens im Spülbecken und warf es in den Abfalleimer. Dann setzte er sich und wartete auf das Erlöschen seines Lebenslichts.

Kurz darauf klopfte es erneut an der Haustür.

Malin öffnete sie, und zu seiner Überraschung stand wieder der Tod vor ihm, doch diesmal lächelte er nicht. »Ich bin dir ein Geständnis schuldig, Malin.«

»Ich höre, sofern mir noch genug Zeit dazu bleibt.«

»Sie bleibt dir – denn ich habe unser Spiel verloren.«

»Von welchem Spiel sprichst du?«

»Ich habe dich bei meinem Besuch vor fünf Jahren in einem entscheidenden Punkt angelogen: Ich begehrte nicht Linas Leben, sondern deins. Mein wahres Interesse galt von Anfang an dir, Malin. Hättest du Lina das Gift gegeben, wäre nicht sie daran gestorben, sondern du – und ich hätte dich gewonnen.«

»Aber warum wolltest du gerade mich?«

»Wegen deines seelischen Reichtums, der dir selbst nicht bewußt ist. Es gibt nur wenige Menschen deiner Art, und sie werden immer seltener. Ich habe mich sehr danach gesehnt, dich so bald wie möglich in die Arme zu schließen, um den Reichtum deiner Seele in mich aufzunehmen. Ich wußte, er würde mich erfüllen, berauschen – und mich für einen köstlichen, zeitlosen Augenblick vergessen lassen, wer ich bin. Ich kenne kein größeres Glück als dieses Vergessen.«

Der Tod seufzte. »Meine Sehnsucht hat mein Urteilsvermögen getrübt. Ich hätte wissen müssen, daß du das Gift niemals deiner Geliebten geben würdest, um dein Leben zu retten, sondern deines unter Qualen opfern würdest, um ihres zu bewahren. Nun hast du ihres und deins erhalten, und mir bleibt nichts anderes übrig, als meine Fehleinschätzung einzugestehen und dir meine Hochachtung zu zollen. Du hast dich auf ein Spiel mit dem Tod eingelassen und es gewonnen. Das ist bislang nur den allerwenigsten Lebenden gelungen. Ich ziehe meinen Hut vor dir, Malin.«

»Dann hast du letztlich die Wahrheit gesagt, als du dich meinen Wohltäter nanntest.«

Der Tod nickte. »Ja – wenn auch unfreiwillig.«

Er verbeugte sich vor Malin und ging aus seinem Leben.

Fast wahnsinnig vor Freude eilte Malin in die Küche, zerknüllte seinen Abschiedsbrief und warf ihn in das Feuer des Herdes.

Mit wild klopfendem Herzen lief er ins Wohnzimmer zurück, unterbrach Lina in ihrem Spiel, zog sie an sich und umarmte sie, als wäre er jahrelang von ihr getrennt gewesen.

»Was ist geschehen, Malin?« fragte sie. »Du umarmst mich so innig, als müßten wir uns für immer verabschieden.«

»Nichts ist geschehen, Liebste, nichts ist geschehen«, sagte er mit bebender Stimme. »Ich habe mir nur vorgestellt, wie es wäre, wenn wir uns für immer trennen müßten. Daß dies nur eine Vorstellung war und noch viele Jahre inniger Liebe vor uns liegen, macht mich so überglücklich, daß ich nicht anders konnte, als dich aus tiefstem Herzen zu umarmen. Ich liebe dich – mehr als mein Leben.«

Das Schönste

Das Schönste in uns
liegt auf dem Grund der Seele –
wie ein versunkener Schatz.
Du erkennst es nur
mit geschlossenen Augen
und sprachlosem Verstand.
Du fühlst es,
wenn du dich öffnest
ohne Ängste und Zweifel,
wenn du dich fallen läßt
in die Tiefen des Augenblicks –

weil das Leben es so will.

Dieses Glück

Ich will dich nicht verletzen,
dich nicht verunsichern.
Keine schlaflose Nacht
sollst du wegen mir haben,
keine Sorgen, keine Ängste.
Deine Würde und Selbstachtung
will ich unterstützen.
Ich will nicht zum Grund
deiner Traurigkeit werden,
will dein Vertrauen nicht erschüttern
in die heilende Kraft der Liebe,
will deine Seele nicht belasten
mit dunklen Zweifeln und Nöten.

Es war ein großes Glück,
daß wir uns fanden.
Dieses Glück will ich
nicht verlieren –
was auch geschehen mag.

So vieles an dir

Neulich sagtest du mir,
meine Liebe stehe
immer neben dir,
und wenn mal was daneben gehe,
flüstere sie dir ins Ohr:
»Macht nichts …«

Gestern gingen wir nebeneinander
durch die Straßen,
und plötzlich mußte
ich dich mitten auf
dem Gehweg an mich drücken,
denn deine Art,
neben mir zu gehen,
ließ mir keine andere Wahl.

So vieles an dir kommt zu mir,
als wäre es das erste Mal.

Deine kleinen leisen
Küsse durchs Telefon –
wie bunte Liebesperlen,
die vom Ohr direkt
in den Bauch kullern.

Dein langes Schweigen,
das mir so sachte hilft,
überflüssige Worte ungesagt
abzuwerfen wie Sandsäcke
beim Aufstieg in größere Höhen.

So vieles an dir,
das mich trifft und bewegt
und mir durch und durch geht.

Wenn der Clown in dir
zu tanzen anfängt
und verrückte Kußhände
in mein Herz wirft.

Wenn das kleine Mädchen
in dir nackt und vertrauensvoll
sich in meine Achselhöhle kuschelt
und wie berauscht
unserem Atem lauscht.

So vieles an dir,
das mich immer wieder
überrascht und rührt –
und sanft und sicher
ins Innerste
des Lächelns führt.

In deinen Armen

Alles wird gut
in deinen Armen,
alles kommt zur Ruhe
und beginnt zu strahlen,
alles findet zu sich
und wird wirklich,
alles erwacht
in deinen Armen –

und ein Zauber
entfaltet sich,
nicht von dieser Welt,
der stärker ist als alles,
was sich uns in den Weg stellt.

Aufs offene Meer

Ich bade
in den Wellen
unseres Kusses,

tauche
in die Tiefen
deines klaren Blickes,

werde fortgetragen
von der Strömung
unsrer Umarmung –

aufs offene Meer
eines Gefühls,
das keine Grenzen kennt.

Eine Auswahl der Bücher von Hans Kruppa

Das Zauberbuch. Ein Märchen. 1987
Kaito. Ein Märchenroman. 1988
Die Legende von Tay Manka. 1993
Amanda und das Zauberbuch. Ein Märchenroman. 1999
Nur Du. Liebesgedichte. 2000
Für immer Du. Liebesgedichte. 2001
Verrückt nach dir. Gedichte und Photos. 2002
Zauber der Seele. Gedichte. 2002
Vom Loslassen und Neubeginn. Texte und Photos. 2003
Umarme die Liebe. Gedichte. 2003
Von Mut und Zuversicht. Texte und Photos. 2004
Der Kuß des Schmetterlings. Roman. 2004
Nur Du. Lyrik, Songs, Gitarrenstücke. Hörbuch. 2004

Mehr Informationen über den Autor im Internet:
www.hans-kruppa.de